草むらにハイヒール

High heels on the

内から外への欲求

小倉千加子

いそっぷ社

草むらにハイヒール

——内から外への欲求

目次

I

II

各エッセイの末尾に入れた（　）内の日付は
初出の「週刊朝日」掲載号を示しています。

I

中島梓――葛藤する母と離れられなかった苦悩

今から三十七年前の四月、早稲田の第一文学部の学生だった友人が文芸科を専攻して最初のゼミに出席すると、教授が来る前の教室で一人機関銃のように喋《しゃべ》っている女子学生がいた。そのあまりの博覧強記と話の面白さに「こんなに優秀なのがいるなら自分がいくら勉強しても無駄だ」と、友人は以後ゼミには二度と顔を出すことなく、新宿ゴールデン街で水割りを作るバイトをしながら卒業までの日をやり過ごすことになる。

だが、友人に作家になることを諦《あきら》めさせたその学生もまた在学中から勇名を馳《は》せている自覚のないままに授業には二、三割しか出席せず、文学部横の喫茶店「ブルボン」でウェイトレスをして卵サンドを作っては友だちに食べさせたりしていた。『マンガ青春記』という半自伝で知ったことである。

中島梓は昨年（二〇〇九年）の五月二十六日、すい臓がんのため五十六歳で亡くなっている。

絶筆『転移』を今年の元日に三度読み返し、三十三歳の時に書かれた『マンガ青春記』を、思うところがあって探して読んだ。

中島梓と一学年しか違わない私は「早稲田ウィークリー」という大学新聞で学生記者のバイトをしていた。「ブルボン」に入ったこともある。中島梓の人生は食べ物と深くかかわっている。『コミュニケーション不全症候群』と『タナトスの子供たち』を読んだ時、「ああ、この人は何もかも分かっている人だ」と思った。何もかもとはオタクとかやおいとかBLとかのことである。ただ、そういうことが分かってしまっている原因だけは語られなかった。

乳がんの闘病記『アマゾネスのように』と『ガン病棟のピーターラビット』は店頭に出たその日に買って読んだ。が、全百三十巻になるという『グイン・サーガ』シリーズは一冊も読んだことはない。

中島梓（栗本薫）が書いた本の冊数は実に膨大なものであるが、本人は小説を書くことを「水道の栓《せん》をひねるよう」と形容しているから、栓を閉めることの方がよほど困難なのだということが分かる。書かなければ生きることができない。水道の栓をひねって周囲を水浸しにしてやらなければ生きている実感がないのだ。

しかし、『転移』という本の「プロローグ」にはこう書いている。

「『もうじき死ぬのかもしれない』ということになってみると、私はものの考え方とか、感じ方とか、そういうものがすごく前と変わってきました」「これまで長いあいだ、私はいろいろなことをいろいろなひとに気兼ねしたり、遠慮したりして、本当に思ったことを云わないこともあったし、いろいろありました。今度は本当に本音だけを書いてゆきたいな」

今までとは文体が変わっている。本音を言う中島梓は別の人格になったかのようである。

そして、自分のことを「外側の薄皮をはがれたウサギみたいな人間」だと言う。

「ピーターラビット」とは自分のことだったのだ。

「花と音楽と綺麗な布地や美しいもの、華奢《きゃしゃ》で可愛らしいこまごまとしたつくりもの、低く優しい声とおだやかなやりとり、静かな雨の音やさんさんと美しい日光にかこまれて、眠るように死んでゆけたら」

ここに挙げられた具体的なものはとても重要である。

大学で「ハーモニカ・ソサエティ」に入ってキーボードをしていた頃はクラシック派だった中島梓はやがてジャズに傾倒していく。ジャズでは「コミュニケーションが第一番で、音もソフトで、アイ・コンタクトしながらみなでひとつの音楽を作りあげてゆく。そういうあたたかい世界」だからである。

中島梓は三十七歳で乳がんに罹《かか》り、右乳房を全切除する手術を受けた。そのがん体験を書いたものが『アマゾネスのように』である。

四十五、六歳を過ぎてからは発芽玄米と納豆とめかぶとしらすを中心に、それも有機か無農薬のものを食べるようにしていたという。

五十四歳の時、白目が黄色くなっているのに驚いて医者にかかると、すぐに検査を受けるよう言われる。そして最終的に築地のがんセンターに入院し、十二指腸と胆嚢《たんのう》と胆管そして膵臓《すいぞう》の一部を摘出している。手術前には「胆管ガン」だった病名は手術後から「すい臓ガン」に変わっていた。闘病記『ガン病棟のピーターラビット』の中で、ネットで激しく論争するような生活がよくなかったのだと反省している。

三十三歳で出版した半自叙伝『マンガ青春記』には既にこう記している。

「しかしそれにしても、何という生だったろう——まだ終ったわけではないけれども、私は感嘆のあまりそう呟《つぶや》かずにいられない。デビューして八年、まるで私は、とまらないジェットコースターに乗っている気がしつづけた。大阪にとび、博多にとび、泣いたりわらったり、三角関係に不倫の恋、スキャンダル、差別問題、結婚に出産」

「どうも私自身の生というものも、私の小説くらいにはドラマチックであるようだ——たぶん、それもまた、私の小説の一つにすぎないのではないか、とさえ思えたりするほどに」

『ガン病棟のピーターラビット』は、五十四歳の十二月にがんセンターで受けた手術が一応成功し、抗がん剤で予防治療をしながら静かに過ごしている日々に書き上げられている。

しかし、翌年四月、肝臓にがんが転移しているのが発見される。しかも「ほっとけば余命1年ナシ」という宣告つきである。

そこから最期の作品『転移』は書き始められる。中島梓は「本当に本音だけを書いてゆきたいな」と書いたすぐ後に、「予定としては、私が文章を打てる限りは現状報告と遺書をかねて書いてゆくつもりです」と記しているから、「遺書」とは「本音だけを書いたもの」に他ならない。それがもう闘病記でないのは「鳥の将《まさ》に死なんとするや、その鳴くや哀し。人の将に死なんとするや、その言や善し」と書いていることからも明らかである。

中島梓の「とまらないジェットコースターに乗っている」気持ちは、三十三歳を過ぎても消えなかったようである。三十七歳からのがん体験の他にも、摂食障害、アルコール依存症、数千万の借金を抱えたストレスで二十五キロも太り続けたこと、ダイエットの依存症だったことなどを告白している。

しかし、それらはがん体験によって駆逐されてしまった。最後まで残ったのは、体調がひどく悪い時でも家族（夫、息子、母）のために夕食の準備をすることである。

病院でCTの結果、腫瘍《しゅよう》の二つが三十ミリから三十七ミリに拡大したことを聞き、痛み止めを貰《もら》って帰ってきても、一服すると、夕食用に大根とさつまあげの煮物と、おやつ用に亡父の好物「鬼まんじゅう」を作る。

「母はきょうは長唄の稽古で不在だが、これが蒸し上がるまでには帰るだろう」（08年10月9日）

一カ月前、病院に検査に行き、疲労困憊《こんぱい》して帰宅した時もそうだった。

「母親は俳句の会でお客がきている」（9月11日）

自分はサッポロの塩ラーメンでいいのに、起きて家族の夕食を作る。タチウオのムニエル、マグロのあぶり叩き、キムチ入り味噌汁。食後、背中の痛みでまた夜中過ぎまで眠れない。

中島梓は夜中に背中の痛みに襲われると「あと十年だけでも生かしてください、まだやりたいことがあります」と痛みに向かって訴えている。とにかく眠れないのだ。横になっただけで腰が痛み、ソファで寝てみたり、うつぶせになってみたり、坐《すわ》り込んだり、何をしても楽にならない。胃腸の調子も悪く、カロリーを摂取するために少し食べただけで喉《のど》が詰まったようになるか気持ちが悪くなるかして、ものを食べられない日が続いている。

「私はもともと『誕生日』というのがトラウマになっていて、誰の誕生日でもかなりのストレスを起こすのと、いますごく『団欒《だんらん》』な食卓、というものが強烈にストレスになっているらしい」（『転移』０８年10月21日）

「夕食問題」を解決しようと、ある日、一人でステーキを焼いて食べてみると、すいすい食べられることを中島梓は発見する。昨日までの具合の悪さがまるで嘘のようなのだ。

「やっぱり、『団欒恐怖症』の拒食症だったのだ」「食べたいものを自分ひとりで食べて、力をつけて、皆の食事を用意してやればすむ、ということになるかもしれない。もう、『皆と一緒に食事をしなくてはならない』ことにあまりに義務観念や強迫観念を持つのはよそう」「友達と会食するのはなんともないのだ」「小さいころから、夕食の時間がとても苦手だった。それがいまだによみがえってきてしまうのだろう」（０８年11月14日）

（中島梓の小さい頃の家族とは、「実業家」で「娘に甘い」父と、「どの食事も珍味佳肴《かこう》や、とに

かく『食べたいごちそう』の欲しい人」である母、そして障害児の弟である）

翌日は母の八十五歳の誕生日である。母はマンションの隣室に住んでいる。「きのうから体調がだいぶアップしてきたと思っていたら、朝、右向きに寝ていたらお腹がよじれて痛くなってしまい、それがなかなかなおらないので往生する」「午前中にグインの残り16枚をすましてしまえるかと思っていたが、駄目だった。特に今日は母の誕生日なので、隣にいってお茶をし、買っておいたプレゼントの急須をあげ、話し相手をしてやったりしていたら、何にも出来なくなってしまった」「この人はずっと『貰う幸せ』『大事にされる満足』『愛される幸せ』だけで生きてきた。与える幸せ、自分の分を割いてひとを幸せにする満足、ひとのために尽くす幸せについては、ついぞ知らぬという人生をついに80年にもわたって歩いてこられた、幸運といえば幸運な人だ。ときたま『私は前世にどんないいことをしてこんなに幸せなんだろう』というときもある。そのまわりで、私はガンになり、弟は一生全身不随の寝たきりの障害者のまま終わっていった」（08年11月15日）

中島梓は講談社の編集者Nさんと「母との葛藤」を小説に書く約束をしていた。だが、心に母への「憐憫《れんびん》」と「ゆるし」が入り込む。年老いた母に試練を与えてどうなるというのか、と。「私にはその約束はもう守れないかもしれない。だが、守れないかわりに私は少しだけ心の平安を得たのかもしれない。まだ完全には得ていない。『割り切れない』『不条理』『なんで私だけ』『なんでこの人だけ』と思う部分がちゃんと残っていて、心のなかでざわざわする」（同）

もっとも、その八日前の日記にはこう書いている。
「隣にいって『ママの卵焼き』をせがむ。甘くていかにも『東京』というやつだ。焼いてくれたのも母と2人でぺろりと食べてしまった。だいぶん回復してきつつあるようだ」（11月7日）
『転移』において母はとても不思議な登場の仕方をする。中島梓を苛立たせ、同時に喜ばせるのだ。
腫瘍マーカーが８９００だと病院で聞いた日、「私」は意気消沈と疲労のため食欲がなく、「そちらで鍋でもしてくれ」と母に告げている。「そちら」とは、母と息子が一緒に住む「隣」のことである。
「母が『あんたの食事どうしようどうしよう』としきりと気にして、おじやを作るだの雑炊《ぞうすい》はどうだのウドンならどうだのという。一番望ましいのは、放っておいて、そっとしておいてくれることなのだが。『何も食べられないから』といって、結局食事をことわり、あとで一人で生卵かけ御飯を80ｇ食べる」（０８年11月20日）
前回のがんの闘病時にはなかったことだが、転移してから、中島梓はすべての原因が「母」にあると考えるようになった。しかし、母にはこういう面もある。
「今朝は母のところにいったら、母がリンゴとミカンでジューサーでジュースを作ってくれて、それがとてもおいしかった。これでニンジンでも入れたらいいのかもしれない。少しそういうこ

とを、母に頼むようにしてみよう」（同12月1日）

年が明けると前年の秋から続く腹痛はますますひどくなった。腹水も溜《た》まり、「末期」が近づいている気配におののいている。

「昼に隣にジュースを貰いにいって、母に『平和な日々じゃないの』と話の流れのなかで、母をなだめるつもりでいったら、『あんたがお腹が痛い痛いって云うのさえなければねえ。そういわれると不安で心配になっちゃうから平和じゃなくなっちゃう』といわれたので、多少のショックを受けて戻ってきた」（０９年２月10日）

母はいつも「自分中心」なのだ。

「とにかくこちらがガンだとか病気だとかいうことを認めようとしない、あるいは軽く見ようとする、ということで、決して『相手中心』の話にしようとしない。結局は最終的にはいつのまにか『自分の話』になっている」

「基本的には、ひとは、ひとのことなんかどうでもよいのだ」（同４月９日）

「関係性ストレス」である。それでも母と離れられない。

五十歳のころ中島梓がジャズを始めたきっかけは、今までやってきた音楽では「私自身の声、私自身の歌」というものがないと気づいたことである。ジャズには「アイ・コンタクト」があった。そのことに大いに感激する。そこでやっと「自分の声」が持てたのである。だから腹水が溜まっても演奏に行くことは止めなかった。

中島梓が歌舞伎や長唄を好きなのは母と祖母の影響である。赤ん坊の頃から歌舞伎に行っていた。長唄や清元《きよもと》や小唄の名取になったのも母のせいである。

着物と芸事が好きで粋な母は中島梓にとって「憧れ（同一化）」の対象であった。が、母は「愛着」の対象にはなってくれなかった。

「愛着」とは、子どもが危機的な事態で親に接近したり、接近した状態を維持したりすることで安全を確保することである。そこにいけば恐怖や不安を緩和してもらえると子どもは信じている。

亡くなる前、鬱《うつ》に打ちのめされてパニックになった時、ケアのために電話した相手は息子と夫である。

しかし、早稲田を出た後の二年間に狂ったように書いたものについて、三十三歳の時にこう語っている。

「そこに見られるのは、『男と男』といった表面上のことがらをこえて、云うなれば、保護者にはぐれた子供の、愛を求める訴えであり、同時に二人の人間の自我の相剋《そうこく》の、最終的なかたちであるだろう」（『マンガ青春記』）

（2016.8.20〜9.10）

佐野洋子——母との和解は果たせたのか

佐野洋子さんが乳がんのため都内の病院で亡くなったことをネットで知ったのは、私がこのコラムの連載を休ませてもらってフランスに滞在していた時だった。

佐野さんはドイツの大学でリトグラフを学び、帰国してから絵本作家としてデビューしたのだ。しかしドイツでは一人暮らしのおばあさんたちの孤独を痛感したともっぱらエッセイで書いていて、子どもがいない人生は寂しいということだけをドイツで学んできたようなのだ。

フランスに行く前ドイツに行った私は、ドイツの公園にはベンチに腰をかけて一日を過ごすおばあさんが大勢いるのだと思い込んでいたほどである。

『友だちは無駄である』というタイトルの本を佐野さんは書いている。しかし『子どもは無駄である』という本は書いていない。

私は佐野さんの友だちではなく、佐野さんが麻雀をする時に呼び出されるメンツだった。佐野さんの親友だったSさんがかつて私の担当編集者だったことがあり、その縁で当時の編集者が紹介してくれたのである。

私は佐野洋子という名前を知ってはいても『100万回生きたねこ』という絵本すら読んだことはなかった。つまりは佐野さんという人をほとんどまったく知らずに知り合ったのである。

ただ私の家から荻窪には東西線一本ですぐに行けてしまう。やがて朝寝ていると電話がかかってくるようになった。

「こんにちは。佐野です。あなた今日空いてる？　麻雀しない？」

「今日は締め切りだから無理です」

「連載なんて落としちゃえばいいのよ」

「そんなことはできません」

「あなたさあ、私はがんなのよ。原稿なんて、私、何度も落としたことあるわ」

「本当ですか？」

「ホントよ」

「本当に本当ですか？」

「ホントよ。だいたい締め切りとがんの人間とどっちが大事なのよ？」

「がんの人です」

私は「病気」になったことにしてあわてて麻雀をしに家を出て、後で編集者に厳しく叱られることになる。

「小倉さんは佐野さんに騙《だま》されてます。佐野さんは一回も原稿を落としたことなんかありませんよ」

佐野さんの家に着くと、果たして佐野さんとSさんの二人しかいない。

「え？　あとのメンバーは？」

「今から探すのよ」

佐野さんが手帳を開き、来てくれるかもしれない人の名前を読み上げて、独り言を言う。

「山田詠美。男っ気がないと来ないわ。角田光代。仕事が忙しすぎて来ないわ」

「あの、私の仕事は？」

二人は「大丈夫よ〜」と笑いあった。諦めた私はサンマ（三人麻雀）をすることにした。しかし佐野さんもSさんも麻雀はほとんど初心者なので牌《パイ》を捨てるのに時間がかかること甚だしい。

「五秒で捨てるんです」

「待ってよ。すごく難しいんだから」

「捨てる前から捨て牌を決めておくんですよ」

「あなたさあ、私、今素晴らしい手を作ってるのよ。ワクワクするわ」

「その前に上がります。ロン。ピンフですね」

「なに？」

「だからピンフのみ」

「あなた、私の手を見て」

佐野さんがバラバラと牌を倒すと「緑一色」がテンパっている。

「いい？　麻雀は勝てばいいってもんじゃないの。美しい手を作るものなのよ」

佐野さんが真顔で言った。

サンマでは勝つ者は圧勝する。麻雀に勝って軽蔑されたのはそれが初めてのことだった。


佐野洋子さんは麻雀を覚えるためにケーブルテレビの麻雀教室を見ていた。だが、どれだけ麻雀の試合を見ても牌は一列に七個ずつ捨てるというルールを学ばず、女性雀士に美人が多いことに感心ばかりしていた。

小学校の頃、美人のオンナは鉄棒する時にも白いパンツをわざとオトコに見せるように逆上がりをすることから、「今に見ていろ」と思った佐野さんである。

麻雀をするメンツが四人以上いると、自分はソファに寝そべって後ろから人の打ち方を見た。

「あら、そう切るわけ？　私ならあっちの赤いのを捨てるわ」

赤いのはドラである。

「絶対捨てちゃいけませんよ。ドラは親の命です」

「ドラは親の命？」

呆れたように復唱した。

「ドラは親の命」

二度とつまらないことは口にするまいと思った。

食卓に移動した佐野さんは急須から湯のみ茶碗に何度もお茶を注いで飲んでいる。

「ねえ、あなたたちはさっきからリーチ、リーチって言うじゃない？　私、変な気持ちになるの。リーチってうちの父さんの名前なんだよ」

佐野さんのお父さんは佐野利一というのだ。

「父さんは家で寝ついてそのまま死んじゃった。何の病気だったのかも分からないんだよ」

お医者さんは往診に来てくれても病名を言わずに帰っていき、お父さんは間もなく亡くなった。

「私はがんになってよかったと思ってる。みんな優しくしてくれるからね」

Sさんが言うには、佐野さんはこの間まで脚の痛みに呻《うめ》くばかりで動くこともできなかった。今は窓のカーテンを閉めるのにソファからソファに跳びうつったりしている。

夜が更けると佐野さんはソファに横たわった。

「私は麻雀はいいから、あなたたちでして」

出版社から届いた原稿料の振り込み通知書の封を切って「ふーん」と言ったきり静かにしていたと思うと、仰向きになったまま大きな声を出した。

「ねえ、おっぱいが片一方なくなるということはどういうことか分かる人いる？」

誰も答えなかった。

「身体というのはおっぱいがないとバランスがとれないのよ」

また誰も答えなかった。

麻雀が終わった。帰り仕度をしようとすると佐野さんは人を必ず引き留める。

「帰らないでよ。ずっといなさいよ。話をしようよ」

終電は終わったし、タクシーで帰る荻窪から早稲田までの道路は風景が寂しい。

「私、泊めてもらっていいですか?」

「いいわよ」

皆が帰っていった。

「あなた暑いでしょう。お風呂に入りなさい」

お風呂にお湯が入った。

「あなた着替えがないでしょう。洗面所に下着を置いとくからね。ゆっくり入るのよ」

季節は秋の初めで、洗面所には黄色いパジャマも置いてあった。お風呂から出てパジャマに着替えると、和室に蒲団が敷かれていた。

「斜め向かいに空き地があるでしょ。あなた、そこに家を建てなさいよ。そしたら毎日麻雀ができるわ」

麻雀なんか本当は好きじゃない佐野さんが言った。

少し話しただけで疲れた私は眠ることにした。

「あなた、本がないと眠れない人? 本を持ってきてあげるね」

佐野さんは素早く階段を上って降りてくると「私の一番好きな本。あなたに一番必要な本」と言って枕元に一冊の本を置いた。

「平家物語」だった。

ある時、佐野洋子さんから「お弁当を駅前で二人分買ってきて」という電話があって、SEIYUでお弁当を買って行った。いつも食べ物が豊富にある佐野さん宅なのにである。お弁当を取り出すと、佐野さんはお箸《はし》をわしづかみにしてバチッと食卓に置いた。佐野さんの辞書にはもともと「優美」という言葉はない。自己完結した優美さはあるが、他の人に対する優美さはない。

しかし、その日の佐野さんはとりわけ怖い顔をしていて、一口食べただけでお弁当に蓋《ふた》をしてお茶を飲み始めた。「こんなまずいお弁当を買ってきて」と非難されているようで、私もお弁当を食べるのを止めにした。食卓にはお葬式の本が置いてあった。

何度か家を訪れるうちに、最初の頃にいた佐野さんの長年の友だちである女の人たちの姿は見えなくなっていた。一緒にいるととても気分のよくなる人たちだったが、麻雀にはその都度、初対面の人が呼ばれて来るようになっていた。

しかし、その日の佐野さんは一人でいた。麻雀をする予定もなく、気まずく向かいあっていると、佐野さんは自分のお葬式の話をし始めた。豪勢なお葬式にしたいこと、計画はすべて親友の

Sさんに話して託してあること。しかし、いつもいるはずのSさんはいない。その理由を尋ねると、具体的なことについては語らず、「私は自分の性格が嫌なの！」と大きな声で佐野さんは叫んだ。

佐野さんには親しくなった友だちを激しく攻撃するところがあった。それは美大を出てデザイナーや画家になるような人には特有のもので、毒気のある乾いた批判こそ佐野さんの真骨頂であるのだと当初私は思っていた。もちろん私も佐野さんに嫌われていた。私はわがままで気難しく、人に気を遣《つか》わないからである。佐野さんには常に人の性格の欠陥が見えてしまう。他人の批判を聞くのはそれなりに楽しいが、自分が標的になるのは嫌なものである。

佐野さんが大好きなために批判しなかったのは、お父さんと息子さんとピカソとニコニコ堂の主人。その四人だけである。他にも好きな人はいたのかもしれないが、無条件で好きだったのはその四人だけである。

佐野さんは自分に才能があることをよく知っていて、それが「心の中のゆとりと自信」になっていた。他人の「性格」ではなく、自分の「性格」を嫌悪していると語ったのは、だからそれが初めてである。

「ここに坐りなさい」

佐野さんはリビングの方の椅子に坐り、隣の椅子を指差した。

「なんですか？」

「話をしときたいの。早く坐って」

机を挟んで刑事と容疑者のように九十度の角度で坐った。

「私、転移するとは思ってなかったのよ」

佐野さんの乳がんは一年で骨転移していた。

「私にはやり残していることが一つだけあるの。それをしないと死ねないのよ」

重要すぎる話が今から始まると思うと、耳の中で血管の鼓動がジンジンと響いてくるのだ。

「なんですか？」

「母を許すことよ」

なぜそんなことを私に話すのだろう。私がフェミニストだからだろうか。

佐野さんは自分の「性格」が嫌なのだと言った、自分の「性格」は母との関係に由来している。母と和解すれば宿題が解決する？

「違う」と私は思った。

佐野さんが和解するべきは昔からの友だちと昔の恋人だ。今からすぐに現実にそれをすればいい。和解するべき相手が違う。そう思ったのだ。

母の生前に和解を果たさなければならないと考えた佐野洋子さんは最後に『シズコさん』を書いた。作品の中で母は娘に感謝し、娘は母を許している。ただし、「ぼけた母さん、ありがとう」とも書いている。

そのことで、やり残したことをやった満足感と、和解のもたらす世界との調和感を佐野さんが持てたのかどうか、私は今も分からないでいる。『シズコさん』に書かれていたことがどこまで真実なのかは、それを書いた佐野さんにしか分からないのである。たとえ真実でなくても、それを書いたことによって和解はなされたと考えることもできるらしいが、私はそうは思わないのである。それが真実でなく、佐野さんがフィクションとして「和解」を描いたと考えると、書く前よりも苦しみは増大したのではないかとさえ思われる。

人間は簡単に理性的にはなれない。その人の「性格」は死ぬまで変わらない。人間には「改心」はなく、したがって真の「和解」などありえない。

佐野さんが実はそう思っていたのだとしたら、すべてを消し去るのは「死」だけということになる。

ドイツに留学していた時、佐野さんが言われたという、ものを書く人間に必要な「黒い心」を持っていることと、肉体の滅びに当たって「心の平安」を得ることのどちらをも手に入れることが可能だとは私にはとても思われない。

だが、佐野さん宅を最後に訪れた時、和室には仏壇が置かれてあった。正宗白鳥が死の床で洗礼を受けたという事実を知った時ほどではないが、私は仏壇を見た時に少し違和感を持った。

私の知人が佐野さんと話した時、佐野さんは「同類」に向かって言ったという。

「センスのいい人間はみんな性格が悪いのよ」

「どうしてですか?」

「美意識のために性格をこそぎ落としていくからよ」

センスのせいで人はセンスのない人に辛辣《しんらつ》になるだけではなく、自分自身をも絶えず批判せざるを得なくなり、「善意」という野暮なものを表現することができなくなる。

「善意」とは「白い心」である。センスのない人、この世の常識を疑わない人、凡庸《ぼんよう》な人が持っているものである。「善意」は多くの場合、押しつけであり、過剰であり、恥ずかしいものである。

「白い心」を持った人にしか、友だちと仲良くしたり、喧嘩した相手と和解したりすることはできないとなれば、肉体と「黒い心」をともに持つ人間は、最高の理性を保つことによってしか心の平安を得ることができない。

佐野さんはその細い道を登っていくと決めていた。

麻雀の最中、次の回が終わったら食事にしようということになって、「みんな手伝ってね」と佐野さんが言った時、あるオジサンがせせら笑った。「メシは女の作るもんだろ。うちでは女房が全部やるさ」

麻雀牌をかき回していた佐野さんは雀卓の上に上半身を突っ伏して怒鳴った。

「私は一所懸命に生きたいのよ！」

佐野さんはがんが脳に転移することを恐れていた。理性を失ってしまうことは、死そのものよりも恐ろしい。そうなる前に、自分の愛する者のためにできることはすべてしておいてやりたい。

「私の人生で一番必死だったのは、息子が保育園に行ってた時よ。四時までに迎えにいかないと女の園長先生に叱られるの。園長先生はすんごく恐いのよ。走って保育園に行くと、息子も走ってきて二人でがばっと抱き合ってオイオイ泣いたのよ。毎日よ。あの感触が私の一番幸福な記憶よ」


（2010．12．3〜12．24）

ちあきなおみ——女性ジェンダーの完全なる体現者

自分で作詞作曲をする歌手が増えてきた。当初からシンガー・ソングライターを自称する人もいるのだから、歌手だった人が自分の歌を自分で手掛けるようになる気持ちは理解できないわけではない。そうなると、歌手であって最後まで歌手のまま通した人を理解する方にかえって意味があると思われるのである。

生涯歌手のままだった人にちあきなおみという歌手がいる。作曲家が「ぜひ曲を書かせてくれ」と直訴するほど卓越した表現力を持つ歌手だった。

考えてみれば、作曲家がいくらいい曲を作っても、それが肉体を含めた楽器によって表現されない限り、曲は存在したことにはならない。表現者が二次元のものを三次元のものに変えるのである。その意味で、歌手は完全に女性ジェンダーの体現者である。それは単なる媒介に甘んじる仕事でもある。

創造と表現とではどちらに重みがあるのか、作曲と演奏とではどちらが大変なのかというような疑問は、小説や絵画にはそもそも存在しない。創る人と表現する人は同じ人物だからである。

だが音楽と演劇は違う。強固な役割分業体制があり、作曲家と歌手（演奏者）、脚本家と俳優は相互に依存しているため、一方の欠落が片方に与える意味は大きい。

ちあきなおみが芸能界から忽然と姿を消したのは一九九二（平成四）年、今（二〇一〇年）から十八年前のことである。九月十一日、夫の郷鍈治《ごうえいじ》が肺がんで死去した日から、四十四歳のちあきなおみは一切の芸能活動を封印した。

現在六十三歳になるちあきなおみに「今でもどんな歌でも歌いこなせる」と折り紙をつける人は少なくない。

実際、ちあきなおみは四歳の時から、タップダンスを会得し、求められればジャズでも演歌でも自在に歌って生きてきたのである。一九四七（昭和二十二）年、東京・板橋区に生を享《う》けたちあきなおみは本名・瀬川三恵子。三人姉妹の末子である。

「米軍のキャンプ回りを始めたのは、私が四つのときでした。横浜、横須賀、遠くは九州の基地まで行って、タップダンスを踊ったんです。白鳩みえという芸名で、別につらいとも悲しいとも思わず、その日その日を一生懸命送っていました」（「週刊明星」昭和五十年三月二十三日号）

つらいとも悲しいとも思わなかったという言葉に、ノンフィクション作家石田伸也は「わずか4歳にして芽生えた達観」を読みとっている。

「ステージに立つことを『生業』と割り切るある種の距離感は、ちあきが休業するまで常に測っていたようにも思える。内面から湧き立つ強烈な歌への渇望というより、私は誰かに望まれてい

るから歌を歌うんだと……」（『ちあきなおみ　喝采、蘇る。』石田伸也著／徳間書店）

ちあきの二人の姉も「カナリア姉妹」という名で幼い頃から歌を「生業」にさせられていた。姉妹が前座の歌手を務めていた後を五城ミエという名のちあきなおみが継ぐのである。当時を知る座長「こまどり姉妹」の妹・敏子の証言がある。

「お姉さんたちの方がきれいだし、歌もうまかったですよ、当時は。正直、五城ミエに華は感じなかったから、のちにちあきなおみとして出てきたときは驚きました。お姉さんたち、いったいどこに消えたんだろうって思ったけど、それも運命なんでしょうね。逆に言ったら、私たちも歌いたくてずっと歌ってるわけじゃないですし」（『ちあきなおみ』）

「運命」は個人の自由意思を拒絶した所に存在する。

一旦芸能界を去りながら、再び芸能界に戻ってきた都はるみの場合も「運命」なのである。

ちあきなおみが歌手として大成したのは「運命」だったと語る「こまどり姉妹」は、「運命」についてこう定義している。

「仕事のお声がかかること」そして「素晴らしい曲にめぐりあうこと」。

歌手にとって自分が世に出る歌を「作曲家の先生」（＝遠藤実）に書いてもらうことができたことを「運命」と捉える「こまどり姉妹」は、ちあきなおみよりもさらに過酷な境遇から這《は》い上がってきている。

「北海道釧路市に生まれた姉妹の母親は、『門付け《かどづ》』と呼ばれる手段で生計を立てていた。民家や商店の軒下で民謡を歌い、対価として米や金銭をもらう貧しい暮らしだ。住まいはなく、寝泊りはもっぱら駅のベンチだった。やがて、老いた母に代わり、双子の姉妹が一家５人の生計を担うことになる。若い美貌の双子、さらに三味線という芸もあり、門付けから流し、余興からお座敷と少しずつ舞台の格を上げていった。『流しだと３曲歌って１００円、それが余興で１０００円になり、お座敷だと１回で１万円になったものです』」（『ちあきなおみ』）

　姉妹が「こまどり姉妹」になったのは上京してプロになった時、美空ひばりにあやかって鳥の名を自らつけたからである。これに対し、ちあきなおみの二人の姉「カナリア姉妹」は、和の鳥ではなく洋の鳥を名乗って前座歌手となった。

　歌と美貌に関して二人の姉を超えているとは言い難かったちあきなおみは昭和二十二年の生まれだが、四歳からタップダンスを覚え、ジャズが歌えた。「キャンプ営業」の仕事が絶えなかったのは、昭和二十五年に朝鮮戦争が勃発したためである。朝鮮半島に出兵するために先ず日本の基地に送られた米軍兵士が求めていたものを「カナリア姉妹」が提供することは恐らくできなかっただろう。演歌は「貧困層への応援歌」であり、三姉妹の中で末子のちあきなおみの芸だけが朝鮮動乱の世相と合致したのである。

　それを「運命」というなら、政治的状況の作りだす需要に応じて健気に歌い、しかも幼児期から舞台に上がることを「生業」にしてきたためにそのことに疑問を持たず、ステージママに従って働き続ける性格自体が「運命」のようなものだ。

石田伸也氏の言う、ちあきなおみの持つ「内面から湧き立つ強烈な歌への渇望というより、私は誰かに望まれているから歌を歌うんだ」という姿勢、つらいとも悲しいとも思わなかったという感情が麻痺《まひ》したような「運命」の受容の態度は山口百恵にもあったものである。ちあきなおみも山口百恵も、子どもの頃から家族（女性だけの家族）を養うために歌ってきた。そして芸能界から去る時に生まれて初めて自分の意思を通したのである。

一九七二年にレコード大賞を獲った「喝采」は、レコード大賞の発表と紅白歌合戦を見た人々が年が明けてから買い求めた枚数の方がはるかに多く、結局八十万枚を売り上げた。

作曲の中村泰士《たいじ》は「喝采」を、「蘇州夜曲」（服部良一作曲）と「アメイジング・グレイス」をルーツにして作っている。ドレミファソラシの七音のうちファとシの音を含まないいわゆる「ヨナ抜き音階」は、「演歌の世界では存在していたけど、ポップス系ではなかったんじゃないかな。シンプルな音階だけど、あれだけのスケールを出せたのは会心の出来だった」（『ちあきなおみ』）。

それでもヨナ抜き音階である以上、「喝采」は民族音楽である。音階的には和の歌でありながら演歌ではない歌。「心に沁みる叙情歌」を歌いたいとちあきなおみは語っていた。

ちあきなおみは歌手のもの真似がうまいことで定評があった。歌であれ芝居であれ絵画であれ、表現に関わる才能の有無を表すのは模倣の才能である。もの真似のレパートリーもまた広かった。

島倉千代子、松尾和子、園まり、いしだあゆみ、奥村チヨ、和田アキ子、美空ひばり。

象印がスポンサーであった「スターものまね大合戦」で美空ひばりの「花笠道中」を完璧に歌った時、ひばりから「この人はホントに憎らしい」という賛辞を引き出し、「ひばりが認めた唯一の歌手」と形容された。ちあきはひばりについて一切言及したことがなかったが、デビュー当時、一部で「ひばりよりうまい」と噂されたことを心苦しく思っていたからでは、と石田伸也氏は推測する。

ちあきが「雨に濡れた慕情」（鈴木淳作曲）でデビューしたのは、二十一歳の時である。その一年四カ月前、ちあきはコロムビアのオーディションに保留付きで合格をしていた。無条件の合格でなかったのは、コロムビアが「ポップスの歌手」という条件でのデビューを計画していたからである。

十三歳の時に見出してくれた三芳プロの吉田尚人社長はちあきに演歌を歌わせてきた。前座歌手の十代の女の子がキャバレーの酔客を一瞬にして振り向かせるには、北島三郎の「兄弟仁義」を過剰なコブシで歌いだすのは効果的だったからである。他にも理由はある。吉田社長の家で生活していたちあきと子どもの頃に家族のように過ごした吉田社長の子息・竜太氏は後に語っている。

「もっと早くジャズやロックの世界も歌わせてあげれば良かったのにと思います。親父は村田英雄さんや岡晴夫さんの興行についていたから、流行歌しか知らない人だったんです」（『ちあきなおみ』）

コロムビアにちあきのレッスンを依頼された鈴木淳は、ちあきからド演歌唱法のクセを取るために「アカシアの雨がやむとき」を中心に西田佐知子の曲ばかり歌わせることにした。西田自身が「こんなお経みたいな歌、売れないわと思った」という「アカシアの雨がやむとき」をちあきは数カ月間歌い続けた。演歌のクセを抜いた当初は「箸《はし》にも棒にもかからない」ほど平板な歌い方だったが、徐々に本来の力を取り戻し、野球で言うとポテンヒットがぽちぽち出るようになり、やがてヘレン・メリルやジュリー・ロンドンも教材に加わるようになる。

デビュー曲「雨に濡れた慕情」は十六万枚を売り上げた。翌七〇年「四つのお願い」もヒットし、「紅白歌合戦」の初出場が決まった。

レコード大賞を獲った「喝采」を出したのはデビュー四年目、二十五歳の時である。

しかし、五歳でステージに立ったちあきは歌手として二十年の歳月を過ごしていた。

『ちあきなおみ』によれば、受賞直後、多くの作曲家がそれまで鈴木淳によって厳禁されていた演歌の曲も含めて「書きたい」と殺到した。そんな最中、TBS前の喫茶店でちあきは「喝采」を作曲した中村泰士にポツンと聞いたという。

「私は何の歌手?」

ちあきはとても迷っていた。中村も迷った。

「一人の歌い手に対して、一人の作曲家のアイデアは何曲も続かないんじゃないかと。『喝采』

を超えることはできないんじゃないかと……」

「静かな問いかけではあるが、これが前座時代を含めて初めての『歌手としての自我』だったように思える」（『ちあきなおみ』）

「いろんな作家と組んでみたら」。その時、中村は答えている。

二十五歳のちあきなおみは、「喝采」の直後、作曲家が殺到した時に歌手としての岐路を迎えたわけではない。

現在再評価されている「伝わりますか」「冬隣」「紅とんぼ」「黄昏のビギン」などを出したのはずっと後、四十代に入ってからである。

ちあきは歌への強烈な渇望によってではなく、「誰かに望まれているから」という動機で歌ってきた。恐らく表現の最も純粋な動機であろう。信頼感と親密感を持った人の肯定的評価を得ることで安心することができる。

最初は母に、次には吉田社長に「望まれているから」歌ってきた。ちあきには世界との間に常にそれを媒介する具体的な対象が必要だったのだ。

中村泰士に「いろんな作家と組んでみたら」と言われたちあきは「いろんな作家」と組むことはせず、ドラマで共演した宍戸錠に誰かを紹介してくれるように頼んでいる。宍戸には離婚したばかりの弟、郷鍈治がいた。郷の最初の結婚生活はケンカ続きで一年も持たなかった。宍戸は郷にちあきを引き合わせる。
「もう本当にその瞬間、あっ、こいつらはデキるなってわかった」（『ちあきなおみ』）
ちあきは映画やドラマに出演してもコメディエンヌとして自分との絶妙の距離感を見せている。大日本除虫菊「タンスにゴン」のCMシリーズでもそうである。
NHKの「歌謡パレード'88」に出演した時、杉浦圭子アナに「名曲とは何か？」と質問されている。森進一が「歌い継がれる歌」、五木ひろしが「人に感動を与える歌」という回答をしたのに対し、「いつ聴いても新鮮な歌」と答えている。
二十年の歌手生活の中で、どんな曲を与えられても正確にそれを解釈してきている。作詞・作曲家の意図と感情を深く理解するためには、一つの助詞も一つの音符もその意味を理解しそこねてはならない。ちあきは解釈のプロである。郷鍈治にしてみれば自他の気持ちに距離がないちあきとはケンカをする理由がない。出会って五年目の七八年、二人は結婚をする。
「『喝采』でレコード大賞もらったでしょう。ジンクスっていうんですか。以来、あれ以上のヒット曲は出ないんです。ヒット曲が出ないと焦《あせ》るし、プレッシャーに押しつぶされそうになってたんですね。すると歌を好きで歌っているのかどうかも分からなくなってきました。この辺で、そういう活動からも一度離れてみようかと思ったんです。それに結婚もしましたし」（「週刊大衆」八二年一月二十五日号）
歌手としての円熟期は郷との十四年の結婚生活の最中に訪れる。ヒット曲を出さなければというプレッシャーから解放されて安心することでちあきは新境地を開くことができた。ちあきなおみは今日、同業者に最も評価される歌手である。

デビュー前のちあきへの興味を語った証言がある。「姿三四郎」でヒットを飛ばした姿憲子のものである。

「名古屋、徳島……どこのキャバレーに行っても、お店の人やお客さんから『こないだ来た子は、すごくうまかった』と聞かされたんです」

同じくキャバレー回りをしていた日吉ミミの証言。

「楽屋に貼られたスケジュール表を見ると、決まって『南条美恵子』の名前が書いてあった」

「これだけ重宝される前座歌手って、どれだけ才能があるんだろうかと……」（『ちあきなおみ』）

歌う人は歌を作る人とは違って「ここまできたからには引き下がれない」という思いがないため歌をやめるのもラクなのだという。

喜んでくれる人がいなくても歌うというのは確かに我執のような気もする。

（2011 1.7-14〜2.4）

ホームレス歌人——元新聞記者が見た荒涼たる風景

二〇〇八年十二月八日、朝日新聞の「歌壇」欄に☆マークを二つ獲得した人物が登場した。☆マークは複数の選者が重複して評価した印である。

「(柔らかい時計) を持ちて炊き出しのカレーの列に二時間並ぶ」

住所欄にホームレスとあった。柔らかい時計はダリの時計である。通常の時間とは違う進み方をするのである。

「ホームレス歌人公田耕一」(選者・佐佐木幸綱評)

「ホームレス歌人公田耕一」が「朝日歌壇」に彗星《すいせい》のごとく現れた日、朝日新聞の一面見出しには「内閣支持急落22%」という活字が躍っていた。麻生内閣の不人気を伝えるものである。

公田耕一の登場に鮮烈な印象を受けた人々は、それ以後も公田の作品に深い共感と応援を送ってきた。

「鍵持たぬ生活に慣れ年を越す今さら何を脱ぎ棄てたのか」

「親不孝通りと言へど親もなく親にもなれずただ立ち尽くす」

「パンのみで生きるにあらず配給のパンのみみにて一日生きる」

「百均の『赤いきつね』と迷ひつつ月曜だけ買ふ朝日新聞」

翌年九月七日の入選作を最後に公田耕一は突然姿を消す。九カ月の間に二十八首の歌壇入選作を残し、公田耕一の歌人としての活動はなぜか終わったのである。

それから十カ月、フリーの雑誌記者を十年続けて五十歳近くなった三山喬《みやまたかし》は、絶望的な出版不況に「異業種への転職も止む無し」と、知り合いの雑誌編集者に最後の挨拶のつもりで電話をした。その際、なぜか「もしやるなら」と「ホームレス歌人をめぐるドヤ街ルポ」のプランを話した。本人は短歌に関しては「ド素人」であると言う。公田の活躍を同時進行で見つめていたわけではない。

しかし、その企画が即決で通ったことから、ライター人生を続けることになった。彼は横浜寿町《ことぶきちょう》のドヤ街で地を這うようにして公田耕一の探索を始める。

三山喬はフリーになる前、朝日新聞の記者だった。東大経済学部を卒業後、朝日新聞東京本社学芸部、社会部などに十三年間籍を置いていたのだ。三十代後半で朝日を退社してペルーに移住。南米でフリージャーナリストをしていたが、九年後の二〇〇七年に帰国する。

「中高年独身者で仕事にも行き詰まった私は、介護つき老人施設に移った父親の留守宅を預かる、と言えば聞こえがいいが、現実にはもはや、そこしか居場所がない状態にあった。住民税や国民健康保険料の支払いすらままならない日々が続いていた。五十歳を前に、いよいよペンを折り、第二の人生を考えるか。この歳ではもう、ろくな選択肢はないことは、何回かのハローワーク通いでわかっていた」

三山の故郷は神奈川県藤沢市である。元朝日新聞記者と「朝日歌壇」の投稿者というだけではない符合が公田耕一と三山喬の間にはあり、この人は「ホームレス歌人」を探すのに最も相応しい人ではないかと思わされるのである。

三山喬は公田耕一がホームレスになった理由に「性格悲劇」を見ている。

取材を始める前の「職業人生の秋」に、三山はある業界紙の面接を受け、「あなたは組織との関係に問題がある」と面接官に言われて落とされるという不愉快な経験をしている。「貧困」を単なるテーマではなく、我がこととして考えざるを得ない状況に追い詰められていることを三山は認めている。南米でも同じことが起きていた。政治の問題、社会の問題として捉えることもした。それでも三山は自分の性格について考えてしまう。そして反省せずにはいられないのである。

ホームレス歌人・公田耕一に冬のイメージがあるのは、「朝日歌壇」に彗星のように現れたのが十二月八日であったことと関係があるのだろう。

ホームレスになると人は「最初の晩」から二、三日は眠れないという。自分の境遇についてくよくよ考えるからではない。家を出るまでに考えるだけのことは考えてきた。頑張る気力がプッリと切れた時に、人は路上生活に入るのである。もはや家を出た過去を振り返ることはしない。

それでも「最初の晩」に眠れないのは、「前から寝てる人たち」にどう声をかけるか、まだ分からないからであるという。

仲間がいなければ路上生活者として眠ることもできない。それは、温もりがほしいということなどよりも、「前から寝てる人たち」の教えがなければ小銭を稼ぐ方法も分からず、どこに段ボールで「家」を作ればいいのかも分からないからである。先住者に受け入れてもらわなければ生活することはできない。

横浜寿町に入った三山喬は公田耕一が経験したはずの路上生活の「最初の晩」を経験する。しかし三山を眠らせなかったのは、新参者としての怯《おび》えではなく、夜の「寒さ」であった。自分を見る通行人の「冷ややかな視線」もあった。三山は公田耕一を追体験するために路上生活をしてみたのだから、切実に「前から寝てる人たち」に声をかけたかったわけではない。

「野宿者の最も本質的な部分、つまり帰るべき家を失うという退路を断たれた感覚は、本物のホームレスにならなければ、絶対にわからないことである」(三山喬『ホームレス歌人のいた冬』東海教育研究所)

三山が「本物のホームレス」になれないのは、文字通り「本物のホームレス」ではないからである。が、「本物のホームレス」である公田耕一も「本物のホームレス」らしくはなかった人である。三山のように、生き延びる上では余計な自意識を持った人であったとも思う。

三山は歌壇読者の多くが公田に感情移入したのは「最近まで〝自分たちの側〟にいて、転落してしまった人に違いない」と受け止めたからであると推論している。

公田耕一は「前から寝てる人たち」に受け入れられようとする人ではなく、周囲の人と距離を置く人であり、隣で寝ている人を歌に詠《よ》むことを考える人だった。

「日産をリストラになり流れ来たるブラジル人と隣りて眠る」

問題はなぜ公田耕一が〝自分たちの側〟から転落していったかである。

三山の本のタイトルは『ホームレス歌人のいた冬』となっているが、公田耕一が歌壇デビューしたのは冬だっただけではない。

「それもリーマンショックに続く冬、年越し派遣村のあった『あの冬』である」

「横浜市寿生活館」の高沢幸男氏が三山に取材を受けてこう証言している。

「いまでもはっきり覚えてます。強烈な印象ですよ。あんな風景はそれまで、見たことがありませんでした」「あの年は、土日が重なって八連休になったこともあり、例年にもまして、行き場を失った人が大勢いたんです。路上生活者の層が変わった、という指摘はもっと以前、九七年あたりからありました。日雇い経験のない人が路上に落ち、『スーツホームレス』なんて言葉も生まれていた。でも、リーマンショック後の変化はさらに大きなものでした」「路上で寝ようにも、どうしたらいいかわからないような人が、大勢放り出されたんです」

ホームレスを自称して「朝日歌壇」に登場した公田耕一なる人物については、当初からシニカルな見方がなかったわけではない。

「不況に苦しむ弱者を詠みたかった」ために「選者や読者の心をつかむ」目的で自らの身分を偽ったとする「身元詐称説」などはその代表的なものである。

石川啄木の「ぢつと手を見る」と比較すると、公田の歌には「手」即ち「焦点を絞って感情移入をした作品が少ない」という見方をする人もいる。なるほど短歌的に首肯できる指摘である。

しかし、三山喬はホームレス歌人という設定がたとえ虚構のものだったにせよ、公田耕一という投稿歌人が存在し、空前の反響を巻き起こしたことは、記憶され、語り継がれる価値があると考えた。

『ホームレス歌人のいた冬』の「あとがき」の日付は「二〇一一年三月五日」となっている。

ホームレスという設定が虚構であるか否かを識別することに意味があるとは思われないのは、福島第一原発事故以降、私たちは程度の差こそあれ、みな「ホームレス」だからである。

「ホームレス歌人」が詐称であろうとなかろうと、公田耕一は避難所の生活と同じ「鍵を持たない暮らし」についていち早く歌った人である。

「鍵持たぬ生活に慣れ年を越す今さら何を脱ぎ棄てたのか」

二〇〇八年の暮れ、公田は寿町のドヤで生活をしていた。そういう生活を詠むということは、それらが公田にとってまだ「当たり前の生活」になっていなかったからであると三山は考える。公田は何らかの経緯で寿町には来たものの、往来で酒を酌《く》み交わす住民にはなじめなかった。

三山にとって利用できる資料は公田の投稿した歌だけなのだが、そこから三山は公田の行動半径を特定していく。

三山が横浜市寿生活館に入っている「寿町日雇労働者組合」の職員・近藤昇氏に話を聞いていた時である。かつて朝日新聞が公田に「連絡求ム」と紙面で呼びかけた時、近藤氏は組合の掲示板に、「ご連絡したいことがあります」というビラを貼りだした。投稿謝礼の受け取り窓口になってやろうという、組合職員としては普通の思いからである。三山が公田のことを訊くと、その近藤氏が事務的な口調で言った。

「彼の名字はクデンと読むんですよ。自分でそう言ってたから間違いありません」

公田は自分から電話してきてクデンと名乗ったのだという。イタズラ電話ではないかと三山は心配する。

「寿では、そんな何の得にもならないイタズラは誰もしませんよ」

得難い事実をまるで取るに足らない出来事のように語る近藤氏に三山が驚くこの箇所が、私は本の中で一番好きである。「表現する人」と「人をサポートする人」の違いに「表現する人」の側が驚くのである。

クデン・コウイチは、近藤氏に「いまはまだちょっと」と申し出を断ったという。

横浜市栄区には公田という地名があるという。律令時代、口分田《くぶんでん》以外の余剰田は公田と呼ばれていた。公田耕一はその土地にゆかりのある人なのでは、と近藤氏は指摘する。ホームレスになる時にも人は故郷に近い所でなるものなのか。公田は父母のいた土地を彷徨《さまよ》い歩いて歌を作ったのだ。

「まるで被災者として廃墟の街をさまよい歩くような、荒涼とした心象風景が眼前に広がる」原稿を書き終えた一週間後、膨大な数のホームレスがこの国に出現することを三山は知らない。もちろん公田耕一もである。

（2011.5.27〜6.10）

伊良部秀輝

——社会の「敵意」と戦い続けた人

伊良部秀輝（享年四十二）がロサンゼルスの自宅で首を吊って亡くなっているのが発見された。痛恨である。

近所の人たちはこの一カ月ほど伊良部がすごく落ち込んでいたことと、最近ポストに郵便物が溜まっていたことを証言している。

伊良部はロッテ時代、降板指令に怒ってグローブと帽子をスタンドに投げ入れたことがある。ヤンキース時代には、めった打ちにされた試合でベンチに戻る際、ファンに唾《つば》をかけたことから「ビッグ・チャイルド」と報道されたことがある（本人は審判にしたことでファンにしたのではないと言っている）。

伊良部にはこわもてのイメージがつきまとっていた。

三年前、大阪市北区のバーで酔って暴れ、現行犯逮捕された。

朝日新聞（七月三十日）の「ＥＹＥ」というコラムで、西村欣也編集委員は、八七年、香川・尽誠《じんせい》学園高のエースとして甲子園に出場した伊良部がお立ち台で不機嫌そうな顔をして「それが、どないしたんですか」と、記者の質問に敵意のようなものをむき出しにしていたことを紹介している。西村氏は「そんな彼が嫌いではなかった」と書いている。

十八歳の時から、伊良部は社会に「敵意」を向けて生きてきたのだ。しかし、これは子ども時代の伊良部が世間から向けられてきたものをそのまま返したに過ぎないと言えないだろうか?

精神分析家カレン・ホルネイは、人間の「基本的不安」を「敵意に満ちた外界に囲まれて、自分は孤独で無力であるという幼児の感情」と定義している。

幼児がこのような基本的不安感を惹き起こすのには第一義的に親に原因がある。

「直接的・間接的な支配」
「冷淡で無関心な態度や一貫性のない行動」
「子どもの個人的要求に対する尊敬の欠如」
「軽侮的な態度」
「けんか口論する親のどちらかの味方をさせられる経験」

ホルネイは、親以外の要因として、「他の子どもたちからの隔離、差別」と「敵意に満ちた雰囲気」をつけ加えている。

こういう環境の下で育つ子どもが進んでいく方向は三つある。「無力感」と「敵意」と「孤独感」である。

もっとも、一つの方向だけが純粋に育つということは実際にはありえず、一つが優越しているだけである、ともホルネイは書いている。

伊良部は周囲からの敵意を当然のことと考えて受け容れ、意識的・無意識的にその敵意と戦う決心を早い時期にしていたのではないだろうか。そのような子どもは他人の感情や意図を絶対に信用せず、あらゆる方法で反抗し、自己防衛と復讐《ふくしゅう》のために強者となって他人を打ち負かしたいと望むようになる。伊良部がヤンキースに移籍する際のトラブルにも、この強者指向を感じるのである。

伊良部は九四年、ロッテで十五勝を挙げて最多勝利投手となった。同年、二百三十九の最多奪三振も記録した。

その時、二十五歳だった。

野球では投手と打者は特にそうなのだが、身体的なピークを過ぎたことは数字が証明する。それでなくても伊良部は大きな身体をしていた（193センチ、108キロ）。

「力」の投手というイメージがあったのだ。

だからというべきか、怠慢プレーを見せると掌《てのひら》を返したように、ヤンキースのスタインブレナー・オーナーに「太ったヒキガエル」と中傷された。

「太ったヒキガエル」という呼称には「人種的な差別」が潜んでいる。

この時、伊良部に既視感はなかったろうか。

投手がめった打ちにされると、それは野球というゲームでの敗北に留まらない。野球の投手になるような人はもともと人生のメタファーとして野球での「勝利」と「敗北」を考えているはずであるが、伊良部にはそういう思いが人並み以上に強かったと思う。

投手として降板を告げられると、外界からの敵意の布告のように感じられたであろう。そういう時にも紳士的に振る舞わねばならないということを伊良部は教えられてはこなかった。

伊良部は尽誠学園のエースとして、甲子園に勝ちあがってきた。当時の尽誠学園は「伊良部のチーム」だった。勝利は自分の力で導いたものである。

大きな伊良部は自分の身体に生きる選手であった。体力のみを指すのではない。その技術も身体の中に刻みこまれたものである。

身体の中に生きるのはアスリートなら全員同じだと思われるかもしれない。

が、他の選手は身体能力のピークが過ぎる時に備え、違う仕事を見つけることを考える。選手としてグラウンドを去ると、コーチや監督や解説者として抽象的に野球に関わる道を行こうとする。即ち転職である。野球をしながらも普通の選手はその準備も怠らない。

しかし、伊良部には転職が可能になるような対人関係の能力が欠けていた。一回ついたトラブルメーカーというイメージも致命的であった。

伊良部には最後の最後までグラウンドの上の身体に生きるしか方法はなかった。どこまでも現役として野球を続けようとしても、結果が出ないと解雇される。

野球界は伊良部にとって、年々敵意に満ちた世界となっていった筈である。子どもの時に「基本的不安」を抱えた人は、「無力感」と「敵意」と「孤独感」という方向に進んでいくとカレン・ホルネイが述べたことは既に記した。全体的視点に立てば一つの方向だけが純粋に育つということは実際にはありえず、三つのうち一つが優越しているだけなのである。伊良部は傷つきやすい人であった。「敵意」の裏には「無力感」と「孤独感」が潜んでいたからである。

人に「敵意」を向ける人、つまり誰にでも攻撃的な人は「無力感」と「孤独感」を抱えている。ホルネイは、当初人間関係の領域にとどまっていた「敵意」はやがて人格全体に浸透してゆき、遂には自分自身との関係にも及んでいくと述べている。

伊良部の最後の敵は多分身体の老いだったろう。

身体はイメージの中にある強い自分を再現してくれなくなっていった。「自分」が「自分」についていかないのだ。誰にも訪れる「老い」の苦しみが伊良部には三十年早く訪れていた。

伊良部が亡くなったと知った時、即座に連想したのは元ジャニーズ事務所のタレント赤坂晃である。

赤坂晃は〇七年十月、豊島区東池袋の路上で覚せい剤一グラムを所持した罪で、覚せい剤取締法違反により現行犯逮捕された。伊良部が大阪市北区のバーで暴れて逮捕される前年である。

伊良部の四歳年下に当たる赤坂晃は、逮捕翌日にジャニーズ事務所を解雇された。しかし赤坂はその二年後の〇九年、再び覚せい剤取締法違反で逮捕された。執行猶予中につき、今度は実刑判決が下った。

赤坂晃は伊良部と同じく身体の中に生きた男性である。但し、伊良部と違って運動する身体ではなく観賞される身体の中である。

身体が老いた時、伊良部と同じで仕事はなくなる。

身体の内部に疎外された赤坂晃の「孤独感」と「無力感」は、薬による破滅に向かったのである。


（2011.8.19〜8.26）

上野千鶴子——女性の問題は「数学」のように解けるのか

私が上野千鶴子という名を初めて知ったのは、三十年ほど前に青土社系の雑誌でその文章を読んだ時である。

生憎《あいにく》その雑誌には筆者の名はあっても、筆者の職業や所属は書かれていないので、東京の予備校に勤めている友人に大阪からすぐに電話をした。この人はどこにいるのか知っている人を探してほしいと尋ねると、電話の向こうで友人は大声で講師室の先生たちに呼びかけてくれた。

「誰か、上野千鶴子を知っている人はいませんか！」

すぐに誰かが手を挙げた。当時の予備校は知識人の梁山泊《りょうざんぱく》のような所である。

「平安女学院短大の教員だそうです！」

翌日、私はアポなしで、京都にある平安女学院に行った。雪が舞っていたから、冬のことである。

「上野先生？　今、聞いてみます」

総務課か教務課かは覚えていないが、事務の人が学内電話をしてくれた。

「今、アメリカに行っていて、学校はお休みです」

電話番号を聞いて帰り、数カ月後に連絡をすると本人が出て、自宅に招待された。

その後、京都の女性学研究会に出てくるように言われたので何回か大阪から京都まで足を運んだが、それが女性学の研究者たちと出会った最初である。会の途中で、注文したお弁当を食べるのだが、上野さんは高野豆腐をいつもおいしそうに食べた。

少しずつ知己が増えていったが、私は誰とも馴染《なじ》むことができなかった。

ある時、講演で女性学の批判をしたことから、上野さんに呼び出された。アグネス論争の前だったと思う。何で自分が話したことを逐一上野さんが知っているのか分からなかったが、「上野さんは知り合いの編集者に他の人の講演を聴きに行かせている」とある人が教えてくれた。

上野さんは梅田でおでんを奢《おご》ってくれたが、おいしいものではなかった。

「女性学を批判するなら、我々は決定的にあんたを潰《つぶ》すよ」

「私は間違っていない。上野さんが間違っているので、お好きにどうぞ」

その帰り、梅田駅の「動く歩道」を並んで歩きながら上野さんは言った。

「私は数学の問題を解いているのが一番好き。物事を単純なものに還元している時ほど幸せな時はないわ」

世の中には、世界を単純なものに還元したいという欲求を持つ人と、世界を複雑なものと見なして、具体的なもので周囲を埋め尽くす欲求を持つ人がいる。

人間は抽象と具体のバランスのとり方によって内閉的と外向的にタイプが分けられるのである。上野さんは常にメタな世界にいてベタな世界にはいなかった。

「恫喝《どうかつ》」されたにもかかわらず、その後も私と上野さんは何回も会っている。

但し、上野さんは「どうしてあんたは」という怒りのようなものをいつも向けてきたし、私には「間違っているのはあなたの方だ」という反発心があり、互いに決して交わることはなかった。今にして思えば人間のタイプが対照的だったからであろう。

私は自分を外向的な人間だと思ったことはない。ないが、上野さんと比較すると具体的な世界の方に偏ってはいるのだと思う。

ある晩、上野さんが「今度『爆笑問題』の番組に出演するんだ」と告げた。反対したが聞かなかった。

「それなら瘦《や》せている方ではなく太った方だけを見て喋りなさい。瘦せた方と喋ってはいけない」

しかし、上野さんは瘦せた方とばかり喋っていた。太田と田中を区別しろと要求した私が間違っていたのである。

上野さんが私と会う場所を自宅に設定したのは、それが一番効率的だからである。上野さんに言わせると、仕事帰りに車で人を拾って食事を兼ねて話をし、翌朝また、通勤途上で人を降ろすと、自分は無駄な時間を一切使わなくて済む。

人を泊める方がずっと面倒くさいことだろうに……。

いずれにせよそういう理由で私は金閣寺の近くにある上野さんのマンションに行ったのである。イタリア料理店で夕食を摂りながら、上野さんの書いたものを読んだ時の知的興奮について私は語った。

上野千鶴子の文章の与える爽快感について、フランス文学者の山田登世子さんが、「チャートを作る能力が優れているのね」と分析するのを後に聞いた。

そのような能力がどのようにして形成されたのか、知能心理学的な興味を大いにそそる上野さんが、他でもないフェミニズムの領域を選んで出現したことは偶然とは思われない僥倖《ぎょうこう》である。その人物を心理学的に知ることができるところまで知りたいと思う気持ちがあった。

しかし、話がまだ一段落しないうちに、その人物はウエイターを呼びつけて激しい叱責《しっせき》を始めた。

「ピザの中が冷えているのは一体どういうことなの？　今まで一度もこういうことはなかったわ」

人の話など端から聞いていないのだ。場が急速に気まずくなった。

だが、ユーミンの曲が流れる車に乗せてもらって家に着くと、上野さんは菓子箱サイズのケースの中に数列に並んで入れてある名刺の中から何枚かを選び出して説明をしてくれた。

「この人は○○の活動を熱心にしてはる人やねんで」

理論家だと思っていたが、上野さんは同時にオルガナイザーもアジテーターもやり、一人で何役も務めているために無駄なことに費やす時間がないのだった。

上野さんが講演をしているのを聴いた人によれば、それは今まで聴いたことのないほど面白い講演だったという。その人は上野さんを知って講演を聴きに行ったのではない。講演中にその部屋の後ろにあるパイプ椅子を取りに行く作業をしていて、断片的に背中から聴こえてきた話が気になり、遂に何度目かに仕事を放り出して聴き入ったのである。

その後、大阪府立婦人会館で会った時、上野さんは、講演後にまた泉佐野まで講演に行くことになっていた。途中で夕食を摂る時間がないのを心配した館長さんが尋ねている。

「お寿司でも取っときましょか?」

「要らない」

「このチョコレートでも食べてから行きなさい」

「うん」

上野さんを見送った後、館長さんはソファに坐るのに感に堪えぬように言った。

「上野先生は竹に着物を着せたみたいや。風が吹くと袖《そで》がパタパタと鳴る」

「使命」は上野さんにどうやってここまで深く植えつけられたのだろうか。

日本では女性は一見解放されたかに見えるが、実際にはその役割には以前よりも拘束が増え、一時よりもさらに根深く見えにくい男性社会が現出している。

女性への拘束とは「家庭を持ち、仕事もする」というもので、一つだけでは許されないらしい。

TPPによって「平成の開国」をしなければ日本が変わらないとしたら、未だ女性問題に開国はなかったということになる。

「もう寝る？　お蒲団敷くの、手伝って」

いきなり声をかけられた。

懐かしい感じのする蒲団が旅館の客室の典型のような部屋に敷かれた。

「私、おばあちゃんっ子だから」

開業医の父と専業主婦の母に三人の子ども、そして祖母も含めた六人家族が、医院に隣接する家に暮らす。

母が息子たちを溺愛《できあい》する反動で「パパの娘」となる。

キリスト教の信仰のために家族は食事中に喋《しゃべ》ることも禁じられている。

上野千鶴子という人は、「私探し」をする人ではなく、自著の中で「私語り」をする人である。

「母—息子組」と「父—娘組」の間に緩衝材《かんしょうざい》のように祖母はいたのだろう。

孫娘が「おばあちゃんっ子」であるのは、祖母が家族の中で、隠れ「父—娘組」であることを示唆している。

父には狷介《けんかい》なところがあったとどこかで読んだ記憶があるが、著書が多すぎて確認することができない。間違いかもしれないが、記憶が正しければ、父は開業医の人生に満足していなかったのだろう。そのことを娘は知っていたのだろうと思う。

家族のことをやたら語る割には、上野さんは本当に知りたいことを語らない。

女性器の俗称を口にして何の抵抗もないのは、性的な言葉が性的な意味と結びつく「敏感期」に、性的なことに無知なままに置かれていたからである。児童期に性器の俗称をニヤニヤしながら耳打ちする悪い大人や品のない友だちは周囲にはいなかったらしい。

上野さんは児童期には世間から家族ごと遊離していた。恐らく家族は世間から超然としていただろうから、その家族の中にいる限り、世俗と繋《つな》がる言葉はほとんどが猥雑《わいざつ》なものとして抑圧されたはずである。

中学生の頃、上野さんは孤独な生徒だった。休み時間に女子生徒が集まって芸能人の話で盛り上がっているのを、自分の席に坐ったまま軽蔑して見ていて、決して話には加わらなかったという。

上野千鶴子のことを橋本治が「一度も子どもだったことがなかった人」と書いているのを本人に教えてあげたことがあるが、否定もしなかったところを見ると、心当たりがあるのだろう。

初めて上野さんの家に行った時、私は待ち合わせの時間に本を読んでいた。

「何を読んでんの?」

「橋本治」

「その人、結婚してる?」

「してない。読んだことないの？」

「あるわよ」

上野さんは人に会うと「あなた、結婚してる？」と聞く人なのだった。

私も聞かれたが、次に会った時にまた同じことを聞かれたので、結婚しているという属性がなぜ重要なのかという疑問よりも、前に会ったことを全く覚えていないらしいことに私は腹を立てている。

上野さんが一度も子どもだったことがなかった証拠に、上野さんは女の人のことを「○○ちゃん」と下の名で呼ぶ。

「幼稚園児ではないのだから上の名前で呼んでほしい」と言いたいのではない、「○○ちゃん」という言い方がとにかく恥ずかしいのである。

スカートをはくことを上野さんは「女装」をするというが、「女装」と同時に「児装」もしていて、その時には心は決して子どもではない。そのことを橋本治は見抜いている。

上野さんの「子ども」はどこに行ったのだろう。

そのことと「結婚してる？」という質問とは関係があるのだろうか。

上野さんは個人的にはとても親切な人である。義侠《ぎきょう》心《しん》に富み涙もろい。

また、子年の七月生まれである。独特のたとえで有名な田中佐和さんの占い方では、上野さんは真夏のネズミだ。暑い中を走り回ってせっせと餌《えさ》を集めてくる。もう集めなくていいと言っても、走り回って集めてくる。

大阪府立婦人会館で上野さんの講演を偶然に聴いた人が「面白い」と感嘆したのは上野さんの話術ではない、その講演の内容である。

上野さんはその時、結婚制度における男女の非対称について講演していた。「結婚は女性にとってこんなに損な契約なんですよ」と暴露して聴衆の目から鱗《うろこ》をぼろぼろ落としていたのである。

結婚を政治的に見ることは、たとえ大阪であっても八〇年代の公立の会館ではタブーであり、「女性問題講座」には一定の枠が嵌《は》められていた。

その枠を外すことを可能にしたのは、官の施設の評価に「集客数」が用いられたためである。民の施設はお客が来なければ即廃業であるが、官の場合は効率が悪くても潰れない。

しかし、この「数字による評価」に対する公務員は、知名度の高いタレントを講師にして「〇〇問題」を語らせれば施設や企画の成績を上げられるという抜け穴を見つける。この方法はやがて芸能人の職域拡大に貢献することになる。

後に、蓮舫《れんほう》という人が議員に当選した時、「これで安定した収入の道ができた」と正直な感想を述べるようになるのも、この評価が普及したことの結果である。

さて、上野さんが当時から一貫して呼びかけていたのはもちろん「平等」であるが、具体的に言えば個々の女性が「相応の処遇」を求めて立ち上がることなのである。

上野千鶴子ほど「相応の処遇」に敏感なフェミニストはいない。当時も現在もそうである。表面的な満足を与えられて経済的には損をしている女性がいると、上野さんは看過することができない。

「ようそんな条件のみはったなあ……」と、某百貨店の人事制度の「改革」を受け入れた女性たちに上野さんは目を丸くする。

多くの女性たちの選択に対して「ちょっと、待ちなさい！」と介入してしまうのは上野さんの「親切心」である。「義俠心」ともいう。

「なんで簡単に相手を信じるの？　もっと疑ってかからねば」という思いが上野さんにはあるのだ。

女性が男性と比べて相手を信じるのは、「この人は悪い人ではない」とする「自己投影」のせいである。

上野さんには女性はみな「朝三暮四」のサルに見えるのだろうか。

「相手は経営者なのよ。労働者が経営者を信じてどうするの？」

しかも数字に強いとなると、「非正規の女性労働者は全員正規労働者になりたいと思っている」と考えるのは自然なことであるだろう。

あるいは、育児期間中の女性パートタイム労働者の多くが「もしフルタイム雇用の機会があるとしたらそれを選択するか?」と問われて、「ノー」と回答すると、そのことをもって、「女性パートタイム労働者がパートタイムを『選好』していると短絡的に結論すること」は「誤り」だと言う。

「選択肢の集合(機会集合)の少ない個人は、潜在能力から見て高いニーズを持っているにもかかわらず、そのニーズを満たすような選好を表明することなく、低い水準で満足する傾向がある」「機会集合の少ない個人を『自由』と呼ぶことはできない」(『ケアの社会学』)からであるという。

「数学」の問題を解くように上野千鶴子は「女性」の問題を解こうとする。すべてを単純なものに還元しようとするのだ。

「相応の処遇」や「金銭」がすべてではない。

非常に高い報酬を提示されながら「ノー」と回答して契約の場を去る女性がいたとしたら、上野さんにはその女性を理解することができないのだろう。

(2011.12.9〜12.30)

変わる結婚――スクールカーストに見る「カオとカオの交換」

大津市で起こった「いじめ自殺事件」の調査の結果、「いじめと自殺の因果関係は判断できない」という公的結論が出された。いじめ議論のターニングポイントとなる見解である。「傍観者」たる生徒たちは「いじめではなく遊びだと思っていた」と語っており、『加害者』と目された生徒たちには事件後も何らの罪悪感もなければ、もちろん反省もない。

学校側はこの公的結論の後、原因は「被害者の家庭的要因にある」と改めて強く主張している。当初から「いじめとは認識していなかった」という見解が、学校の「組織的隠蔽《いんぺい》」によるものではないというお墨付きを得たのである。

「いじめは絶対に許されない」とする従来の文部科学省の見解や、「いじめ問題への緊急提言」を出した教育再生会議（平成十八年）に対し、「いじめ学」の研究者たちが「あまりに非科学的だ」という怒りを持っているというのは、世間一般のいじめ観からすると理解しがたいことに聞こえるかもしれない。

それでも「いじめ学」の専門家は「一般社会では到底許されない校内犯罪が蔓延《まんえん》する学校に通

い続けなければならない子どもたち」（森口朗『いじめの構造』）という言い方をする。

問題は「学校」にあり、教育制度そのものにあると考えるからである。

「学校」は学習能力よりも個人の態度や人格を評価しようとする（「消極的である」とか「協調性がない」とか「友だちがいない」とか）。

「教室」では長期間同じメンバーと「仲良くすること」が義務づけられるため、「嫌いな者」に表立って「嫌い」と言うことはできない。

そこで生徒は「嫌いな者」に別の形で「嫌い」と表現しなければならなくなる。もしくは「学校」とは別の世界に逃避しなければならなくなる。これが自動車学校なら、人は嫌いな者に裏技を使って「嫌い」と表現する必要がない。そこでの目的は運転免許の試験に合格することであり、生理的に気に入らない者には二度目からは近づかなければいいだけである。明確な目的のために短期間だけ形成される集団では、人は「いじめ」の加害者にも被害者にもならなくてすむ。

しかし、自分がその集団に比較的長時間属していくことが分かっていれば、人は気に入らない者を「からかいの的」にする。それが「笑い」の本質である。

もともと「からかいの世界」であるお笑いの世界では、人を笑わせる能力がないのに身の程知らずの者は嗤《わら》いの対象になる。林家三平や月亭八光や西川忠志をいじめているという意識は芸人仲間には誰もないはずである。

大人と子どもの間で最も大きな意識のずれを示すのはここである。大人が「いじめられる側には何の問題もない。百％いじめる方が悪い」論に立つのに対し、子どもたちは半数以上が「いじめられる側にも問題がある」と回答する。お笑い芸人に同じ質問をすれば、子どもたちと同じ回答をするだろう。「いじめとは認識しなかった。遊びのつもりだった」という言葉に嘘はない。

しかし、「いじめ学」の研究者たちは何も「いじめはあって当然のもの」と突き放しているわけではない。

いじめの土壌に教室内での身分関係があることは明らかになっている。「誰がどのくらい存在感を持っていいか、幸福そうに笑っていいかといった身分は厳格に定まっている」（内藤朝雄『いじめの構造』）「身の程知らず」を巡って厳しい監視がされているのが「教室」なのである。

教室内で身分は厳格に決まっているという事実を理解できなければ、堀北真希の出世作、ドラマ「野ブタ。をプロデュース」を理解することはできない。

「スクールカースト」（教室内身分）において最高のステイタスを持つ男子が、最低のステイタスの女子を奇特にも引き上げてやろうとする試みを描いたのが「野ブタ。」である。

似たようなドラマに「電車男」があるが、最高のステイタスの女性が最低のステイタスの男性に惹かれる（＝引き上げる）「電車男」は「スクールカースト」よりもずっと包括的な「ソーシャルカースト」を前提としている。もちろんそのカーストが覆《くつがえ》されることを夢見る空想ドラマである。

大なり小なり「社会」にはカースト制があり、近代社会においてもというより近代主義的価値観ゆえに新しい身分は出現した。

近代主義的価値観を教える戦後の学校は当然その身分制から免れることはできない。「いじめ学」の研究者たちは一様にそう指摘する。

「スクールカースト」における身分秩序について、生徒たちは「先生から見てとてもしょうもないものでも、私達にとってとても重要なこと」（内藤朝雄『いじめの構造』）と見なしている。

自分たちなりの秩序感覚が内面化されているからこそ、「いじめられた人はその人に悪いところがあるのだから仕方がない」と考えるのである。

いじめの原因は「スクールカースト」そのものではない。しかし、「スクールカースト」といじめには大きな関係がある。いじめに教室内でのステイタスが関係することは誰もが密かに知っていることである。ステイタスを知れば、誰がいじめられる確率が高いかを予測することができる。

結論からいえば、ステイタスを決める要因（＝いじめ被害から身を守る要因）は「学業成績」ではない。

今やステイタスを決めるのは「学力」といった個人に属する古典的要因ではなく、「コミュニケーション能力」、具体的には「自己主張力」「共感力」「同調力」「情報発信能力」「情報受信能力」である（「自己主張力」はなくてはならないが、ありすぎてもいけない。帰国子女が人前で英語を話してはならないように）。

ステイタスが低いといじめ被害に遭いやすいが、いったんいじめに遭うとステイタスが下がるという悪循環が起こる。

「コミュニケーション能力」はもちろん集団の中でうまくやっていく能力であり、個人の能力とはいっても関係性の中にしか存在しない。子どもたちは実体のない社会構成主義と関係性の中に生きている。

複数の主観の間で共通に成り立つ「間主観性」がもてはやされたことも大きい。

日本では若い女性には既に完璧にセーフティ・ネットが敷かれたと言われている。その時代の「美」の価値観に同調し、最新情報を取り入れて努力すれば可愛くなることができる。

「勉強ができる」より「可愛い」方がステイタスが高いのは、「可愛い」ことはそれ自体が社会構成主義だからである。「個」よりも「関係性」が優先する態度が、なおさら女性的である。

美人とは「美人になる努力をする人」のことである。生まれながらの「美貌《びぼう》」を持ちながら何の努力もしない人は美人ではない。

一方で男性はまだ近代的実体主義の中で生かされているので、違う次元で苛烈《かれつ》な競争に晒《さら》されている。

果たして「スクールカースト」と「結婚カースト」はどこが違うのだろうか。

いくら結婚したいといっても、日本人は相手を選ぶために簡単には結婚しない。少子化にも「スクールカースト」は影響している。

直木賞作家となった朝井リョウ氏は〇九年に『桐島、部活やめるってよ』で、小説すばる新人賞を受賞している。

小説では、その地方の進学校で部活に励む高校生たちが「スクールカースト」という身分制の中で生きている。しかしそのことに特別苦しんでいるというわけではない。具体的な「いじめ」が存在するわけでもない。「スクールカースト」を所与のものとして受け入れ、淡々と日常を生きる高校生の姿は、『鬼平犯科帳』の中で封建的身分制にこれといって苦しむことなく、むしろ他人の人情に触れることに喜びを見つけて生きる庶民の姿と同じである。

最初から学校は身分社会だった。そこに入学してきているから、それに格別の反抗を示す理由がない。みな「身の程」をわきまえて生活している。

しかし、時々思うのだ。世の中――つまり学校――には「特権」を持つ人というのがいる。

「なんで高校のクラスって、こんなにもわかりやすく人間が階層化されるんだろう。男子のトップグループ、女子のトップグループ、あとまあそれ以外。ぱっと見て、一瞬でわかってしまう。だってそういう子達って、なんだか制服の着方から持ち物から字の形やら歩き方やら喋り方やら、全部が違う気がする」

「少し短めの学ランも、少し太めのズボンも、細く鋭い眉毛も、少しだけ出した白いシャツも、手首のミサンガも、なんだか全部、彼らの特権のような気がする」

誰が「特権」を持つかは、一瞬にして分かる。

「この判断だけは誰も間違わない。どれだけテストで間違いを連発するような馬鹿でも、この選択は誤らない」

特権を持つ人というのは目立つ人である。

目立つ人は目立つ人とグループを作る。目立たない人は目立たない人と仲良くなる。人はグループごと「上」から「下」へと階層化されていく。

「自分は誰より『上』で、誰より『下』で、っていうのは、クラスに入った瞬間になぜだかわかる」

高校だけではなく大学でも、自分と「同じ」人を入学式の日に見つけてすぐに仲良くならないと、卒業までずっとひとりでいなければならない。

「ひとりじゃない空間を作って、それをキープしたままでないと、教室っていうものは、息苦しくて仕方がない」

そして、グループに所属できても、「下」の階層は「上」の階層と同じような振る舞いをしてはならない。

そもそも「目立たない人」は「目立つ人」と話をするだけで緊張してしまうので、「下」と

「上」は接触することもなくなってしまう。

自分と「同じ」人たちと仲良くし続けるためには、グループ内のリーダーに逆らってはいけないのである。

リーダーが「車を持ってこい」と言えば調達しなければならない。「運転しろ」と言われれば、無免許で運転しなければならない。

拒否すれば所属グループからも転落する。転落して「ひとり」になれば今度こそ誰にも守ってもらえない。「遊び」と「いじめ」を第三者が区別することは非常に難しい。グループ内の規範は絶対的なものであり、外にいる人が簡単に介入できるようなものではない。

『桐島、部活やめるってよ』では、「上」の男子は、「上」の女子とつきあい、野球部のエースで四番なのに、サッカーもうまい。

だから映画部の男子はサッカーが嫌いである。

「サッカーってなんでこうも、『上』と『下』をきれいに分けてしまうスポーツなんだろう」

「スクールカーストと学業成績は関係がない」と中学生たちが何度も言うように、『桐島、部活やめるってよ』でも、高校（地方ではかなりの進学校）でカーストの最上位にいる菊池宏樹は学業成績にほとんど執着がない。

運動能力が高くて人間関係もそつなくこなす菊池宏樹は、教師が熱心に薦める国立大学には端《はな》から行く気はない。

「ＭＡＲＣＨのどこかに行ければバンバンザイ、早慶上智も一応受けて偶然受かったら最高だな、くらい」に思っている。その手段としてなら成績は必要である。

しかし教師は私学の推薦枠を教えてはくれない。国立大学に合格させてナンボの世界なのであろう。

地元の国立大学に進学して公務員か準公務員的な何かになる「地産地消」の人生を厭《いと》い、都会で遊んで暮らせれば最高だなと思う菊池宏樹を「サッカーがうまい＆見た目チャラい感が男子の上位の条件ですね」と本欄の担当デスク（女子）は評した。

東京の私学に入学しても菊池宏樹はサークルに入って遊び続けるだろう。それ以外にすることが、十七歳の時点で既に何も見つからないからである。

「サッカーがうまいチャラ男」ではないが、東京の私学で遊び続けた人に、早稲田大学「スーパーフリー」の和田真一郎がいる。

「和田さんに素晴らしい女性を捧《ささ》げれば、サークル内で上の地位に行ける」と、後輩は証言していた。

しかし、菊池宏樹は自分がつきあっている女子――「スクールカースト」で最上位にいる沙奈――を、心の中で軽蔑している。

「俺の彼女はかわいい。確かにかわいい。だけどたぶん、それだけだ」

「沙奈はきっと、これからずっとああいう価値観で生きていくんだろう」

「ダサいかダサくないかでとりあえず人をふるいにかけて、ランク付けして、目立ったモン勝ちで、そういうふうにしか考えられないんだろう」

菊池宏樹はランクの上では最上位にいるが、同じく目立ったモン競争の仲間であるところの沙奈がランクを意識することを認めることができない。沙奈自身はダサくてはいけないが、沙奈が他人をダサいことで差別してはいけないのである。

「女子のカーストは見てすぐ分かるけど、上位にいる努力はハンパではないということです」と、デスクは言う。

女子は初対面の女子を常に値踏みしている。自分より「上」か「下」か。

しかし、カーストの「上」にいる女子はカーストが存在しないかのように振る舞わなければならない。

現実には、一旦できた「スクールカースト」の、特に「下」の地位は、小学校から中学校に上がろうが、クラス替えをしようが、変化することはないと中学生たちは答えている。

たとえ学校が違っても、部活で一緒になった経験やクラスを超えた関わりによって個人の「立ち位置」は固定される。人は第一印象と情報の束なのである。

「下がるのはいくらでもいるんですけど、上がるっていうのはオレは見たことがないと思います」（鈴木翔『教室内《スクール》カースト』）

「下」にいるものはずーっと「下」のままで、「上」にいるものはいくらでも「下」に変わりうる。男子の多くがサッカー選手になりたいというのは、その能力が幸福に結びつくことを知っているからである。他者を圧倒する何らかの力を持っていなければ、人は「上」に行くこともそこにとどまることもできない。

女子はまだ力と特定の職業とが結びついていない。

ある状況でいじめがあったと認定されても、その判断によって、基盤にある「スクールカースト」が揺らぐわけではない。むしろ、「スクールカースト」は洗練された形で温存されていくだろう。

学校のいじめに対する対症療法的な処方箋《しょほうせん》については、いじめ学の研究者間でもほぼ一致していると言っていい。「警察に任せればいい」というものである。

「カースト」は閉鎖的な集団で発生するのだから、それを緩和するためには「外部」を入れればいいのだと。

その処方箋には所謂《いわゆる》リベラル派も賛成しているらしく、いじめ学の研究者に多いタカ派と、学校管理者と教育委員会に反発するリベラル派が、奇しくも同じ結論に達したのである。これからは「遊び」と「いじめ」の一線を越えた者の処遇は非常に厳しいものになるのである。

そういうことより、問題は「カースト」である。

「スクールカースト」を解体することは可能なのだろうか。

結論から言えば、学校内の価値観は学校外部の価値観を先取りして濃縮したものなのだから、学校に「外部」を導入することによって解体することはできない。

「カースト」は変えられないが、同じカースト同士で肉体的ないじめを行った者――怒りの表出において逸脱した者――は厳罰に処すというのは非常におかしな話である。「中高生は唯々諾々《いいだくだく》とカースト制を受け入れよ」と、必ずしもリベラル派が言っているわけではないが、事実上言っているような奇妙な印象を受ける。

で、あるから「カースト」から逃れる現在最も有効な方法は、オタクになることである。「もう一つの現実」を持ちさえすれば、「目の前にある現実」に入っていかなくても済むからである。

しかし、この方法には根本的な欠陥がある。

「もう一つの現実」は実は「目の前にある現実」を基盤として発生しているため、現実が崩壊するとオタク的現実も崩壊する。オタクは究極の寄生である可能性がある。

オタクは過剰な常識の持ち主でもある。

「カースト」を、「階級に付随する格差の内面化によって生じた自己格付け制度」と見なすなら、この社会のほとんどは疾《と》うにカースト社会である。

「スクールカースト」の外部には広大な「ソーシャルカースト」が拡がっている。人は「職業カースト」や「ママカースト」など多領域に跨《また》がって上から下へと序列化されている。そして、その序列化を一番強く求めているのは他ならぬ自分自身なのである。そこでの価値観は既に内面化されているからである。

どのような制度もそれによって虐げられた人が一番それに追従しようとする。その中で復讐のように階級上昇することは、苦痛を忘れる一番の特効薬になるからである。

階級上昇など求めていない、人は「カースト」から逃れる自由がある、などと言うのは、「もう一つの、より強烈な現実」を保障された（オタクではない）恵まれた人だけである。

「より強烈な」というのはその人が孤立しているわけではなく、同じ理想を共有する集団によってその存在が既に確認されていること、即ちもう一つの、より濃密な序列の中に生きていることを指している。

「準拠集団」もしくは「準拠他者」がいて、それが「強烈な現実」として本人に意識されているのなら、「目の前の現実」を否定していても、そこから排除されていても、十分幸福である。しかし、「準拠他者」が一人もいない人はどうなるのだろうか。

「学校（スクール）カースト」という言葉を紙媒体で最初期に取り上げたのは、雑誌の「ＡＥＲＡ」（二〇〇七年十一月十九日号）である。

正確に言えば、インターネット上に「スクールカースト」という言葉を登録して実体験を書いた「システムエンジニアのマサオさん（二十九歳）」なる人物に「ＡＥＲＡ」がインタビューすることに成功した。そして、マサオさんの造語を使って「学校カーストが『キモメン』生む」という記事を掲載したものである。

マサオさんによれば「学校（スクール）カースト」とは「主に中学・高校で発生する人気のヒエラルキー（階層制）。俗に『一軍、二軍、三軍』『イケメン、フツメン、キモメン（オタク）』『A、B、C』などと呼ばれるグループにクラスが分断され、グループ間交流がほとんど行われなくなる現象」をいう。

キモメン（三軍、C）に分類される生徒（イケメン、一軍、Aランクに分類されない生徒）の特徴として、「AERA」は次のような項目を挙げている。

○外見を気にしない（髪形や眉毛の手入れ、ニキビのケアをしていない）
○異性とコミュニケーションがとれない
○オタク趣味がある
○学級委員や生徒会など面倒な仕事を押し付けられる
○修学旅行や体育の時間にグループ分けで余る
○バラエティー番組で、クラスの笑いを取るネタの研究をしていない
○制服を改造したりインナーを変えるなどの工夫ができない

いじめと「スクールカースト」は違うものではあるが、スクールカーストの中で「下」に置かれた生徒は、クラスメイトから目下の存在だと見なされて、いじめの標的になりやすくなる。

たとえいじめにあわなくとも、「下」に置かれているだけで自信をなくし、学校生活に適応できなくなる。

しかし「上」にいる者も、常に「下」に落ちないように努力しなければならない。「いじめは犯罪です」と言われると、まるでいじめがないと居心地がよくなるような印象を受けるが、スクールカーストそのものによる息苦しさに何ら変わりはない（いじめは「心の問題」ではなくシステムの問題なので、スクールカウンセラーを配置すればよくなるものでもない）。

遠隔操作ウイルス事件で威力業務妨害に問われて逮捕された片山祐輔容疑者は中学でいじめを受けていたという。学校ではずっと息苦しさを感じていたとも語っている。

「いじめによる心の傷」と「スクールカースト地位に対する否定的認知」なら、どちらが本人により大きな苦痛を与えるだろう。

片山容疑者は大学でサークルに入ったが、「空気が読めない。ノリが変」と言われ、友だちができなかったという。

大学に入ってからもカースト地位に対する自覚はなかったことを意味している。

自分の地位を客観的に知ることに関して、男子はもともと女子よりも能力が低い。

女性とは、自分の身体を直接的に操作することで印象操作をする性別（ジェンダー）のことである。

一軍、Aランクの男子は「女性的モニタリングを怠らない男子」なのである。

男子には中学や高校に入った時点で、努力して「キャラ変え」をするという方法がある。「いじめられキャラ」ではなく、自ら「いじられキャラ」になっていく。被虐の前に自虐して人気者になればいいのである。

しかし、三軍、Cランクの男子が自分を直接操作することに不向きなのは「男性度の高すぎる男子」だからである。

かつて「結婚とはカネとカオの交換である」と言った人がいる。私である。

男性はカネがないと交換できないのだから、安定雇用されていないと結婚が難しい。従って少子化の原因は男性の非正規雇用の増加にあると結論する人がいる。

しかし、これはタメにする議論ではないのかと私はずっと疑っているのである。

中学・高校の時にスクールカーストで「下」にいる者は、「人気のヒエラルキーの低い者」である。成績はほとんど関係がない。

「外見を気にしない」「異性とコミュニケーションがとれない」「笑いがとれない」「友だちがいない」「オタク趣味がある」という人が「下」にいる。

そして、「下」にいる者はそのカースト地位を上昇させることはほとんど不可能である。大学に進学したからといって、そこで「上」に行ける確率は低いと考えなければならない（大学自体、同じような地位にいた者が集まる場所である）。

社会人になる際も同じである。

大手の会社に正規採用される基準では、「外見を気にする」「異性とのコミュニケーション能力がある」「ユーモアを解する」「友だちが多い」というようなことは「成績がいい」と同じぐらい（あるいはもっと）重要視されているからである。

スクールカーストにおいて「下」だった者は正規社員になることが難しい。

ということは、カネがない男性はカネがないから結婚できないのではない、ということなのである。

「男の子は思春期の頃には別にモテなくてもいい」と言う大人がいる。

しかし、現役の中高生は「勉強ができて、そのことで将来いい会社に入って安定した収入が手に入れば結婚できるというのは神話である」と見抜いている。

「下」の者はず〜っと「下」にいるのだから、就職の内定が取れないからといって闇雲に就職活動を続けるのは「身の程知らず」である。「上」の者が、つまり美的な者が上の階級に引き上げられることが多いのは結婚でも就職でも同じである。

ここで美的というのは生まれつきの容貌などを指すものではない。美的であることは男子にとっても、本人の能力と努力によって決まるものなのである。

結婚は経済学の次元から美学の次元に突入してしまった。

日本は新しい階層社会に入っているのである。

そのことを中学・高校の生徒は敏感に感じていると思う。階層を上昇させるために自分を変える普遍的な技術が分からないために、むしろ男子は女子よりも他の男子の身体性を注視している可能性がある。「身体的にはどうやったって敵わない」という意識が劣等感を生みだし、逆に劣等感を持って当然な仲間がそれを持っていないことには抑えようのない憎悪を感じる。いじめというのは知っている者の間で起こるものなのである。

今の状況から離脱したい。

既に夢中になれることを見つけた仲間は尊敬に値するし、本当に羨《うらや》ましい。しかし自分には夢中になれるものが何もない。

しかし、「下」にいるからといって恋愛ができないわけではない。ただ、リアルな恋愛ができない。結婚はリアルな恋愛の奥に鎮座する最もリアルなものである。

男子には「恋愛感情」を喚起するか「経済生活」を保障するかという、子孫を残すための方法がかつては存在したのだが、今では一つがなければもう一つもない。

結婚が「カオとカオの交換」ではなく「カネとカオの交換」だった時代にはまだ救いがあったのである。

(2013.1.25〜3.8)

桂ざこば――「父なるもの」を師匠に求めて

二月二十日に出たばかりの『ざこＢａｒ』（朝日新聞出版）という本を買ってきて読む。芸能生活五十周年を記念して桂ざこばが初めて綴《つづ》った自伝である。

この本によると、桂ざこばは東京の人にはあまり知られていないらしい。今（二〇一三年）から二十五年前、桂朝丸から桂ざこばを襲名した時、東京で開いた襲名披露に東京の「落語協会」会長と、「落語芸術協会」会長の二人の師匠が口上を述べてくれた。

が、二人ともざこばのことを知らなかった。

「『この朝丸君が、この度、ざこばって名前を継ぐらしいけど、よく知らないんだ』

『大阪のほうでは、テレビ・ラジオで売れてるそうだね。まあ、それもけっこうだけど、これを機会に落語のほうにも力を入れてもらいたいなぁ』

『ヨロシクな』

『ハ、ハ～ア』

――とりあえず、平伏《へいふく》しましたけど、もうちょっとなんとかならんのか、お宅らはッって思いましたで」（『ざこＢａｒ』）

『ざこＢａｒ』が出版されたすぐ後に月亭八方の『さりとて、落語家』（ヨシモトブックス）という自叙伝が出版された。そこには月亭八方は今年芸能生活四十五年を迎えたと書いてある。

桂ざこばは四七年生まれで今年六十六歳、月亭八方は四八年生まれの六十五歳。一つ違いだが、八方は二月生まれなので二人は同学年である。

いきおい両方を読み比べることになる。

ざこばは〇八年に「動楽亭」を、八方は〇九年に「八聖亭」をと、自分が席亭になる寄席小屋兼稽古場を相次いで作っている。

上方落語は目下六代桂文枝を中心に動いているが、文枝が尽力して〇六年に「天満《てんま》天神《てんじん》繁昌《はんじょう》亭《てい》」をオープンさせたことを二人は意識しているのである。

桂文枝は四三年生まれの六十九歳。「上方落語協会」会長を務める。

文枝、ざこば、八方には、共通点がある。子どもの時に父を亡くしていることである。

文枝の父は文枝が生後十一カ月の時に戦病死し、ざこばの父はざこばが小一の七歳の時に電車に飛び込んで自殺している。八方は中一の時に父親を病気で失っている。

三人の中で最も生活力に富んでいたのが桂ざこばである。生活力という言い方はおかしいかもしれない。ざこばは、父が死んでもオカンがいたから孤児にならなくて済んだと書いている。母はざこばと姉を養うために着物の仕立てをして必死に働いていた。

「ウチには、僕しか男が居らんのや。オカンを手伝うてやらんとアカンのや。自分の小遣いくらいは自分で稼いだるんや」

ざこばは小学校五年の時から大阪球場で声を張り上げてアイスクリームの売り子をして働いた。シーズンオフには新聞配達をやった。

中学生になると大阪球場では「ビール売り」が許された。百貨店で靴磨きも始めた。中二の時、ミナミの繁華街にある精肉店で肉の配達のアルバイトに採用され、店の宿舎で寝起きするようになった。勉強より稼ぐことを優先したために、ろくに学校には行かなかった。日曜は朝から配達をした。

精肉店の二階にあるすき焼き屋で母は仲居をしていたので、従業員の食堂で賄《まかな》いを食べる時に顔を見かけることがあったが、ゆっくり食べる時間もなく、話しかけることもなかった。

母も一家を支えるために必死で働いていると思うことが心の支えになっていた。

バイト代のいくらかを母に渡して貯金してもらっていた。

桂ざこばは、十歳から五十五年間働いていることになる。

桂ざこばは小学校でも中学校でも「欠席の常連」だったという。

小一で「長期無断欠席」をしてからというもの、学校に行っても同級生のレベルになかなか追いつけず、勉強が嫌いになってしまった。当然成績は「長期低空飛行状態」となる。

土日に精肉店で配達の仕事をしていた中学の頃、土曜は一応学校には行ったが、教室では上の空でなんとなくボヤ〜ッとそこにいた。

学校が終わるとすぐに店に出て、業務用の自転車で配達に行く。店は地下鉄「なんば」駅から自転車で十分以上のところにあった。

真冬に、その店から阪急の「十三《じゅうそう》」まで配達に行かされたことがあった。「淀川大橋」を渡る時、マジで凍死するかと思った。思い出して書いているだけで疲れが蘇《よみがえ》るという。

ざこばは身体は小さかったが、走るのは速く、すばしっこい子どもだった。敏捷《びんしょう》性と基礎体力そして忍耐力だけが資本である。

小一で「長期無断欠席」をしたのは、両親が離婚して、姉は母に、ざこばは父に引き取られたからである。警察に勤めていた父は警察を辞めてから事業に失敗して荒れ出し、妻に愛想を尽かされて、ざこばを連れて旅館で暮らしていた。

父子は昼近くになると、喫茶店でモーニングを食べて雀荘に直行する。ざこばは雀荘で勝手にメニューを見て出前を取って好きなものを食べていた。父にお金を貰って、一人で千日劇場へ行くこともあった。

ざこばが学校に行っていないことを知って母は旅館を訪ねて来た。

「弘の学校、ちゃんとしたってや」

「僕らは『わかってる』てな調子で、また同じことを繰り返してましたなぁ（二人とも、コリまへんわ――）」（『ざこBar』）

しかし父のお金はすぐに底を突き、二人は西成《にしなり》のドヤの宿に移った。

その宿が母の家の並びにあることにざこばはビックリする。これは落語の「子は鎹《かすがい》」である。家族四人で暮らしていた時のこと、母が着物を仕立てた手間賃を入れた息子の「給食費」の袋を父が見つけ、持って行こうとした。「持っていかんといて、それはアカンのや」と必死で母が止めるのを振り切り、袋ごと奪って父は出て行った。

近しい者は皆「早よ死んでくれたらエエのに……」と思っているのを、七歳のざこばは知っていた。

父が電車に飛び込んで死んだのは、ドヤに移ってすぐである。

ざこばは「あ、そうなんや」と思っただけで、別にショックでもなく、何にも感じなかったという。

「オカンとお姉ちゃん、そして僕と三人での親子水入らずの長屋生活が始まったんです」

父と二人で暮らしたのはそんなに長期間ではなかった。が、この「長期無断欠席」の後、ざこばが学校に適応することはなかった。学校の外で一日も早く大人になろうとしたのである。

この頃のことを、「僕は言うても低学年の子どもやけど、既に家を放り出されてドヤも経験してた」と書いている。家を放り出されたのは父ではなく自分なのであり、ドヤを経験したのも七歳の自分なのである。

改めて読んでみよう。母が父に「弘の学校、ちゃんとしたってや」と言いに来た後に続く文章である。

「僕らは『わかってる』てな調子で、また同じことを繰り返してましたなぁ（二人とも、コリまへんわ――）」

通常、主語は「僕らは」ではなく「父は」である。コリなかったのも父であって二人ではない。ざこばは父に同一化している。

「スクールカースト」のなかった時代に学校生活を送った人にとって、「スクールカースト」が生徒に与える生理的な息苦しさを想像することは難しい。

しかし、「スクールカースト」という概念が存在しなかったからといって、教室内にカーストがなかったと言い切ることはできない。

桂ざこばが学校を長期欠席している時、同じ学校に囲碁の修業をしていて授業に欠席がちの友人がいた。後にプロの棋士となったその友人のことを、ざこばは「仲間」として強く意識している。学校に行かなかったのは自分だけではない。人には師匠について学ぶという生き方がある。

ざこば自身は弟子として研鑽《けんさん》を積むために欠席していたのではなかったため、この友人に触発された可能性はある。学校の外にいる師匠に自分を弟子にしてもらおうとしたのは、学校内での「カースト」をざこば少年が意識していたことを示唆している。

ざこばは、七歳の時に母によって父と一緒に家を追い出されたのだと考えてきた。母は姉を追い出すことはしなかったが、自分は手許には残さなかった。選ばれたのは自分ではなく姉ちゃんである。自分は「家」の外に追放されて旅館で暮らし、ドヤの宿でも暮らした人間である。

そこにざこば少年は自分の罪のようなものが関与していると考えるのである。

自分は父と同じで、しょーもなくてコリない人間だからだ。学校にも行かず、芝居や映画を見て一日を過ごし、出前を取って好きなものを食べるような人間だからだ。

世の中には、父の側の人間と母の側の人間がいる。

母はコツコツと内職をして子どもの給食費を工面してくれるような人だった。しかし、自分は母の期待に応える真面目な人間ではなかったのだ。

父が死んだ時、自分は母とお姉ちゃんの世界に迎え入れてもらうことができた。

必死で働く母のように自分も一所懸命働かなければならない。この世界で一人前に扱ってもらえる男に一日も早くならなければならない。母に捨てられるような男には絶対になりたくないのだ。自分は父のようにはならない。自分は父とは違うのだ。

自分は真冬に難波から十三まで業務用の自転車を漕《こ》いで配達をしてきた人間である。どんなにつらいことでも我慢して、大人以上に働いてきた人間である。

仕事は学校の勉強よりは楽しかった。それでも中学生の自分は疲れきったのだ。

父のようなお父さんではなく、ちゃんとしたお父さんになるための「道」があるなら、何とかしてそこで子どもにしてもらい、一人前に食べていけるようになりたいものだ。

そうして、ざこばは桂米朝を選んだのである。

桂米朝は「父なるもの」でありながら、母の側にいる人間である。ざこばが皮膚病に罹《かか》った時、ざこばの背中に薬を塗ってくれた師匠は光明皇后のような慈悲心を備えた人である。

米朝のもとでざこばは新しい家族を持つようになる。

ざこばは兄弟子である桂枝雀《しじゃく》を「枝雀兄ちゃん」と呼ぶ。濃密な家族関係への子どものような信頼と人懐っこさは同郷の高橋和巳にもあったもので、宗教はないが、宗教以上のものを感じさせる。家族に対する素朴な信頼と人懐っこさは「純粋さ」の要因でもある。

ざこばの学校時代に、「スクールカースト」はなかったが、世の中には「カースト」があった。七歳でざこばは父が「カースト」から転落して家族を失うのを見た。三十歳までに父の生涯労働時間の二倍は働いてきただろう。


(2013.3.22〜4.5)

八千草薫と淡路恵子——女優が結婚する、ということ

鶴瓶の「家族に乾杯」に八千草薫が出演したことがある。八千草薫はただならぬ顔色をしてほとんど化粧もしない落ち着かない様子だった。そして、話しかけようと近づいてくる初対面の人に、早足で歩きながら、「夫が亡くなったの。五十年間一緒にいたの」と訴えたのであった。金婚式を迎えようとする九十五歳の夫を誤嚥《ごえん》性肺炎で急に失った後にも「家族に乾杯」しなければならないのが女優の宿命である。

あれから六年、八十二歳になった八千草薫は対面した美智子皇后に「いつまでも美しい」と称賛されている。百一歳の詩人柴田トヨさんを演じた「くじけないで」の試写会の席上である。まさに驚異の八十二歳である。

「くじけないで」の製作発表は五月に行われているが、そこでは、柴田トヨさんの役を、芦田愛菜（九歳）、檀れい（四十二歳）、八千草薫の三人が順番に演じる。サンケイスポーツは「日本の各世代を代表する実力派女優三人がこの秋、スクリーンに集まる」（五月十六日付）と書き、見出しを「豪華女優リレー！」と表現している。

八千草薫はどの年齢でもその世代を代表する女優であった印象がある。それでも映画女優というのではなくテレビの女優さんである。「皇潤」のCMに出ていても八千草薫なら誰も非難することはできない。美しいだけではなく、比すべき者のいない清純を体現しているからである。「宝塚三大美人」の一人と呼ばれたが、後の二人（有馬稲子・扇千景）にはない「万人に憎まれようのない可憐《かれん》さ」を備えている。

八千草薫が結婚式を挙げたのは、二十六歳の夏、東京會舘《かいかん》である。結婚には大きな反対があった。まず谷口千吉監督が十九歳も年上であり、しかも三回目の結婚であることである。

この日のウェディングドレス姿が写真集『八千草薫』（文藝春秋）に収録されているが、「ローマの休日」のアン王女（オードリー・ヘップバーン）に匹敵する。

二人は周囲の反対に一度は別れるつもりだったという。少なくとも谷口監督はそうだった。電話では何だからと、会って話をすることになるが、結局は別れることができなかった。それで横浜までタクシーで行って、顔をマスクで隠しながらラーメンを食べた事件を「週刊文春」の「新・家の履歴書」でとても楽しそうに回顧しているから、この恋愛には八千草薫の方が積極的だったのだろう。

果たせるかな、結婚によって二人は映画界を干されることになる。

この時期、八千草薫には「将来に亘《わた》って自分は映画界の中心に立つことはできない」という諦念が生まれたのではないだろうか。谷口千吉監督も同じである。

谷口監督の父は郡山藩士で明治の建築学者・谷口直貞である。成績優秀につき第一期の英国国費留学生に選ばれ、帰国して赤坂離宮の建築に関わった。郷里の大和郡山の発展のために旧藩主柳沢保承《やすつぐ》伯爵らを勧誘して郡山紡績を設立させたりもしている。

近代建築と紡績会社を作った谷口直貞博士は「国家」という家の建築に貢献し、家庭では十一人の子を成した。その末っ子に生まれた千吉監督は体格に恵まれ（百八十五センチ）、熊の子がドスドス歩いているような稚気の抜けない人だったという。

八千草薫の趣味は登山と犬である。十二キロの荷物を担いで夫と山に登っている。犬は、亡き母が好きだった山田五十鈴にちなんで「ベル」ではおこがましいので代々「ペル」という。

唯一の肉親である母も娘の結婚には反対だった。

が、谷口監督といれば安心だった。「家」にいるのが一番好きと八千草薫は言う。

今年（二〇一三年）の四月から「アウト×デラックス」（フジテレビ系）にレギュラー出演していた淡路恵子は、齢《よわい》八十にして「都会的」という概念を最も具現化している女性である。

NHKの「若い季節」に女社長役で主演していたのはまだ二十代の終わりから三十歳にかけての頃だったが、年齢以上に成熟して見えた。その頃から「こうと」な人と言われていた。

「都会的」というのは「こうと」と同じ意味なのである。

「こうと」とは「高踏《こうとう》」のことで、「高踏」を辞書で引くと、「地位・名誉などに恋々とせず、世俗をぬけ出て気高く身を処すること」とある。

淡路恵子の人生はまさに「高踏」な人生である。

淡路恵子が毎日仏さまにご飯をお供えしていると知ると、少し意外な気がするが、焼酎でも日本酒でも、口を開けたら、まず仏さまに上げるという。

仏さまは「お父さん、お母さん、晃広（三男）、哲史（四男）、そして錦ちゃん」の五人である。錦ちゃんとは元夫の萬屋錦之介《よろずやきんのすけ》である。

イチゴは、五人だから以前は五つ差し上げていたが、今はこういうご時世（大地震以後）なので一つだけにしている。リンゴなんかも四分の一に切ったのをさらに五つに切り分けて上げる。

「はいっ。喧嘩しないで食べてください。どうぞ」と。

淡路恵子らしいのは、ご飯を炊くのが午後八時だったり、午前二時だったりすることである。

「ひとりぼっち——それは、もの凄く寂しいことです。人間は弱いから、心のよりどころが欲しいのね。でも、生きていかなければならないの。生かされているのは、まだ、しなければならないことがあるということだから。そう思って、一人になっても凛《りん》と生きていくしかないんです」

（『凛として、ひとり』実業之日本社）

昭和八年に東京都品川区に生まれた。母は助産婦、父は海軍の軍人だったが、肺結核のために退役し、テニスのコーチをしながら、家にいて子育てや料理をしていた。淡路恵子が十二歳の時に亡くなっている。

淡路恵子は八千草薫の二歳下である。

八千草薫が「可憐」なら、淡路恵子が「妖艶《ようえん》」と、イメージは対照的だが、片や大阪出身で宝塚へ、片や東京出身でSKDへと、入団先が異なったことも関係している。淡路恵子はお芝居がしたくて宝塚に入りたかったが、当時（昭和二十三年）は食糧難のため、宝塚音楽学校の寮は新入生を受け入れず、自宅や親戚の家から通える生徒しか合格させなかった。

淡路恵子は松竹音楽舞踊学校に在学中、十六歳で映画「野良犬」に出演している。

淡路恵子が八千草薫よりも早く経験したことは映画出演の他に、結婚がある。

二十歳で、歌手のビンボー・ダナオと結婚している。

夫はもの凄くお洒落《しゃれ》な人で、自分の服を絶対に人に触らせない上に、淡路恵子が着る物を「このドレスを着たら、このコートを着て、靴はこれ」と全部並べてから、自分のスーツの色を決めた。妻の何十足もある靴を、指にタオルを巻き付けてピカピカに磨き上げた。

洋服は仕立て上がりが気に入らないと洋服屋の目の前で裁ちばさみでズタズタに切ったという。

しかし、萬屋錦之介はビンボー・ダナオとは正反対で、タキシードを着る時も淡路恵子が下着から順番に並べるとそのまま着た。

ある時、靴を出すのを忘れると、錦ちゃんは何も気づかずに玄関にあった運動靴を履いて出て行った。余りにお洒落に関心がないので淡路恵子は余計に「何とかしてあげなきゃ」と思うのだった。

淡路恵子が自分でも「なんでこんな目に遭わねばならないのか」と神仏を呪ったのが、三男と四男を逆縁で失ったことである。三男は交通事故で、四男は自殺で、若くして亡くなっている。

実の子に先立たれることは「骨を砕くような苦しみ」だった。淡路恵子はそんな苦しみに「人に心配させるのが嫌だから、『大丈夫よ』って元気ぶって」生きてきた。自分は強い精神力を持っているのだと思いながらも本当は大丈夫ではなかった。身体がどんどん痩《や》せていくのである。「体は嘘つけない」と思った。

夫の萬屋錦之介には「よかったわね、あの時に死んで。あなた、こういう悲しいことに耐えられないでしょ、弱虫だから。苦しんだだけ苦しんだでしょうけど、今は、そういうことが何もない世界へ行って、よかったわね」と話しかけている。

「この世にはもう何の思いもないから、いつ死んでもいい」と言う淡路恵子だが、人生でやり残したことが一つだけある。子育てである。自分の子どもたちは、ある程度の年齢になった時に、(中村プロの)倒産、(夫の)病気と続いたので、一番大事な時に子どもに目が行かなかったのではないかと思うからである。

夫は靴下でも揃えてあげないと左右で違うのを履いていくような人だった。

家の中のことだけではない。夫は座長でもあった。淡路恵子は座長の妻として、切符を何千枚も売り、ご贔屓《ひいき》様に挨拶をして、始終お礼状を書き、お配りする浴衣《ゆかた》のデザインをして、公演中は朝昼晩、ホテルの部屋でも夫の食事を作った。

現在八十歳とはいえ、淡路恵子は六十年間女優をしてきたわけではない。錦之介と結婚していた二十一年間、女優の仕事は中断していた。それも三十代から四十代にかけての二十一年間だから、女優として一番いい時期をおさんどんをして過ごしたことになる。それと同時に「中村プロ」は経済的に逼迫《ひっぱく》し、淡路恵子は自分の生命保険のお金で家族を養っていた。

それほどまでして夫のために「やってあげたかった」のは、夫は自分には敵わないほど素晴らしい役者だからである。芝居のことしか考えられない役者バカである。

しかし、そのために中村プロは倒産した。

「私は、耐えて、耐えて、耐えられたけど、錦之介さんは耐えられなかったのね」

「男とか女とかじゃなく、人間として強いのは私なのよね。あの人は弱かったの。だからすぐ、楽なほうへ行っちゃうの」

「子どもたち（四人）の学費、みんなの給料、維持費、それに家賃もかかる……。そういうことに、錦ちゃんは耐えられないんでしょうね」

錦之介は子役の時から、名門の家の子役であった。父の時蔵も伯父の吉右衛門も名門ではなかったが、錦之介はエリートの子役だった。観客に期待されて成長し、喝采されて育てられた。

一方の淡路恵子は実の父を守る娘である。父は世の中に背を向けて静かに生きる純粋な人だった。男の子を二人持つ女性と結婚し、世俗にまみれて働く力がなく当然経済力がなく、病魔のために短命だった。淡路恵子は誰よりも父を愛していた。

淡路恵子はその母のようにエネルギーの強い人で、それが向けられた人は楽な方に流れて自力で生きることができなくなってしまう。

今度はイタリーの村に生まれて、漁師の太った女房になり、週末は子どもや孫のために十何人分のパスタを作りたいと言う。

「淡路恵子は二度とイヤ。生まれ変わったら、家族のため、子どもたちのためにご飯を作るのよ、夫が獲ってきた魚を料理して」

（2013.11.29〜12.13）

II

ターシャ・テューダーと女性の官能

アメリカ、バーモント州の山奥にあるターシャ・テューダーの庭は、現存するものでは世界で最も美しい庭と言われている。

三十万坪の敷地には花々が咲き乱れ、温室、小さなハーブガーデン、スイレンの池、野菜畑、そしてハト小屋や山羊《やぎ》の放牧場もある。

〇五年、NHK・BShiで「ターシャ・テューダー四季の庭」が放送されるや、大好評を博した（ヨン様ブームも、NHK・BS2の「冬のソナタ」放映から始まっている）。番組はDVDになった。

ガーデニングのブームは以前からあったのだが、ターシャの場合は単なるガーデニングではない。そこで八十九歳のターシャは自給自足の生活を送っているのだ。

今年（二〇〇八年）の春、「ターシャ・テューダー展」が日本国内で始まった。八月には東京、九月には大阪で開催される予定である。

ターシャはアメリカの心を代表する絵本作家でもある。アメリカの心とは、「アーリーアメリカン」の心である。ターシャのバーモント州の家は、十八世紀の農家のように建てられている。

ターシャは裸足で住み、冬に備えて暖炉の薪《まき》を割り、泉の水を汲《く》み、山羊の他にもニワトリとコーギー犬と猫を飼い、秋には庭で収穫したリンゴを搾《しぼ》ってアップルサイダーを作る。室内ではキルトと人形の服を作る。アーミッシュの友人がいる。そういうナチュラルライフを謳歌するおばあさんなのである。

ターシャはシャクナゲがない庭は考えられないと言う。野菜畑から母屋に通じる石段には、早春、クロッカスやタイムが咲く。花は女性の官能の象徴である。

写真とターシャの文章で構成された「ターシャ・テューダーの言葉」シリーズは、日本のオリジナル編集である。

「心は一人ひとり違います。その意味では、人はいつも〝ひとり〟なのよ」

「子どもが家を出て行き、二度と一緒に住みたがらないと言って淋しがっているお母さん達。ちょっと周りを見回してごらんなさい。やろうと思えばできる楽しいことが、たくさんありますよ。人生、長くはないんですもの。うかうかしていると、何もできないうちに終ってしまうわ」

シリーズは『思うとおりに歩めばいいのよ』『楽しみは創り出せるものよ』『今がいちばんいい時よ』の三冊であるが、静かなロングセラーになっている。

ターシャ・テューダーは、一九一五年、ボストンに生まれた。父は飛行機やヨットの設計者、母は肖像画家。九歳の時、両親が離婚。父の親友の家に預けられた。そこのおばさんは戯曲作家で、型破りの家庭はとても楽しかったという。この頃、絵の教室に通っている。

十五歳で寄宿学校を退学して一人暮らしを始め、将来を模索して転居を繰り返す。

二十三歳で結婚。母の農場で暮らす。手作りした絵本が出版されることになる。二男二女を育てながら、絵本を描く。

四十三歳で離婚。絵の仕事をして子どもを養う。「もし生活を支えてくれる夫がいたら、ガーデニングと料理と縫い物ばかりして、絵は描かなかったかもしれない」

五十六歳、子どもが去って一人になる。さらなる田舎に終《つい》の棲家《すみか》を建て、以後、念願の生活を続ける。

「自信のない子供だったのに、こんなに大胆不敵な八十七歳になってしまったわ」

花の魅力に目覚めたのは三歳でグラハム・ベル（電話の発明者）の家に咲いていた中国原産のバラ「ロサ・ユーゴニス」を見た時である。

「将来、私もこんな花を咲かせる人になろう」

今年の六月十八日、ターシャは九十二歳で召天。


（2008.8.8）

父権を振りかざさない高砂親方

朝青龍《あさしょうりゅう》事件から一年、師匠の高砂親方（元大関・朝潮）が本を出した。『親方はつらいよ』という、とても読みやすく内容の深い本である。親方が語った内容をゴーストライターが構成している。通常ならゴーストがいることを秘するものなのに、親方はそのこともあとがきに記している。

今年（二〇〇八年）の五月場所中、親方は大腸ポリープ切除の手術を受けるために入院をした。朝青龍は、事件のストレスのせいだと大きなショックを受けたという。

入院中、親方は、大ファンである「男はつらいよ」のDVD全巻セットを毎日見ていて、そこから本のタイトルが決まったらしい。

高砂親方はとても頭のいい人である。本を読んでますますその思いを強くした。

朝青龍事件は、昨年の夏、財団法人日本相撲協会の「収益事業」である巡業を、今まで休んだことのない朝青龍が休んだものである。

「甘え」があったのだ。

親方は、若松親方だった八年前、四十四歳で日本相撲協会の最年少理事に選出され、同時に広報部長にも就任した。その二年後には、角界一の大所帯・高砂一門の総帥になっている。部屋伝統の四股名《しこな》「朝潮」を継いだ直系だからである。何もかも順調に運びすぎていた時に事件は起こった。

騒動以来、「師弟の仲が悪い」「弟子に舐《な》められている」という批判を、親方は一身に浴びることになる。

しかし、「師匠が大関だったので横綱には何もいえないのだろう」とまで言われたことはよほど腹に据《す》えかねたらしく、こう言っている。

「平成時代になってから元横綱が横綱を育てたのは、……武蔵川親方（元横綱・三重ノ海）が、武蔵丸を育てた例だけではないでしょうか」

横綱になった人は、頂点を極めた、超越した人である。超越した人と、「それ」を知らない、まだどこかで夢を追いかけている人間の差がきっとあるかもしれない。と、親方は考える。

「私のような元大関が横綱を育てられたというのは、『横綱という地位を知らないから』ともいえるでしょう。大関で終わったものには、きっと横綱への憧れや夢が、まだ心の中にあるのだと思います」

上から弟子を見てここまで来いと要求するのではダメなのだということに、部屋を興《おこ》して四年目に、ふと気がついた。以来、朝乃若を怒って育てていたようなやり方を改め、朝青龍も朝赤《あさせき》龍《りゅう》も同じように叩かずに育てた。「父権を振りかざさない師匠」でありたい。同時に、後援者の宴席に横綱を連れて行って部屋の経営に「使う」こともしない。自分がされて嫌だったことは弟子にはしないのだ。

朝青龍は高砂部屋の伝統である攻撃相撲を身につけ、朝赤龍は四つに組む相撲を身につけた。激しい感情を持つ「青」と温厚な「赤」の違いは本人の「気持ち」にある。

今まで百人の力士を育てたが、稽古場で負けて泣いたのは朝青龍だけだった。稽古場で「赤」が泣くことはなく、考えようによっては「青」より「赤」の方が気持ちは強いといえるかもしれない、と語る。

強すぎて、勝つことしか知らない者は「負け方」を失敗する。一番大切なのは『負けも知った上で、『勝つことを知る』』ことである。

朝青龍が横綱に昇進した時、親方はおかみさんに「ここから苦労が始まるぞ」と言ったのだった。

朝青龍と親方の関係は、次の段階に移行していっている。親方は「次は、日本人横綱を育てたい」と言っている。「朝潮」の四股名を継ぐ者である。

本のゴーストをした女性の力量は半端ではない。

（2008.8.22）

谷亮子の「きちんと主婦をしている」

北京五輪二日目、柔道女子四十八キロ級の谷亮子（トヨタ自動車）は準決勝でルーマニアのアリナ・ドゥミトルに敗れた。五輪三連覇の夢は潰《つい》えた。「ママでも金」も実現しなかったのである。

しかし、三位決定戦では一本勝ちして銅メダルを獲得した。

その瞬間、一番悔しかったのは谷選手自身ではなく、全日本選抜体重別選手権で谷に完勝しながら五輪出場選考で落とされた若い選手だろうと思った。谷に完勝したのだから、彼女には銅より上のメダルを取れる可能性があったのに、その可能性を試す機会さえ閉ざされてしまった。

選考の基準は、「試合」には勝っても「経験」が足りないというものであったらしい。が、谷が「ママ」でなかったら、若い選手の方が選ばれた可能性がある。

メディアは、銅メダルには「金色」の価値があると書いている。夫のプロ野球・谷佳知選手が、銅メダルが「金色」に輝いて見えると語るのは当然だが、メディアが書くのは別の理由である。

谷亮子は田村亮子から谷亮子になった時、「谷でも金」と宣言し、「結婚しても金」とは言わなかった。

それ以来、田村亮子は「谷亮子という存在」になって、新たな責任を自ら引き受けることになる。

「きちんと主婦をしているから柔道をさせてもらえる」という発言の「させてもらえる」という部分は、誰のことを、何のことを指しているのだろう。それは谷亮子本人にしか分からない。

全日本の合宿では、他の選手が寝ている間に、眠い目をこすって三時間おきに授乳したという。その奮闘ぶりを、家庭を持って働く女性への支援が乏しい社会への強烈なアピールだと読み取られているが、これは現状と一致しない。

なぜ彼女は子どもを保育所に預けないのだろう。なぜ人工粉乳でなく、そこまでして母乳に拘《こだわ》るのだろう。なぜ、プロである保育士に合宿中くらいは子どもを任せないのだろう。

あの柳沢元厚生労働大臣ですら孫を保育所に預けていた。柳沢氏の夫人も例の騒動の時、夫のために湯豆腐の材料を買い揃え、急いで上京できるぐらい健康で、孫を自宅で養育しようと思えばできたのだが、保育所を利用していた。

谷選手の場合、保育所に入所を希望しさえすれば、即刻入所が認められる条件を十二分に備えていた。

しかし、家庭を持って働く女性への支援があっても、自分はそれを利用しない、利用してはいけないのだという思いがあって、それが「きちんと主婦をしている」という発言に繋《つな》がったのだとしたら、谷亮子は「金メダル獲得」に燃える前に、「ママでも金」と宣言した理由もしくは結果によって燃え尽きたのである。

既にアトランタ五輪の時に実力はピークだったという証言もある。

あるいは、保育所での「補完的家庭養育」を受けることを嫌悪したのだとしたら、彼女の奮闘ぶりは保育所に子どもを預けて働く女性への応援どころか、痛烈な批判として機能する。

「睡眠削って育児と柔道」というのがやはりつらかったことは、今後のことを聞かれて「主婦がしたい」と答えたことにも現れている。本音だろうと思う。

「息子には、(柔道ではなく) 野球をやってほしい」とも語ったのは、柔道の審判への不信から出たものだけとは思われない。

「柳本ジャパン」「反町ジャパン」「星野ジャパン」と、こんなにたくさん日本があったことには驚く。

が、最大のジャパンは「谷ジャパン」である。

(2008.8.29)

家を出ていった歌人・栗木京子

朝早くにテレビをつけたら、「ＮＨＫ短歌」（ＮＨＫ教育）という番組に想像もしない人が登場した。

講師（選者と呼ぶのかもしれない）が栗木京子さんなのである。

本物の栗木京子さんが喋《しゃべ》っている。

栗木京子は、一九五四年生まれの五十三歳。歌人として知る人ぞ知る人である。

短歌の賞で最近「三冠」を取ったが、取材されて「怖いくらいです」と答えていた。

作品の中で一番有名なのは、若い頃に作った観覧車の歌である。

「観覧車回れよ回れ想ひ出は君には一日《ひとひ》我には一生《ひとよ》」

京都大学理学部在学中の作品である。学園紛争が終わった時、この人は出発した。

栗木さんは名古屋市の生まれである。名古屋の風土を思えば、七〇年代初頭に娘を名古屋の外の大学に行かせる家庭はよほど開明的だったことは想像がつく。

栗木さんは医師と結婚して一男の母になり、官舎で暮らすようになる。

その当時、年齢でいえば三十代前半の作品。

「女らは中庭《パテイオ》につどひ風に告ぐ鳥籠のなかの情事のことなど」

「扉《ドア》の奥にうつくしき妻ひとりづつ蔵《しま》はれて医師公舎の昼闌《た》け」

栗木さんは基本的にこういう叙事的な歌を詠《よ》む。自らを含めた専業主婦の優雅で明るい虚無感を、その内部にいて苦しみぬくことを選んだと、先輩格の歌人からは高く評価されていた。

私はこの歌を読んだ時、しかし、栗木さんはいずれ穏健な形で家を出ていくだろうと思った。

栗木さんはその後長く、思考の自閉の中に追い込まれていったという。

だが、一方でこういう比喩《ひゆ》表現の歌も作っている。

「草むらにハイヒール脱ぎ捨てられて雨水《うすい》の碧《あを》き宇宙たまれり」

二年前まで毎日新聞の記者だった歌人松村由利子さんは、この歌について書いている。

「雨上がりの草むらに、なぜかハイヒールが片方落ちている。雨水が中に溜まって青空を映しているのが、小宇宙のようだ。実際にありそうな、しかし、作り物めいた感じもする不思議な歌である。（中略）この作者がハイヒールを見て『脱ぎ捨てられて』と断定しているのは、とても面白い。（中略）草むらにハイヒールがあれば、それは女が自ら脱ぎ捨てたものに決まっている。女は草むらをどんどん駈《か》けていって、どこかへ行ってしまったのだ。あるいは、天に昇っていったのかもしれない。そういう女が脱ぎ捨てたハイヒールだから、中にたまった雨水が青空を映して底知れぬ深みを湛《たた》えているのである」（松村由利子『語りだすオブジェ』）

栗木さんはずっと岐阜に暮らしてきた。が、二年前、東京に仕事用のアパートを借りた。夫は岐阜に残った。

「仕事場は一間で、こたつと本棚しか置いてない。がらんとして、学生の住まいのようだ。『子育ても一段落したし、この部屋ではひたすら歌に集中しようと思って』」（読売新聞〇七年四月二十五日）

作歌に専念するため新聞記者を辞めた松村由利子さんが、いわば「外から内へ」入って行ったのに対し、栗木京子さんは「内から外へ」出て行ったのだ。

「テレビに出ている」栗木さんを見た驚きは、ああこの人は本当に「駈けて出てきた」という感慨である。

「外」であれ「内」であれ、意味を求める気持ちは今や誰にも同じである。残りの時間はその人のものだ。

「退屈をかくも素直に愛しゐし日々は還らず　さよなら京都」（栗木京子）

（2008.9.5）

勇気を与えてくれた「お茶の水のお浩」

高校生の頃、学園紛争で校舎がバリケード封鎖されたことがある。それで授業が行われなくなった。

午前中に高校に行って、校庭に立っている担任の先生に「来ましたけど〜」と言うと、「ああ、来たか」と出席簿に丸をつけてもらえる。その後はすることがないので、友だちと近所の喫茶店でダべっていた。

やがてそれにも飽きてきたので、「毎日放送」に行ってみようという話になった。桂三枝のやっている「ヤングタウン」というラジオの公開番組に参加するためである。

当時、深夜になると皆「ヤングタウン」（略してヤンタン）を聴きながら勉強していたので、一度スタジオに行ってみたかったのだ。

その日の桂三枝はいつもよりも面白かった。制服で行っている高校生は珍しかったので、指名されないようにうつむいて視線をそらしたのを覚えている。

今から考えると、「ながら勉強」をしていたのだから非効率的な勉強だったと思うが、クラスの皆が同じ放送を聴いていると思うことが楽しかった。ラジオは生活に欠かせないものだった。

大学生になって一人で下宿している時、「パック・イン・ミュージック」の「ナッちゃん・チャコちゃん」がパーソナリティの木曜日の放送は枕元にラジオを置いて欠かさず聴いていた。勉強しながらではなく、勉強し終わって眠りに就く前である。勉強しながら聴くと、「ながら聴取」になるのが勿体《もったい》ないからである。

これは聴取者の投稿する作品で成っており、その人の日常を切り取った日記のようなエッセイのようなフィクションのようなとてもうまく出来た創作を聴くのである。当時（七〇年代初頭）は現在と同じで若い人の自殺が多かった。新聞には毎日のように自殺の記事が出ており、私はそれをスクラップしていた。

だからこそ「パック・イン・ミュージック」は必要だったと言えるのかもしれない。どの投稿もクスクス笑わせながら自分の思考を適確に表現し、社会的なテーマがありながら出来事はあくまで個人のものなのである。中でも一番楽しみにしていたのは常連中の常連である「お茶の水のお浩」という女性の投稿だった。

「お浩」というのは私が勝手につけた当て字に過ぎない。「お茶の水の」というのも、「お茶の水女子大学の」という意味なのか、「お茶の水在住の」という意味なのか、分からない。

とにかく、「お茶の水のお浩」という人の書いた文章を聴いていると、なんて頭のいい面白い文章を書くのだろうと毎回感心して聴き惚《ほ》れてしまうのである。深夜にただ聴覚だけを研ぎ澄ませ、何かを発見したり共感したりする喜びは喩《たと》えようもないものである。

その「パック・イン・ミュージック木曜版」がなくなって以降、ラジオを聴く習慣はなくなってしまった。

今の学生が家に帰って一番先にすることは、音楽を聴くことだという。聴くというより部屋に音楽を流すのである。「音楽のない生活は考えられない」と言う。余りに当たり前すぎるので、一番先に自分がそれをしていることを忘れている学生もいる。しかし、話を聴くことと音楽を聴くことはまったく違う経験であると思う。

七〇年代と較べると、若者がラジオを聴く習慣は減っているという。お笑い芸人の内輪話が繰り拡げられ、若い人が真正面から現在に向き合うことのないラジオ番組が増えているらしい。「お茶の水のお浩」という人は何をしているのだろう。言葉が力を持っていた時代に秀逸な感覚を発信し勇気を与えてくれた人は。今やラジオは危機である。

（2008.9.26）

原節子、という「伝説」

「渡る世間は鬼ばかり」で森光子を見ると、やはりその年齢は隠しようがないと思った。森光子は大正九年生まれの八十八歳である。

森光子を見ると常に連想するのは「でんぐり返し」でも「東山紀之」でもなく、原節子なのである。原節子は森光子と同い年だからである。誕生月も一カ月しか違わない。

森光子が二年先まで仕事が決まっているのに対し、原節子は私生活を固くガードされて鎌倉の自宅に暮らしており、その姿を見たければTSUTAYAに行かなければならない。

原節子は一九六三年、小津安二郎監督の葬儀に参列して以来、公的な場に一切顔を出していない。一度だけ、週刊誌に、部屋の掃除をしているところを撮影されたことがあるが、往年の姿と殆《ほとん》ど変わっていなかった。

巨人が阪神との十三ゲーム差をひっくり返してリーグ優勝を遂げた時、しきりに「メイクレジェンド」という言葉が使われた。レジェンドとは伝説のことである。リベンジもそうだが、日本語で言えば済むことをわざわざカタカナで言う、その理由が分からない。

が、「伝説」という言葉が一番似つかわしい女優は原節子であると思う。

山口百恵もある意味「伝説」の人なのだが、結婚後も谷保天満宮《やほてんまんぐう》やお世話になった人の告別式に現れたところを女性週刊誌に撮られていたりして、敷居がそれほど高くはないところが原節子とは違うのである。しかも、夫が「洋服の青山」のCMに出たりするため、妻の神秘性もどんどん薄れてしまう。本人には、自らを「伝説」化する意思がないのだろう。

しかし、原節子に関しては、調べれば調べるほど秘密の部分が明らかになる。引退したのは四十二歳の時である。同年、森光子はNHK紅白歌合戦で紅組の司会を担当している。

現在も、森光子は名古屋の中日劇場で「放浪記」の舞台を務めている。「生涯現役」は林芙美子をなぞるが如きである。

原節子がなぜ引退したのかに関してはいろいろな説がある。が、本人がこれという理由を言わないので、すべては憶測の中にある。素直に考えれば、小津監督が病気になった時点で引退を決意したのだろう。

生涯百八本に及ぶ映画に出演した。恐らく戦後の日本人に最も愛された映画女優である。

映画評論家の佐藤忠男氏は「原節子は敗戦後日本の〝希望〟を演じたのである」と語り、荻昌弘氏は「あの昭和十年代の軍国主義当時、私たちが和服やモンペ姿の原さんにあこがれたのは、逆にその西欧臭さだった。可憐さのなかの、じつは日本人離れした理性と知性だった」と評している。

意外なことに、原節子が小津安二郎監督の映画に出たのは僅か六本に過ぎない。しかし、「晩春」「麦秋《ばくしゅう》」「東京物語」は、原節子以外のどの女優が演じてもいけないものであった。

小津監督が亡くなった日、カメラマンやスタッフたちはただ騒いでいたのだが、原節子が杉村春子に抱えられて嗚咽《おえつ》しながら現れた途端、みな一斉に泣き出したという有名なエピソードがある。

溝口健二における田中絹代、小津安二郎における原節子の配合の妙は、今後再び見ることはできないと覚悟しなければなるまい。

引退だけではなく隠棲《いんせい》するという生き方は誰にも真似のできるものではない。

近年、昭和三十年代ブームが起こったが、「晩春」は昭和二十四年の作品である。二十年代にはまだ戦後の光と影が色濃く残っていた。二十年代は隠棲したままなのかもしれない。

（2008.11.28）

さんまの笑いは、性格である

麻生総理は笑顔をする時には完璧な笑顔ができる人である。

外国要人と握手する時に満面の笑みを浮かべたり、会談の最中に破顔一笑したり、必要とあらば常に明るい表情を作ることができる。

安倍元総理にしても福田前総理にしても、内心の緊張や不機嫌というものが笑顔に表れることがあったが、そういう内心の漏洩《ろうえい》が一切ない笑顔を瞬時に作れるというのはきわめて高度な対人技術である。

こういう技術で麻生総理に匹敵するのは、明石家さんまくらいである。

「痛快！明石家電視台」（毎日放送）という長寿番組が関西にある。

先日、ＴＫＯが「この番組に出るのが夢だったんです」と張り切って登場したが、結果は無惨だった。

これは形式としてはクイズ番組だが、実はお笑いの即興番組である。さんまがネタをふると、即座に返さねばならない。即興が面白くないとスタジオが引き、他の芸人の失笑を買い、さんまは呆れ顔になる。

作りこんだネタはできても、ＴＫＯには即興はできなかったのである。「痛快！明石家電視台」には間寛平も出ているが、最近のさんまは寛平の即興がレベルに達していない場合、親切にダメ出しをしてやる。寛平には状況が読めないことがしばしばあるので、「さっきと同じようにできまへんのか」と、さんまは先輩に教えてやるのである。寛平は教えられたことはやれる人である。

さんまはスタジオに来ている観客にもダメ出しをすることがある。スローなテンポで自分の家族関係を紹介する女性の話を、いきなりさんまが遮《さえぎ》った。

「キミの話は暗いわ。もっとポジティブ思考になられへんのか？　そういう風に家族のことを考える時点で、考え方が暗いやないか」

お笑いの人には、素の時には暗い人が多いと言われている。

しかし、さんまは終始明るく、仕事でない時にも早いテンポで話す楽しい人であるという。

さんまの笑いは職業ではなく、性格なのである。その性格の裏にはポジティブ思考がある。物ごとをあるがままに受け止めた時点で人はネガティブになり、批評的になる。

さんまは、紳助やたかじんとは違って、政治には決して口を挟まない人である。

さんまの関心は徹頭徹尾お笑いそのものにある。

さんまにとって、お笑いは現実の批評として存在するのである。

紳助やたかじんとは比較にならないほど強いネガティブ思考がさんまにはあるからである。さんまはそこから逃げねばならない。

物事はあるがままに受け止めてはいけない。常に明るく解釈しなければならない。生きているだけで丸儲《もう》けではないか。生きていくためには人に愛されなければならない。愛されるためには痙攣《けいれん》的に笑いを提供しなければならない。ここには悲劇はないと確認しなければ安心して生きていくことはできない。

生まれつき「底なしの明るさ」を持った人など存在しない。その背後には、「喪失」に関わる根源的不安がある。

他の番組でゲストに出たＦＵＪＩＷＡＲＡに、さんまが「高校時代のギャグは？」と訊《き》いたことがある。

「ギャグは吉本に入ってから考えました。高校までは考えたことがなかったです」と二人は当然のように答えて、さんまを唖然《あぜん》とさせたのである。

職業としての笑いは、さんまと麻生総理には理解できないものであろう。

あれだけの笑顔を作れるのに、麻生総理は言葉に批評を込めてしまう。

（2008.12.12）

小室哲哉が感動した「つきたてのお餅」

動物の中で音楽活動をするのは人間だけである。

喜んだ時に踊りだしたり声をあげたりする動物はいても、喜怒哀楽の反射行動としてではなく、わざわざ苦しんでまで音楽を作り出すのは人間だけである。

作曲は種の保存になんの必要もない、遺伝的には無駄な行為である。

しかし、動物の行為の中には恋人を惹きつけるのに優位になる「恋人選びの法則」があるとダーウィンは言った。クジャクのオスの羽が美しいのと同じ「モテの法則」である。

しかし人間がクジャクと同じなのなら、ベートーベンもゴッホもモテモテになれたはずである。そして、その結果やはり子孫を残すのに有利になったはずである。が、そういう事実はないのだから、「恋人選びの法則」という遺伝心理学も、複雑な人間世界に適用するのはよほど慎重にしなければならない。

音楽には「この人の音楽を聴こう」という意思を持った聴衆が存在することが大前提となる。聴衆はその音楽に独自の「仮想世界」を見る人である。

現実の社会では、人は利潤を追求するために競争し、互いに対立させられている。しかし、音楽という仮想世界の中では、傷ついた人や不幸な人に人々は共感を寄せることをする。日本が無宗教の国と言われているのは、音楽家が神の代理を務めているからである。

なぜこのようなことを考えるのかといえば、小室哲哉が小室容疑者になったからである。神が囚人になってしまったのだ。

詐欺行為で逮捕された時、「小室は『音楽バカ』だから」と評する記事があったが、小室哲哉は世事には全く疎い人である。音楽にしか関心がない人なのである。そして、才能と関心とは同義である。

これがつんく♂なら、お金儲けには関心があっても、寝ても覚めても音楽のことばかり考えていることは想像できない。

音楽家としての小室と犯罪者としての小室とをどう一致させるかという問題は、今になってもまだ解決されているとは言いがたい。

留置されていた大阪拘置所はとても寒かったという。が、そこに布団一式を差し入れた人がいたというから、小室の音楽性と小室の犯罪は別物であると考える人が確かにいるのである。

小室が常人でないと知ったのは、「オーラの泉」に出た時である。

KEIKOと結婚してから、彼女の父親にお餅《もち》をついたりこねたりすることを教えられた。お餅というのはこうやってできるものなのだということを、江原啓之と美輪明宏に興奮して語る小室は、お餅が何でできているかを今まで全く知らなかったらしい。

子どもの時からいつもキーボードの前にいて、音楽漬けの日々を嬉々として送ってきたという。ただ「普通の経験」を教えたに過ぎない義父の行為に、普通でないほどの驚きと感謝をする小室は、推測するに「世間知」の偏差値は二十五、「感性」の偏差値は七十五で、この落差が神のようなものである。

ＫＥＩＫＯと再婚するくらいなら、「世間知」の偏差値が小室と同じ程度の華原朋美と結婚しておけば、朝から高いシャンパンを飲まれずに済んだのにとさえ思う。二歳程度で精神発達が止まっている小室哲哉は作曲の規則しか知らず、「仮想世界」の中でのみ生き、現実世界の規則を学べなかった。財産管理をするのも、法を犯すことを抑制するのも「世間知」なのである。

つきたての真っ白なお餅とは実は小室自身の隠喩であり、こういう人を利用するのは赤子の手をひねるようなものなのであろう。

（2008.12.19）

飯島愛は「傷ついた人」だった

飯島愛最後のインタビューが本誌（「週刊朝日」）〇八年十二月二十六日号に掲載されていることを先週号で知り、部屋の中からその号を探しだした。

十二月六日、宇都宮のオリオン通りで行われたエイズ撲滅イベントにシークレットで参加トークしている飯島愛の写真と「飯島愛が『復活』を独占告白『シモのケア用品売ります』」と題した記事が確かに掲載されている。

福光恵記者の「引退後の一年半、どんな生活してました？」という質問に、「食っちゃ寝、食っちゃ寝。だから、あっという間だよね。とにかく私、ヘンだったの。十円ハゲはできるし、幻聴は聞こえるし」と飯島愛は答えている。

お金がないから働かなくちゃということで、女の子の悩みに応える、オリジナルのコンドームや、バイブ、コスメなどをサイトで売る会社を投資会社に借金して始めたのである。が、意外にこれが儲からないのだという。

その記事のゲラを見て、飯島愛が福光さんに電話をしてきたのが十三日である。

「体調を崩してはいたが、そこにいたのは、ちゃんと社長している飯島さんだった。そんな彼女が自分から逝くはずがない」と、福光さんは書いている。

クリスマス・イブの数日後、私はノンフィクション・ライターの島崎今日子と食事をしたが、アルコールは飲まなかった。飯島愛の死以来、ひたぶるに心寂しいのである。

飯島愛の自伝的小説『プラトニック・セックス』には、自分がワルくなったのは、お父さんに小学校の頃から厳しく勉強をさせられたからだと書いてあった。机に向かう飯島愛の後ろにお父さんが立って、いちいち指導をするのである。

努力を強制されると、人は努力が嫌いになる。

そこから先の、家を出て遊び歩き、大勢の人と出会ったというくだりは私の記憶にはなく、お父さんに読書感想文を書かされたその本がスタインベックだったか、有島武郎だったかという、どうでもいいことに拘っていた。すると、島崎が静かに語りだした。

「私は飯島愛の取材を三回したことがある」

飯島愛は芯《しん》の部分にピュアなものがある子だった。

二回目の取材の時、飯島愛は島崎の顔を見るなりこう言った。

「お姉さんなの？　私、お姉さんのインタビュー受けるの、大好き。だって何も訂正しなくてもいいんだもん」

三回目は、飯島愛と内田春菊との対談を構成する仕事だった。

飯島愛は内田春菊の資料を全部読みこんできて的確な質問をし、島﨑が内田春菊にする質問を、間に立って翻訳までしたという。

「あれだけ話をするために、飯島愛がどれだけ準備してきたか、私には分かる」

努力することと勉強することが大嫌いだった飯島愛は、結局誰よりも努力家で勉強家になっていた。

しかも気配りのインタビュアーにまで気配りをする人なのだった。

取材の後、飯島愛は島﨑に頼んでいる。

「お姉さん、私と会社しよう。私と一緒に仕事しよう」

○八年の一月、飯島愛は渋谷警察署を突然訪れている。

「一人で寂しい。私、おかしくなっちゃった」

寂しいからといって、警察署に行くということを普通、人はしないだろう。

信用していたオジサンにお金を持ち逃げされたことが決定的だったのだ。

精神に限界が来ると、自殺でなくとも人は死ぬ。

と、島﨑が言った。

「芸能人には『壊れた人』と『傷ついた人』の二種類の人がいる。飯島愛は『傷ついた人』だった」

（2009.1.23）

普通に生き続けるジュリーの才能

世の中に天神祭とか神田祭とか祭の数は多々あるが、このたび新たに「ジュリー祭」という祭ができた。

天神祭は菅原道真公を、神田祭は神田明神を祭るものだが、ジュリー祭では祭神がジュリーである。しかもジュリーは生きていて、去年（二〇〇八年）還暦を迎えているのである。

正式にはこれを「人間60年　ジュリー祭り」という。ただの「ジュリー祭り」ではなく、「人間60年」と冠したところが偉い。

満員のファンの前で、ポッチャリ・ジュリーが歌う。その熱狂ぶりをＮＨＫが放送してくれたが、ファンもまた確実に年齢を重ねている。

ジュリーをジッと見ていると、目と鼻と口と身長は昔のままである。しかし、他は違う。走り回って歌うと息が切れるのに、あえて走り回る。こうして六十年もジュリーが生きてきたということ自体が、団塊の世代とそのすぐ後の世代にとって希望なのである。生きるということはこういうことなのだという共感が広がっているのがヒシヒシと伝わってくる。

「ビジュアル系の元祖」が還暦を迎え、毎日おいしいものを食べて生きているのを想像できるだけで、確かに御利益がありそうな気がするというものである。

昭和二十三年（子年）生まれのジュリーは、本名澤田研二。「ザ・タイガース」に所属し、「ザ・テンプターズ」のショーケン（萩原健一）とは、ＧＳ（グループサウンズ）のボーカルの双璧だった。

かつて女の子たちは、ジュリー派とショーケン派に分かれていた。ジュリーは「ビジュアル系の元祖」であり、しかも京都府立鴨沂《おうき》高校出身であることをジュリー派は自慢のタネにしていた。ただキレイなだけではないと言いたいのである。学歴信仰への批判が始まろうとしていた時代に、自分が好きな人の学歴は忘れないのがファンなのである。

その後ショーケンは何回も結婚と恋愛を繰り返し、その都度相手の名前を週刊誌で知らされても、相手が多すぎて結局ファンのメモリーにも入りきらなくなったのに対し、ジュリーは結婚は二回だけである。

妻は女優の田中裕子（大阪府出身）だから、家の中では関西弁で話しているのだろうか。藤山直美と共演して桂春団治《かつらはるだんじ》の役をやっているから、ジュリーは大阪弁も喋《しゃべ》れるのである。ショーケンと違って、舞台で喜劇ができることが、そのニンの厚みを証明している。

かつてショーケン派だった知人は、ショーケンの姿を一目見ようと、学校をさぼってはショーケンの家の垣根の蔭《かげ》から中を覗《のぞ》きに行っていたのだが、五十代になると「一緒に暮らすならジュリーがいいに決まっているでしょ」とチャッチャと転向している。

生と死が混在しているからこそ芸能者はマレビトなのだと折口信夫は言うが、生を肯定していったジュリーには「円満な生活人」の魅力があるというのである。

「幸福とは贅肉である」と。

森進一と違い、ジュリーには家庭の悲劇の影もない。

生活者として普通に生き続ける才能があり、自分の身体に刻まれた時間を喜んで受け止めるという意味で、ジュリーは確かに人間的である。そもそも、神も元は人間だったのである。

「人間60年　ジュリー祭り」で、ジュリーは「我が窮状」を歌った。「わが九条」のもじりである。

人は生まれた土地と育った時代によってその価値観を形づくる。メジャーな音楽界にいながら、それでもやはりジュリーは団塊の世代であり、京都の人だったのである。

吉田拓郎よりよほど筋が通っているのではないか。


（2009.1.30）

与謝蕪村が求めた「温もりのある家」

福井県の東尋坊に自殺しに来た人を発見し、自殺を思いとどまるよう説得する仕事をボランティアでしている男性がいる。茂幸雄《しげゆきお》さんという。

今まさに崖から飛び降りようとする人は「何も贅沢なことを求めてはいない。ただ一畳半の住まいと食事があればいい」と茂幸雄さんはＮＨＫ教育テレビで語っている。それだけで人は自殺をしなくて済むという。

「派遣村」の人々の多くも「何度も死のうと思った」と口にしていた。厚生労働省の講堂では路上で眠るのとは違い、足を伸ばして眠れたのである。

「家」というのは人にとっては先ず「家屋」のことである。

「家屋」は、屋根と壁と扉と窓の四つがあるものをいうが、この場合少なくとも屋根と壁さえあれば、一夜の安眠は約束される。

マスローの欲求段階でいえば、自己実現どころか生理的欲求すら脅かされる人が激増している。

しかし、「家」というのは日本では長らく「家族」や「家庭」と同義と見なされてきたので、家があっても家族がいなかったり、家族がいても機能不全だったりすると、「自分には帰る家がない」と思う人が多く存在した。マスローでいう安心や所属の欲求である。

人間は生理的欲求を満たされるだけでは生きていくことはできない。

その家がファミリーではなくハウスやホームの概念に戻ると、「温かい家」の意味もまた変わってくるのだろうか。

オバマ大統領就任に際し、常に大統領に求められる「温かい家の力強い父親」のイメージに以前にも増して重きが置かれているのを見ると、大統領就任式に集まった人の中にサブプライムローンで家を失った人が含まれていたのか否かということを知りたいと思う。

家がなく家族もない場合、人は何によって生きるのだろうか。

「ハイビジョン特集」（NHK・BShi）で、与謝蕪村《よさのぶそん》の人生が取り上げられ、再放送もされている。

与謝蕪村は大坂の毛馬《けま》（現・大阪市都島区）の庄屋の家に生まれたが、母は正妻でなかったために、母と共に母の実家である京都、丹後の与謝村に移り、そこで育てられている。

子どもの頃から絵が上手で母によく褒《ほ》められたが、母は蕪村が十三歳の時に入水自殺をしている。蕪村は父の家に身を寄せるが、父も間もなく世を去り、一家は離散する。蕪村は家も家族も失ったのである。どうやって生きてきたのかは明らかではない。

しかし、与謝蕪村には生涯「温もりのある家」への渇仰《かつごう》があり、それが芸術に向かう動機となった。

池大雅《いけのたいが》との競作である国宝「十便十宜図《じゅうべんじゅうぎず》」で、蕪村は「十宜図」の方を担当し、自然の与えた十の宜《よろ》しきものを描いた。

春に芽吹く植物の命から春の華やぎの宜しさや、思索するのに相応しい曇りの日や霧の日の宜しさや、池に映った朝日が白壁を染める暁《あかつき》の宜しさなどである。季節や気象という移ろいゆくものに自らの心象を託し、蕪村は大いに慰めとしたのである。

自然を心の友とし、動物や植物の中に自分と同じ感情を見出す人は、どんな社会にも常に登場する。あるいは、その切迫感に個人差があって芸術家が生まれる。

しかし、蕪村はしんしんと雪の降り積む夜の京の町に、人家から漏れる灯りを橙色の光の筋として描いた。灯りは光以上に温もりそのものなのである。

蕪村の求めた温もりは人間による温もりであり、「家」はそれと等価である。「衣食住」という言葉は、「住食衣」の順が正しい。

（2009.2.6）

家族を守るための語り・檀ふみ

新聞の投書欄で「舞妓さんになりたい」という小学生の意見を読むと、いわく言い難い気分になる。

しかし、生後数カ月から仕事をしている子どもには確かに太刀打ちできないものがある。放送初回に「天地人」で与六を演じた七歳の加藤清史郎がすぐに妻夫木聡に代わってしまった。妻夫木、子役に思いっきり喰《く》われているじゃないか。

「天地人」にとって幸か不幸か分からない事態である。

「篤姫《あつひめ》」の最後にあった「篤姫紀行」は、もちろん「天地人」にはない。

「篤姫紀行」の内藤裕子アナウンサーは、まるで緑の葉から朝露が滴《したた》り落ちるような語りでドラマを締めくくったものである。雨の木からこぼれ落ちるような女性の声は、人の肉体が奏でる至高の音楽である。

NHKで「篤姫紀行」を内藤裕子が語っていたのと同じ時間に、NHK教育テレビの「新日曜美術館」で、檀ふみが語っている。今や加賀美幸子は別格として、ナレーションの王道を行く二人である。その後をヒタヒタと余貴美子《よきみこ》が追っている。

「あなた、声がいいし、話をするのが上手だから、アナウンサーになったら」と、子どもの頃に誰かに勧められたのだろうか。どういう経過で、内藤裕子は内藤アナになったのだろうか。

檀ふみが檀ふみになった経過はある程度は知られている。

檀ふみは十八歳の時、受験勉強のさなかに、映画デビューをした。映画は高倉健主演の「昭和残俠伝・破れ傘」であり、タイトルが悪かったのか東大受験に失敗し、一浪して慶塵義塾大学経済学部に進学する。

女優檀ふみは、一九八四年、「日本の面影」というドラマで小泉八雲の妻せつを演じた。「この人はこの役をやるために生まれてきた。日本中探し回っても、これ以上の小泉せつ役はいない」と舌を巻いたが、本人もこのドラマを自分の代表作と見なしているという。檀ふみ三十歳の時である。ちなみに小泉八雲役はジョージ・チャキリスが演じている。

考えれば檀ふみは三十七年間も働き続け、家族を養ってきた人なのである。

「新日曜美術館」でミレーの生涯を語ったかと思えば、「万葉集への招待」(NHK教育)で額田《ぬかたの》王《おおきみ》の歌を詠んでいたりする。

『父の縁側、私の書斎』(新潮文庫)というエッセイを読めば、檀ふみが自分の家族と仕事に対して持っている思いが伝わってくる。

叔母(父の妹)が家を訪ねてくる。応接間のソファに坐《すわ》った叔母は壁に掛けられている油絵を見つける。

「懐かしいわぁ。私たちが小さい頃、毎日見ていた絵だわぁ」

父が祖母に譲られた花の絵である。暗さに重みがあり、檀ふみの一番好きな絵なのだった。

「この絵、譲っていただけないかしら。お宅はフミちゃんがご活躍なのだもの、なんでもお好きな絵が買えるでしょう?」

そのまま叔母は絵を持って帰ってしまう。檀ふみの心にぽっかり穴が開いてしまうという一節がある。

この、小津安二郎の「東京物語」の杉村春子のような叔母に対し、檀ふみの母は余りに無力なのである。

檀ふみが語りの仕事つまり言葉の仕事に入っていったのは、権威のある家長になって家族を守るためである。言葉は権威である。

檀ふみはよく口にするそうである。「ホンカク(本格)女優を目指したのに、ホンカク(本書く)女優になった」

「新日曜美術館」の檀ふみは、人をだます時の狐《きつね》のように嬉しそうにも見える。語りは騙《かた》りでもある。

(2009.2.20)

手塚漫画の産みの親は、母である

手塚治虫が亡くなって二十年の今年（二〇〇九年）、「手塚治虫のすべて」（NHK・BS2）と題して五本の番組が再放送されていた。

手塚治虫は六十歳の若さで亡くなっている。

五十代後半の映像では、漫画を描く時に眼鏡を外して顔を紙に近づけ、まるで棟方志功のようである。

同時に初期の胃がんも既に発生していたはずである。五十年後の都市を予言できた手塚に、自分の寿命を予想することはできなかった。

私には、手塚治虫個人に関する疑問が二つある。

手塚治虫は小学校の頃、級友にいじめられた事実を自伝漫画に描いている。身体が小さく、運動が苦手で眼鏡をかけた手塚少年は、確かにいじめられっ子の典型のようである。

しかし、手塚の同級生は「手塚君は当時から漫画が上手で、クラスの人気者だった」と同窓会の会報に文章を寄せており、そこには、いじめのいの字も出てこない。

手塚治虫は本当にいじめられていたのか、それとも本人の思いすごしだったのか。

「手塚治虫のすべて」という番組に、村主和子さんという小学校時代の同級生が登場し、「私が先頭切って手塚君を追いかけまわしていました」と、楽しそうに語っていた。彼女はクラスの女子の中で一番体格がよく、小さな手塚君を目がけて走っていくと、手塚君は必死で逃げたのだという。ちなみに村主さんの家はお寺である。

村主さんの他にも、手塚君の眼鏡をからかう歌を唄っていた男子たちがいた。しかし、村主さんは当時も現在も、いじめをしたという認識をまったく持っていない。男子たちもそうだったのだろう。

手塚治虫の妹・宇都美奈子さんはこのことについてこう語っている。

「友達にしてみればいじめたつもりではなくても、兄にとってははじめての経験で『いじめられた』と被害妄想になっていたと思うのです」（手塚治虫『ぼくのマンガ人生』岩波新書）

手塚治虫と弟と妹は母親が自分の手許で育てるため、幼稚園には行っていない。小学校が「はじめての外の社会」だったのだ。

遊びの文脈を理解できず、「被害妄想」になっていた手塚少年は、妹の目から見ても「母がとても大切に育てた兄」であった。

手塚漫画の出発点が「被害妄想」であったとすると、「妄想」の前には、母子関係という全能感を満足させる愛の世界がある。いわゆる「想像界」である。

手塚治虫の母こそ、手塚漫画の文字通り産みの親なのである。

インターンの手塚治虫は、阪大病院の宿直室でも漫画を描いていて教授に叱られ、いよいよ進路を決めねばならなくなった。この時も、手塚は母に相談をしている。

「東京に行って、マンガを描きたい。でも、宝塚に残って、医者にもなりたい」

母は「ほんとうに好きなのはどちら？」と聞く。

「ほんとうはマンガが好き」

「あんたがそんなに好きなのなら、東京へ行ってマンガ家になりなさい」

しかし、虫プロが倒産した時、何もできない手塚に代わって清算をしてくれた旧友の葛西健蔵《かっさいけんぞう》氏は述べている。

「彼は、六十歳で死ぬような男ではありません。骨格もしっかりしていました。でも、いくら頑丈でも、机を三つおいて、それに違う仕事を乗せて同時にするとか、夜中にラーメンを食べながら連続徹夜をするとか、あれだけ仕事をしていたら体はダメになります」

時間が戻って、再び進路を相談されたとしたら、母はどう助言するだろうか。


（2009.2.27）

何もないドラマを見て

「お買い物」というドラマが、二月十四日NHK特集ドラマとして放送された。

福島県の会津に久米明と渡辺美佐子の演じる老夫婦が暮らしている。ドラマの中で二人に名はなく、ただ「おじいさん」「おばあさん」とのみ呼ばれている。

家の前には田圃《たんぼ》が広がっているが、老夫婦は農業をしているわけではない。多分年金で生活しているのだろう。

おじいさんは茶の間の食卓の前に足を伸ばして一日中坐っている。久米明は「のびのびできました」と語っているが、本当にうまい。

おじいさんは文字を読む時には天眼鏡でジーッと見るのだが、それでも読めない小さな字はおばあさんに読んでもらう。この家にはお客が来ないので、二人はほとんどいつも二人だけでいる。

おばあさんはぬか漬けの床からその日食べる漬物を取り出す。他の料理もほとんど毎日同じようなものである。カメラで食卓の料理が上から映しだされるが、人物の視線をカメラ目線にしてあるのだ。生きることは三度三度ご飯を食べることである。

食事の時、奥の台所の電灯が放つ光には神々しいものさえ感じる。

ドラマのタイトルが「お買い物」である理由は途中までさっぱり分からない。野菜は畑にあり、おばあさんはお買い物には行かないからである。

ある日、おじいさんにダイレクトメールが届く。中古高級スチールカメラの見本市が渋谷で開催されるという案内である。

おじいさんは昔、Ｎｉｋｏｎのカメラを持っていた。それ一つで家が一軒買えると言われた高級品である。それを手放したのは、おばあさんが病気をしたからである。

おじいさんはおばあさんにいつものズボンを出してくれと言う。

「洗濯してます」

「それなら、あの黒いズボンを出してくれ」

「あれは喪服ですよ」

おじいさんは他のズボンをはいてどこかへ出かけていく。心配したおばあさんが後をついていくと、そこは近所の「藤生寺」だった。その長い階段をおじいさんは登ろうとするのだが、足が弱っていて五段も登ることができない。

渋谷に行くためには、ちゃんと歩けるようにしておかなければならない。おじいさんは何日も階段登りを続け、ようやく上まで登れるようになる。

おばあさんは、東京旅行では、昔行った「ロオジナ」でラザニアを食べ、銀座のホテルに泊まるのを楽しみにしている。

しかし、列車の中で特急の切符をなくしたり、スムージーをストローで吸い込もうとして吸い込めなかったり、旅はほのぼのとした珍道中になっていく。

カメラの見本市で、おじいさんは考えに考えた挙句、八万二千円のカメラを買う。そのためにホテル代がなくなり、孫のリカの部屋に泊めてもらうことになる。リカ役の市川実日子は自然体で秀逸な演技を見せる。

服飾関係の仕事に就いているらしいリカは、二人にラザニアを作ってやる。

孫の持つ物すべてに、おばあさんは感心と好奇心を隠せない。黄色の椅子は高くて、跳び上がらないと坐れないのだ。

「なんでこんなに坐りにくい椅子があるの？」

「おしゃれだから」

その数年後、おじいさんは亡くなり、あの日の写真をリカが会津の家で眺めるところでドラマは終わる。

渡辺美佐子は「こんな何もないドラマがあるはずがないと思っていた」と語っている。何もないことの温もりを描いた脚本家の前田司郎はまだ三十一歳である。


（2009.3.13）

運命を決めるのは性格か否か

誰が言ったのかは覚えていないが、「運命を作るのは、その人の性格である」という文章を学生時代に何かの本で読んで、ものすごく納得したことがある。自分が心理学を専攻していたことと関係があるのだろう。

しかし、同意を求めてその話を指導教授にすると、

「あなたは戦争を知らないから、そういうことを言うんだ」と、先生は表情を険しくして私に質問された。

「性格のいい人は戦争で死なないとでも言うのですか?」

先生は戦争中、バリ島の守備隊長だったのだ。

「島の密林の中を四人が縦になって歩く時、毒蛇に噛《か》まれるのは三番目の人なんですよ」

誰が何番目に歩くかは、性格によって決まるわけではない。

誰がどこの戦地に送られるかも、性格によって決まるわけではない。

英国軍が降伏文書にサインを求めた時、「マウントバッテンの署名がないものは正式の文書で

はない」と、先生はそれを拒否されている。部下が多く死んでいったのに隊長が生きながらえて終戦を迎えるわけにはいかないからである。が、日本は戦争に負け、先生は捕虜として独房に入れられた。日本に帰還する船の中では、本土の島影が見えたという歓声を聞いた時に、病気の兵士たちの多くは死んでいったという。

運命を決めるものは性格などではない。

「結局は、運ですか?」

「運などという単純なものでもありません」

先生は敗戦後、バリ島にも戦友会にも一度も行かれたことはない。

私はハワイにもグアムにも遊びに行ったことはあるが、バリ島にだけは行ってはいけないと思っている。

ニューヨークで飛行機がビルに突っ込んだ日、誰よりも早く、先生は「あれはタリバンですね」と断言されている。

海外ではアフガニスタンには必ず行くように言われたが、私にはまだ実行できていない。

「スポーツは、プロとしてするものではない」と言われたことの意味が分かったのは、WBCの決勝戦の直後のことである。野球は戦争を模してはいても所詮ゲームであるから、ではない。ゲームなのに戦争を模しているからである。

身体は戦争を模したゲームのために鍛えるものではない。人間としての務めを果たすために、身体は長く使用するものなのだ。

ボクシングの選手が滝壺《たきつぼ》で変死したというニュースを聞いた時、最近では飯島愛が亡くなった時と同じくらい暗い気持ちになった。この選手はボクシングを職業にしていなければ死ななくて済んだのではないか。飯島愛は芸能界に入っていなければ死ななくて済んだのではないか。スポーツと芸能は似ている。

「でも、金本が一試合三本塁打を打ったのはすごくないですか?」。私は天井を見上げて尋ねてしまう。

先生は召集が来た時、「センチメンタル・ジャーニー」と称して箱根に投宿された。もう二度と英語のしかも女性の書いた小説は読めなくなる場所に行くのだからと、『風と共に去りぬ』と『赤毛のアン』を携えて。

読み終えた時、『赤毛のアン』を書いた人はもうこの一冊しか書けないが、『風と共に去りぬ』を書いた人は、これからも書き続けると思ったことを、「見事に僕の予感は外れましたね」と、苦笑いしながら告白されたことがある。

晩年の先生は親鸞とパスカルを交互に読んでおられた。「親鸞は答えを出さないまま亡くなりましたね」

死後の世界で先生は戦友と再会されていると思う。死もまた感興である。


(2009.5.1)

「名人に二代なし」三平とさんまの違い

一週間のうちに、お笑い界の名人の同じような格言が続けてテレビで放送された。

まず、林家三平を襲名したばかりの元・林家いっ平が語った父の生前の言葉。

「名人に二代なし」

続いて、明石家さんまが、娘の芸能界デビューに際して語った言葉。

「お笑いの子で、お笑いで成功した例はない」

さんまが言うように、「お笑いの子」で成功した例が必ずしもないわけではないと思うのだが、テレビにおける「お笑い」において「反射の環」が早く短くなってきているのは事実である。

その点、役者の世界ではまだ回転が緩やかである証拠に、「天地人」で上杉景勝を演じる北村一輝の芝居に「タメ」と「含み」がまったく見られず、北村一輝の演技力が発揮されないでいることが挙げられる。古典的なものは、わざと間を溜《た》め、陰影を見せる余韻で成り立っている。

初代・林家三平は古典落語から出て、創作落語の枠にすら収まらないお笑いの芸を確立した。

「名人に二代なし」という言葉が正しいなら、碁石の白は二つ続けては並ばない。白の次には必ず黒が来て、黒の次にはまたまた黒が来るかもしれないのである。

古典的な枠内に収まっている限り、子どもは父を超えられないと悟ったからこそ、初代・林家三平は三平独自の笑いを創り出したのだろう。「爆笑」は、現代性と大きな関わりがある。現代性を極めていくと、エキセントリックな個人固有の運動から生み出されるアドリブによって、古典的な価値は瞬間に破壊される。古典だけをするのは、精神衛生上、とてもいい。

そういう事情がある以上、「林家三平」に二代目はありえない。

今の林家三平は、自分自身の襲名を否定するところから始めたことになる。「すいません」と言っているだけなら「林家三平模倣芸」に過ぎない。が、父とは違って再び古典落語に回帰するなら、今度は「初代」の名を否定したことになる。「いずれ母がいなくなり、自分は一人ぼっちになる」と、二代目は「徹子の部屋」で正直に語っている。

このところずっと「海老名家の物語」が報道されるのは、林家三平という存在がそれほど強烈に海老名家の人々の意識に刻み込まれているからなのだろう。

しかし、明石家さんまは知っている。

現在のお笑いには、「子としての芸」などなく、「個としての芸」しか存在しない。

そういう風にしてきたのは、初代の林家三平であり、明石家さんまたちなのである。

反射神経を研ぎ澄ませてきた「テレビのお笑い芸人」たちは、芸を個体内に閉じ込め、違うものを吐き出す。

「お笑いの子で、お笑いで成功した例はない」と言う時、明石家さんまは自分の芸は一代によって起き、一代において死ぬことを、子の立場だけではなく親の立場からも言っているのだ。

しかし、二代・林家三平は、ひたすら子の立場から父の言葉を反芻《はんすう》している。

市川団十郎からは「襲名される方は、ブレてはいけない」という言葉を貰い、中村橋之助からは「朗《ほが》らかで、明るく頑張ってね」と言われたというが、そういう助言を貰うこと自体、二代・三平に既にブレがあり朗らかさが欠けているかのようにも聞こえる。

親が現代性を極めた人である場合、子どもはどう生きればいいのか分からなくなる。

人間として生まれて一番幸福なのは、親が名人ではなく、凡人であることなのかもしれない。


(2009.5.8)

美空ひばりに殉じた家族

美空ひばりが五十二歳で亡くなったのは今（二〇〇九年）から二十年前の六月二十四日である。二年前、美空ひばりの息子である加藤和也氏が『みんな笑って死んでいった』という奇妙なタイトルの本を文藝春秋から出版した。帯の言葉は「（美空ひばりの）たったひとりの息子が初めて綴ったファミリーの真実」という。

先週号（六月八日号）の「ＡＥＲＡ」に「ロスジェネの怨《うら》みが暴発」という記事があり、土浦連続殺傷事件、秋葉原無差別殺傷事件など、かつて「キレる十代」と言われた世代が起こした大量無差別殺人の背後にある問題が取り上げられていた。精神科医の片田珠美さんが無差別殺人の要因を指摘している。「突発的に起こるものではない。土台には長期間の欲求不満と、他責的傾向があります」

それを読んで即座に頭をよぎったのが、加藤和也氏の本である。和也氏は無差別殺人を犯した人ではない。むしろ「美空ひばりの名前に泥を塗ってはいけない」と強い自制心をもって生きてきた人である。和也という名前は美空ひばりの本名・加藤和枝にちなんでつけられている。

それでも、本の中には、長期間の欲求不満・孤独・恐怖・キレやすい性格・死への誘惑などが詳しく語られている。

三歳の時に、父親（ひばりの実弟加藤哲也氏）と離婚した実母の家出がきっかけで、和也氏は美空ひばりの家に預けられる。

「小さいうちは家に一人で置いておくわけにはいかない」と、ひばりの地方公演に連れられて各地をめぐっているが、いつもおばあちゃんと「おふくろ」（ひばり）が一緒で幸福だった。

が、幼稚園に入った時から苦しみが始まった。五歳の和也氏は絶対にひばりと離れたくないのだが、一人家に残され、幼稚園と家を往復させられる。そしてうすうす気づいてしまうのである。

「（地方公演に）一緒について行けないのは、ぼくのためではなくて、おとなたちの事情なんだ」

家の中では和也氏の部屋は二階の角部屋にあり、一階にはお手伝いさんがいたが、和也氏の部屋からは大声で叫んでもまったく聞こえない距離である。

寝る前にお手伝いさんが部屋に入ってきて、「はい、寝なさい」とパチンとテレビのスイッチを切って出ていくと、あとはシーンと静まりかえって泣きたいほど心細くなる。以来、結婚するまで、和也氏は安心して眠ったことがないという。

突然キレるようになったのは、子どもの頃、自分を表現する力があまりなかったからである。

「ぼくは、おふくろに対して、言いたいことはなんでも言うようにしていたけれど、じつは、感情をモロにぶつけてきたのはおふくろのほうだった。おふくろがいつも感情を表に出してしまうから、引かざるをえない」

どちらがより多く自分の感情を相手に受容させるかによって力関係は決定される。もっとも、美空ひばりは一方で懸命に母親であろうと努力しているので、読んでいてかなり痛ましい。

四十二歳で逝《い》った父は、「動物といっしょで、怖いから威嚇《いかく》したり攻撃的になったりする。非行の本質はそこにあると思う。さみしくない人間は非行に走らないものだ」。

「家族全員の意識のベクトルが、いいときも悪いときも、どんなときも美空ひばりに向いていた。家族全員の価値観の核に美空ひばりが存在したのだ」

たとえ心はさみしくても、「自然に」ひばりに殉じ、誰も自分が犠牲者だとは思っていない。みんな笑って死んでいったとは、そういう意味である。

（2009.6.19）

薬物依存は「治る」のか

今年（二〇〇九年）が生誕百年に当たる太宰治は昭和十年の四月、激しい腹痛を訴え一昼夜耐えたあと病院に運ばれた。盲腸炎をこじらせた腹膜炎と診断され、緊急開腹手術を受けて一命をとりとめることができた。

しかし術後の患部の痛みに処方された鎮痛剤パビナールに味をしめ、もう一回もう一回と注射をせがむようになり、それを機に退院後も市販されているパビナールを常用するようになった。二十六歳の時である。

パビナールはいくら注射をしても命を落とすことはなく、禁断症状として精神的不安定、悪寒、落涙、全身倦怠感などが起こる。そのためにさらに注射を打ち、太宰は翌年にはすっかりパビナール中毒患者となっていた。入院して「解毒」することになったが「全治」せぬまま退院し、数カ月後に再び別の病院に入院させられる。郷里で議員を務める長兄と文学の師・井伏鱒二の判断による。

この二度目の精神科病院入院について太宰は事前に知らされておらず、いわば騙《だま》し討ちのようにハイヤーに乗せられた。行き先を察して「いやだ、いやだ」と暴れ出す太宰は兵児帯《へこおび》で縛られるとおとなしくなったという。

覚せい剤使用のために逮捕された酒井法子被告も釈放されるとすぐに病院に入院し、「解毒」を受けている。覚せい剤を始めたのは夫に教えられたからというのは、覚せい剤に手を染める女性に一番多い理由である。

しかし酒井法子被告は覚せい剤を使用すると「いやなことが忘れられた」と語っている。「いやなことが忘れられる」薬が世の中に存在する以上、「全治」することが難しいことは容易に想像できる。「全治」と「解毒」は別物であり、実際、薬物依存から「全治」する者は一割にとどまるという。

太宰治は腹部の痛みを鎮めるためにパビナールを常用するようになり、酒井法子被告は「いやなこと」から逃れるために覚せい剤を常用するようになった。身体的と心理的という違いはあれ「苦痛」を忘れたいためであることは同じである。

生きることの苦しみを訴える人々に対し「家の中で山羊《やぎ》を飼え」とキリストは説いている。狭い家の中で山羊を飼うと山羊のいなかった生活がいかに快適であるかが分かるからという理由である。

果たしてこういうことが末期がんの痛みに苦しむ人々にも適用されうるかどうかは、はなはだ疑問である。人はそこに「苦痛」がある限り、即効性のある痛み止めを求めるはずである。

世界で最初に「薬物依存者」と定義されたのはアメリカで生理痛の鎮痛剤としてアヘンを飲んだ女性である。アヘンは一八五〇年代、合法的に販売されていた。

苦痛を取り除くために薬を飲む「病気」が薬で治るわけがない。薬物依存の場合、断薬状態を維持することを「回復」という。

何かを追い求めるよりも何かから逃れたいという気持ちのほうがよほど強力なので、人は幸福を求めるためではなく苦痛を忘れるために生きていると考えたほうがよい。

音楽を聞くのも小説を書くのもアルコールを飲むのも恋愛をするのもペットを飼うのも「苦痛」を忘れるためである。

「苦痛」を忘れる手段である行為が別の「苦痛」を生みだしているのにそれをすることを「乱用」といい、その対象を手に入れることしか考えられなくなる状態を「依存」という。

専門家は薬物依存の原因は機能不全の家族にあると指摘している。

子どもを虐待して殺した親が「しつけだった」と言うのは嘘ではない。「苦痛」を忘れるために親は子どもに「依存」していてそれに気がつかないのである。

（2009.11.6）

子どもが家庭で過ごす権利

本当に必要なのかどうかがきちんと論議されないままに民主党新政権は「子ども手当」の支給を決定した。

いくら「子ども手当」を貰っても子どもを預ける保育所が足りなければ子育て支援の意味がないと言う人もいれば、いやこれは景気浮揚策であってそれなりの効果はあるはずと予測する人もいる。確実に言えることは、少子化の問題が「結婚」から「育児」に移行したということである。問題の単位が「夫婦」から「親子」に移行したと言うこともできる。

安倍内閣の時に「家庭の重視」が謳《うた》われた背景には、親が親らしくあるようにというよりも女性の母性機能を強化したいという心情保守主義の意向があった。これに対し、中川秀直氏を中心とするいわゆる「上げ潮派」は経済成長のためには移民ではなく女性を労働力として確保しなければならず、そのために子育てを保育所が行うことにする政策を採用した。企業に配慮した、雇用のための児童福祉政策である。

資本主義経済の維持のために「育児の社会化」という社会主義的政策をとるという逆説がこの

十年ほどずっと続いている。中国が政治は社会主義、経済は自由主義であるのとは対照的に、日本は政治は自由主義だが経済は官僚社会主義の国である。政治も実際のところは官僚社会主義なのだろう。

「統制派」が「皇道派」に勝ったのは戦前のことであるが、「統制派」官僚が作った抽象的な国家・満州国への夢が今も基本に存在するのだろう。ということは企業のためというのも空論である可能性があるということだ。そこに民主党政権が誕生した。

文部科学大臣が大企業の労組の元役員なのだから確かに革命的政権である。

現在、全国の保育所で行われている長時間保育は明らかに行き過ぎである。子どもは朝の七時から夜の八時まで保育所にいる。先進国で「十三時間保育」を行っている国が日本の他にあるだろうか。

「子どもには家庭で過ごす権利がある」という条文が「子どもの権利条約」にはある。〇歳児であれ三歳児であれ、家庭という「私的空間」でくつろいで過ごす必要性と権利がそこにはちゃんと保障されている。

自分の家にいる時に一番安らぐのは大人も子どもも同じなのである。一日中「公的空間」にいなければならない苦痛を、子どもは大人に直接訴えることはできない。が、実際に子どもたちは疲労困憊《こんぱい》している。そこには自分だけの親はいない。代理親である保育士はいるが独占することはできず、子どもたちは十三時間いる一方で、保育士は八時間経つとふっと姿が消えてしまう。

特定の保育士に愛着を持つと寂しい思いをすることを子どもはすぐに学ぶのだ。

この、子どものための「家庭重視」は安倍内閣における「家庭重視」とは全く違う次元のものである。

どれほど優秀で愛情深い保育士であっても、親には絶対に及ばない。子どもが保育所で最高の喜びの表情を見せるのは、親がお迎えに来て子どもの名を呼ぶ瞬間である。保育関係者は誰もが痛恨の思いでその現実を知らされる。

子どもたちは恋人を待つように親のお迎えを待っている。お友だちに次々に親のお迎えが来て自分が最後の一人になると、どんな子どもも強がって寂しくないふりをする。

保育所は確かに必要である。が、今のような「長時間保育」は保育所の歴史の中には一度もなかったものである。働きすぎのお母さんもまた苦しいのである。

「愛それは閉まる間際の保育所へ腕を広げて駆け出すこころ」（松村由利子）

（2009.11.13）

与謝野晶子が問うた「労働の意味」

『女性の品格』の著者である坂東眞理子・昭和女子大学学長が「たかじんのそこまで言って委員会」に出演して、「女性は結婚しても専業主婦にはならずに（なれずに）一律に働かねばならないという法案が既に準備されていて、提出を待つばかりである」と言ったのである。坂東氏がわざわざテレビで「専業主婦禁止法」が準備されているというような嘘を言う必要はないので、本当に提出されると考えなければならないのだろうか。この法律に私は反対である。

かつて日本には「専業主婦論争」として与謝野晶子と平塚らいてうの「母性保護論争」があった。発端は与謝野晶子が『婦人公論』（大正七年三月号）に「女子の徹底した独立」という文章を寄せたことであるから、九十年も前の話である。この論争では与謝野晶子が圧勝したと私は考えている。論争を要約してみよう。

与謝野「私は妊娠分娩《ぶんべん》等の時期にある婦人が国家に向かって経済上の特殊な保護を要求しようと云う主張に賛成しかねます。既に生殖的奉仕によって婦人が男子に寄食することを奴隷道徳であるとする私たちは、同一の理由から国家に寄食することをも辞さなければなりません」「男も女も自分たち夫婦の物質的生活は勿論《もちろん》、未来に生きるべき我が子の哺育《ほいく》と教育とを持続し完成し得るだけの経済上の保障が相互の労働によって得られる確信があり、それだけの財力が既に男女のいずれにも貯えられているのを待って結婚し分娩すべきものであって、たとい男子にその経済上の保障があっても女子にまだその保障がない間は結婚及び分娩を避けるべきものだと思います」

平塚「（そんなことを求めるなら）まず現代大多数の婦人は生涯結婚し分娩し得る時は来ないものと観念していなければなりますまい。我が国のごとく婦人の労働範囲の狭い、その上終日働いても自分ひとり食べていくだけの費用しか得られないような婦人の賃金や給料の安い国ではなおさらそうでなければなりません」

与謝野「婦人の不幸は、経済的に独立する自覚と努力さえあればその境遇に沈淪《ちんりん》することを予《あらかじ》め避けることのできる性質の不幸だと思います」「平塚さんの云われる『国家』は現状のままの国家ではなくて、勿論理想的に改造された国家の意味でしょう。それなら、個人の改造が第一の急務でなければなりません。平塚さんは私への抗議の中で、なぜ『国家』を多く説いて、一言も個人の尊厳と可能性とに及ばれなかったのでしょうか」

平塚「子どもというものは、たとえ自分が生んだ自分の子どもでも、自分の私有物ではなく、その社会の、その国家のものです。子どもの数や質は国家社会の進歩発展と、その将来の運命に至大の関係があるものですから、子どもを産み且《か》つ育てるという母の仕事は、既に個人的な仕事ではなく、社会的な、国家的な仕事なのです」

与謝野「私は子どもを『物』だとも『道具』だとも思っていない。一個の自存独立する人格者だと思っています。子どもは子ども自身のものです。平塚さんのように『社会のもの、国家のもの』とは決して考えません」「私は人間の独立に経済的因素が絶対の必要だとは考えず、飽くまでも相対的な必要であると思っています。人間が真の福祉に生きる理想生活の実現される時は経済的労働から解放された時であろうと思います」

経済的労働とは「お金のための労働」である。「お金のための労働」から解放されるために私たちは働いている。「専業主婦禁止法」はあまりに一方的である。夫婦には、多様性を。

（*2009.11.20*）

桂三枝の軽さは正統に通じていく

桂米朝が文化勲章をもらう前のことである。短い時間だが桂三枝が鳩山総理を表敬訪問した。総理を真ん中にして向かって左に平野官房長官が、向かって右に前原国交相の三人が立って桂三枝を迎えた。鳩山政権の左右のバランスを示すような構図である。

鳩山総理は桂三枝の創作落語集を訪米の際にも持って行っているので、よほど桂三枝が好きなのだろう。

桂三枝は総理に鳩の人形焼を手渡しながらこう言った。

「鳩山総理とかけて鳩の人形焼と解く」

総理がすぐに尋ねた。

「そのココロは？」

「鳩の中には良いアンがいっぱい」

前原氏が首をかしげた。

「アンというのは案じるの案？　アイディアの案？」

総理は前原氏をギロッと睨《にら》みつけて叱った。

「瞬間に悟れよ」

このテンポの速さと部下を突っ込む力関係は見ていて気持ちがよかった。政治家も現代化している。社民党の福島瑞穂ではなく福島みずほ党首など、話す内容もさりながら話のテンポがのろくてかなわない。メトロノームで速度を測定してやろうかと思うほどである。今どき三歳児でももっと流暢《りゆうちよう》に喋り、五歳児なら瑞穂という漢字ぐらい教えられれば読めるのを知らないのだろうか。

その後、桂三枝は記者に囲まれて総理の印象を尋ねられた。

「カッコいい人ですねえ。背も高いし」

鳩山総理と桂三枝にはよく似たところがある。桂三枝もタイツをはいてミュージカルをやりそうである。自宅は鳩山御殿には及ばないが恥ずかしくなるような洋館である。

古典落語もやるが「創作落語」を作りだした。その現代性に影響を受けた若手の落語家が大勢育ってきている。笑福亭仁鶴のようなアクの強い土着性は三枝にはない。

三枝の light（軽さ）は right（正統）に通じていく。

三枝にはまた内面に激しい怒りの塊《かたまり》がない。そこが島田紳助と違うところである。三枝は「天《てん》満《ま》天神繁昌亭《てんじんはんじようてい》」を作るために地元商店街の人たちから土地を提供してもらい、建築費を寄付してもらうためにずっと汗をかいてきた。抽象的な人なのに上方落語協会にとって必要な、ある意味偽善的とも言える具体の仕事をやってきた。虚業と実業の兼ね合いである。こういう仕事ができるところが明石家さんまとは違う。さんまは落語家名で生きているが組織に属さない分、ただ自分の芸のためにだけ自分の時間を使う孤独の落語家である。

今までに桂三枝を二度見かけたことがある。一度目は毎日放送の公開ラジオ番組「ヤングタウン」に三枝を見たくて行った高校生の時、二度目は二十年ほど前、大阪で「劇団青い鳥」が公演をした時、芝居が跳《は》ねた楽屋で役者さんに芝居の感動を訥々《とつとつ》と語るのをたまたま居合わせていて聴いた。

どちらの時にも感じたが、真面目で繊細な人である。男性的なパワーゲームは好きではなく、女性の持つ無垢《むく》と優しさそして美しいものへの憧憬があり、それが自分の表現したい新しいものだという確信を既に持っているようだった。何かは分からないが三枝には男性として被害者性の痕跡を窺《うかが》わせるものがある。しかしだからといって決して破滅的な落語家にはならないと予想させるだけの重みも既に備えていたのだった。

最近の鳩山総理には軽いのか重いのか分からないという批判があるようであるが、政権の中枢には目下確かに現代的な人がいる。

light が right になれなければ鳩山政権は短くも美しく散るのだろう。

（2009.12.4）

妻を殴っていた江藤淳の内面

江藤淳氏が鎌倉の自宅で自ら命を絶ったのは一九九九年七月二十一日のことである。その日から住みこみで働いてもらうことが決まっていた料理上手なお手伝いさんが一旦長野県の自宅に帰り、身の回りの物を持って江藤家に戻ってくると、江藤氏は死んでいた。その日、関東一円を襲った豪雷雨によって電車が立ち往生したにもかかわらず、約束の午後八時に五分早くお手伝いさんは鎌倉に戻ってきた。一刻も早く雇い主の元に帰らねばと思う真面目で熱心な人だったのだ。

遺書は翌日公表された。

「心身の不自由は進み、病苦は堪《た》え難し。去る六月十日、脳梗塞の発作に遭《あ》いし以来の江藤淳は形骸《けいがい》に過ぎず。自ら処決して形骸を断ずる所以《ゆえん》なり。乞う、諸君よ、これを諒《りよう》とせられよ」

江藤氏の夫人は前年の十一月に六十四歳で亡くなっている。異状が発見された時には既に末期がんで余命いくばくもなく、江藤氏は夫人に告知をしないままに看取っている。

夫人を喪失した江藤氏は次々に病苦を背負う。敗血症、前立腺炎、そして脳梗塞。心身は同一である。

『妻と私』は書かずにはいられなかったものである。江藤氏には『犬と私』『日本と私』『アメリカと私』『批評と私』というように「○○と私」という題名の著作がある。妻と私との関係は最も重要であるにもかかわらず、最も後に書かれた。

『日本と私』の中で江藤氏は自分が度々夫人を殴《なぐ》っていることを記述している。

「犬は私が家内を殴っているあいだ、必死になって私に飛びかかって来た」

「それにしてもなぜあざができるほど殴ったのだろう？『楽しくなれ、楽しくなれ』と相手を殴っているのはこっけいな話だ。殴られて陽気になる人間があるわけはない。私は家内を遠ざけ、暗くして行くなにものかと闘っているはずだが、それが家内のなかにあるものか外にあるものかがわからない。それともそれは自分のなかにあるなにかなのだろうか」

自分のなかにある何かが家内を遠ざけるだけではなく、病気にし、死に追いやったのだとしたら、自分のなかにある何かを探りに行かなくてはならない。

江藤氏がそう考えて「幼年時代」（「文學界」）を書いたのだと、私は読む前は思っていた。絶筆であるのだから。

「もし生命があったならば、自分の人生がどんなはじまり方をしたのかを、見詰めなおしてみたい。そして、それがどんな終わり方をしようとしているのかと、できるだけ正確にくらべてみたい」

江藤氏は四歳の時に母親を結核で亡くしている。

「幼年時代」では若くて美しくて聡明な母が名家に嫁ぎ嫡男《ちゃくなん》を挙げたことでどれほど幸福であったかが縷々《るる》語られる。父と母と一人息子の三人は無防備なまでに幸福であった。それに対し「他人」であるのが父の身内である。江藤氏は完全に母に成りきっていて、母と江藤氏の間にまったく距離がない。題名を「幼年時代」として「母と私」にできなかった理由である。母は氏と同一なのである。

江藤氏は常に二人同体で生きてきた。だから妻を殴れるのである。何も妻を殴っているのではない、自分で自分を殴っているのだ。母も妻も江藤氏の内部にあるイメージなのであって独自の意識も実体も持たない。

どれほど有能なお手伝いさんであろうと、いや有能であればあるほど江藤氏は絶望しなければならない。江藤氏には今から「他人」と暮らすようなことは最早できなかったのだろう。

夫人が亡くなった時点で、江藤氏の「内的現実」は完全に崩壊している。

（2009.12.18）

なぜゴミ屋敷は生まれるのか

「追跡!AtoZ」(NHK)が「ゴミ屋敷問題」を特集していた。

今やゴミ屋敷は変わった人の問題ではない。人はなぜゴミを集めるのか。

「困っちゃうんですよね。言っても言うこと聞かないから」と近所の人が訴える。

数カ月前に町内の住民が集まって「きれいにしてあげた」のにまた元のゴミ屋敷に戻ってしまった。「(もう)触れたくない」そうだ。

テレビはゴミ屋敷の主を訪ねていく。「なぜゴミを集めるんですか?」

「生活手段の一つだよ。ここにあるのはゴミではなく、まだ使えるから集めてきた」

そこにあるものがゴミか私有財産かは所有者が決めるものであって、本人が財産だと言えば財産である。個人の財産を行政が勝手に処分することはできない。しかし、本人が「片づけてほしい」と言えば、自治体は民間に委託してゴミ屋敷を片づける。業者は現在活況を呈していて一件につき数十万から百万超の費用を屋敷の主が支払う。

ゴミ屋敷の主は公務員、会社員、主婦と職業は様々である。三十代から五十代の人たちは、

「寂しさ」と「ストレス」からゴミがどんどん増えていったと答えている。しかしさらに高齢になると「ストレス」はもちろん「寂しさ」という言葉さえ使用されなくなる。

鹿児島の男性は長年介護してきた兄を亡くしたことがきっかけになってゴミを集め始めた。

「兄ちゃんはね、親切な人。兄ちゃんも両親も亡くなった」

東京都の中学校の元教師の男性（八十代）はかつて妻と子ども三人と暮らしていた。「心臓が悪くて倒れてからなんです。子どもが独立し、妻とも別居。ゴミを片づける気力もなくした。老いては消え去るのみで、死ぬのを待っているんだ」

高齢者がゴミを片づけないことは、過去を捨てたくないことと関わりがある。

橋本治の『巡礼』（新潮社）は、ゴミ屋敷に一人暮らし、周囲の住人たちの非難の目にさらされる下山忠市という男性の人生を描いた小説である。

「戦後日本を、生真面目に、ただ黙々と生きてきた男が最後にすがったのは、『ゴミ』という名のなにものかだった」「それから誰も知らない時が経って、いつか周りにはゴミが積もっていった」（帯の文より）

忠市は商業高校を出ると、大きな商家に住み込みで働き、やがて親の店（荒物屋）を継いで結婚するが、子どもを四歳で小児がんで失う。妻は忠市の懇願を退けて子どもの骨壺《こつつぼ》と共に実家に帰ってしまう。やがて弟夫婦も家を出て行き、忠市は母と二人で暮らすが、母が亡くなると家はゴミ屋敷と化すのである。

「丸亀屋の息子だった下山忠市も、また悲しかった。ただ、その悲しみは遠いところに深く埋められていて、悲しみの持つ機能を作用させなかった。人は悲しいと泣くという。しかし、深く埋められた悲しみは、それが悲しみであることさえも忘れさせてしまう」

「妻は逃げた。子は死んだ。妻は去った。父は死んだ。忠市の中には、そのような過去の断片しかない」

「しかし、それを片付けてしまったら、どうなるのだろう？　自分には、もう何もすることがない。片付けられて、すべてがなくなって、元に戻った時、生きてきた時間もなくなってしまう。生きてきた時間が、『無意味』というものに変質して、消滅してしまう」

妻を亡くした弟の修次が母の死後九年ぶりに兄の家を訪れ、ゴミを片づけ、四国八十八カ所の遍路に連れ出してくれる。その宿坊の温泉で「この天麩羅《てんぷら》は、うまいなァ」と久々に笑顔になった翌朝、この兄は死ぬ。

（2009.12.25）

欲望を知らなければ、商売はできない

「坂の上の雲」（ＮＨＫ）の放送第一回を見ている限り、明治政府といっても江戸幕府の焼き直しのようなものである。焼き直しというより江戸時代の価値観がさらに強化されていると思う。

武家階級の子である秋山好古《よしふる》は学問を身につけて立身出世しようと考えている。元々武家はお金を軽蔑していたが、秋山好古も銭湯の釜焚《かまだ》きの仕事から抜けだそうとしている。商人のように生きるのが嫌なのだ。

無産階級に転落し学問を修めた者は、軍人か文人になるに限る。ということは、商人は時代が変わっても坂の下にいるということなのだろう。あるいは、人間は「経済的労働（お金のためにする労働）」を、根本的に嫌悪する生き物なのだろうか。

小学生の時、父親に言われて私は、年末になると祖父が商いをする店で夜遅くまで働いた。学校が休みになれば子どもが家の手伝いをするのは、大阪の商家では当たり前のことである。私にあてがわれた仕事は、女の子がお正月に髪につけるリボンを店の前に坐って売ることだった。

大晦日に近づくにつれ夜が更けると人通りはますます多くなる。前掛けの中に祖母が入れてくれた釣り銭を触りながら道行く人の足もとを見つめている。と、年内の仕事を終えて妻子と買い物に来てお酒に酔ったお父さんが立ち止まる。そして大抵が同じことを言うのである。

「リボン、綺麗やなぁ。二百三十円を二百円にまけてくれたら買うたるわ。どや?」

「どや?」を言う時、お父さんは口元では笑っていても目の奥は絶対に笑ってはいない。

三十円も値引きすれば「口銭《こうせん》」はなくなるかもしれない。

「まけられません」

「ほんなら要らんわ」

そういうことが何度もあって、やがて「まける」というのは「負ける」ことだと思うようになった。お客さんは商人に「負ける」ことを要求している。物を買うにも自分の勝利(=得)を求めているのだ。

一方、お母さんやおばあさんで「まける」ことを要求する人はまずおらず、正価で買ってくれるのは子ども心にとても嬉しかった。

もっともお父さんたちも「二百円」にまけろとは言うが、「百五十円」にまけろとか「百円」にまけろとは言わない。端数を切るという心理があるため、まけろと言う時にも人は同じ額を言うのである。しかし、売り上げを上げるためにいくらまでなら値引きをしてもよいと私は言われていたわけではない。

ある時、「二百円にまけろ」と言うお客さんについ「はい」と言ってしまった。子どもであるため圧力に「負けた」のである。売り上げを調べれば自分がまけたことが分かってしまうことの恐怖ではなく、商売の規律のイロハのイすら守れなかった罪悪感からとても緊張したものである。

家が商売をしている人に言うと「そういうことは子どもであってもしてはならないことだ」と言う。「正価が数円違うだけで店が潰れるという緊張を親はずっと生きてきたのだから」。

年末が近くなると今でもこのトラウマが疼《うず》く。

商売は、最終的にはお客に「負ける」ことをしない限り成り立たない。値引きではなく、「負ける」（奉仕する）ことをしなければ結果的に「勝つ」ことができない。人間の欲望を知らなければ商売はできない。「勝つ」ためにだけ働く軍人よりはるかに複雑である。

「イオン」が安売りをしているというニュースを見ると、「上代《じょうだい》を犠牲にして……」と気の毒になる。「上代」とは正価のことである。


（*2010.1.1-8*）

したい仕事と、お金を稼ぐための仕事

電車に乗っている時、通過する駅から固有の人物を連想するということがあると思うけれども、私の場合それは阪急宝塚線で「梅田」に出る時に起こる。他の電車には滅多に乗らないので他の沿線の人物を単に知らないということもあるが。

「蛍池」ではそこに短い期間だが住んでいた折口信夫を、「豊中」ではそこの市立病院に最後に入院していた神谷《かみや》美恵子を、「三国」ではそこで空襲に遭った手塚治虫を、「中津」ではそこにある寺院で生まれた佐伯祐三を、嫌でも連想してしまう。連想することが嫌なのではない、好きで連想しているに決まっているのは、この四人は私の中では同じだからである。いずれも「経済的労働」とは違う仕事への欲求止みがたく、したい仕事とお金を稼ぐための仕事の葛藤を経験した人である。

神谷美恵子さんは「大学の語学教師」を務めていた時にはいつまでこれが続くのかと暗澹《あんたん》たる思いで過ごしていた。医師ではなく漫画家の道を選んだ手塚治虫も神谷さんと同じで、安定した身分と収入を捨て、したい仕事をしたのである。折口信夫の葛藤は少ない方で、好きで始めた研

究を講義することで生計を立てたが、その学問はなかなか正統性を得られなかった。

ずっとそこ（家）に留まって「社会」を受け入れれば生活は保障されるのに、そこから飛び出してしまう人たちがいる。その系譜を遡《さかのぼ》っていくと、辿り着くのが良寛である。

良寛は越後出雲崎で代々の領主・名主・庄屋で神職も兼ねる橘屋山本家の惣領《そうりよう》に生まれた。生家は和書、漢書、仏書を多く蔵し、幼名栄蔵の良寛があまり本ばかり読んでいるのを心配した母親が盆踊りに出すと、夜になって庭の石燈籠の下で本を読んでいて盗賊に間違えられている。

良寛は自らをこう評価している。

「孤独好きで、人との交わりが嫌いで、拙《つたな》く、到底世間に出ていくことはできない」「自分の中でたちまち何かが分かってしまうと、そこをまた飛び出したくなってしまう」「どこに行っても不満で、結局は『窮巷《きゆうこう》の辺』に帰ってくることになる」

少年栄蔵はその興味の在り処《か》と性格から「俗務」ができず、「名主の昼行燈《ひるあんどん》」と称されていた。十八歳で家出をし、二十二歳で正式に出家し、禅修行のために、遠く備中玉島の円通寺に住職国仙和尚に連れられて行く。四年後、母は四十九歳で亡くなる。

その後、京の桂川に入水した父・以南は良寛の実父ではなく、母の再婚相手であったことが近年明らかになっているが、家を出る良寛に「よを捨てしすてがひなしと世の人にいはるなゆめ」と語り聞かせた。だが名主の家の俗務に向かない者はお寺の俗務である寺の経営にも向かず、出世も叶わない。

吉本隆明氏は良寛が自分に抱いて離さなかったのはその「性格悲劇」であるという。「どうしようもない堪え性のなさ、張り切ることのできないちぐはぐさ、懶怠《らんたい》と無為、他者との葛藤に耐えずに退転する心情、軟弱で、文学みたいなもので、じぶんを慰めないではおられない性格」、それらに自分で見極めをつけ、良寛は三十九歳で父母なき郷里に戻り、山中の庵《いおり》で一人暮らしをする。

寺子屋を開き、托鉢《たくはつ》して米を乞い、川で水を汲み、山で樵《きこり》をし、知り合いの家の団子汁の炊き出しに与《あずか》り、終《しま》い湯を貰って生活した。生前から偽書が出回っていたという書は行く先々で求められたが、あの手この手で逃げまわった。今年のように雪の深い年は托鉢ができず、一冬お粥《かゆ》で過ごしている。

良寛さんは日本人の心の中にしか住まない「特別な人」という人もいる。

(*2010.1.15*)

小沢一郎と宮沢賢治の共通項

一月十五日、民主党の石川知裕衆院議員が逮捕された時、二人の政治家がこれを批判した。「平成の二・二六だ。必ず将来に汚点を残す。狙いは小沢一郎ではなく、鳩山内閣潰しだ」と断言した鈴木宗男議員と、小沢幹事長を「二度と現れない個性のある政治家」と評した鳩山総理である。

検察vs小沢氏の壮絶な戦いに民主党の「党内世論」が動揺のピークを迎えた二月三日、政治評論家の有馬晴海氏がこう言っている。

「小沢氏がいなければ、民主党は子どもの集まりです」（「日刊ゲンダイ」）

献金疑惑の真偽とその是非は措《お》くとして、小沢一郎は数少ない「職業政治家」であり、しかも「中枢政治家」である。東京・御徒町《おかちまち》に生まれ、三歳から十四歳までを父の郷里である岩手県水沢市（現・奥州市）に過ごす。宮沢賢治が「イーハトーヴォ」とエスペラント語風に呼んだのは「日本国岩手」のことである。

明治二十九年、岩手県稗貫《ひえぬき》郡花巻川口町の質屋に宮沢賢治は生まれた。二年後、岩手県胆沢《いさわ》郡水沢町の農家に小沢佐重喜《さえき》が生まれている。どちらの家も裕福だったが、小沢家は父徳太郎の酒好きによって没落してゆく。

賢治は盛岡中学校と盛岡高等農林学校で学び、佐重喜は大工の徒弟に出されたあと上京し苦学力行のうちに法律を修める。

大正十二年、二十五歳の佐重喜が弁護士試験に合格した年に、二十七歳の賢治は弟の清六にトランクに詰めた原稿を「東京社」に持参させ、出版を断られている。

昭和八年、賢治は三十七歳で死亡した。その九年後、四十四歳の佐重喜に長男一郎が生まれる。佐重喜は四十八歳で戦後初の総選挙に当選し、自由党に所属する。調整型の政治家として吉田茂に重用され、運輸、逓信《ていしん》、郵政、建設大臣等を歴任。昭和四十三年、心不全のため急死。「父の不在」により、一郎は司法試験受験を断念して、二十七歳で岩手二区から立候補し当選する。

宮沢賢治と小沢一郎の細胞は岩手の歴史と風土によって形成されている。岩手は維新戦争の賊《ぞく》軍《ぐん》である。

宮沢賢治は「ブルジョアの息子」と批判されながら、花巻農学校で農民になる生徒を教えていた。旱天《かんてん》による渇水や稲熱《いもち》病、河川の出水などで農家は苦しんでいた。「多分は来春はやめてもう本当の百姓になります」と友人に書き送り、学校を退職して独居自炊生活に入る。肥料設計や稲作指導に奔走し、「羅須地人《らすちじん》協会」を始めている。

大正十三年から昭和三年まで賢治は社会主義運動をしていた。昭和二年、花巻警察の「事情聴取」を受けたが、翌年の第一回普通選挙でも労農党にカンパをしている。運動をやめたのは肺疾に罹《かか》ったからである。

賢治の作品には「父の不在」というテーマがある。父は健在だが、父との葛藤を生涯抱えていた。父政次郎は敬虔《けいけん》で篤実な人であり、常に賢治を心配していたが、賢治は父の仕事に適応できず、農民への利他的行為に自分を追い込んでいく。賢治の肺疾による死は自ら呼び寄せたものである。

一方の小沢一郎は保守派からは「社会主義者」、党内リベラル派からは「古い自民党の代表者」と目され、どちらからも攻撃されている。

父は日米安保と55年体制を作った人だが、元は反権力で赤貧の弁護士である。父の業績を否定するかのように新自由主義路線から地域主権に転向し、〇九年に自民党の権力基盤である全国土地改良事業の予算を削減した。

農家の土壌を改良した宮沢賢治も、農家の自立を阻害する古い利権を切った小沢一郎も「イーハトーヴォ」の住民である。狭心症で二回検査入院した小沢一郎の敵は内部の一郎、即ち心疾患ということになる。

(2010.2.19)

二人のヒール・朝青龍と剣晃

弘法大師空海は讃岐《さぬき》国多度郡の佐伯直《あたい》田公《たきみ》の子である。上京して大学などで経史《けいし》・文章を学んだが、やがて仏教に開眼する。土佐国室戸崎などで修行するうち「大日経《だいにちきょう》」に出会い密教を奉ずるに至る。その間の空海の心境は司馬遼太郎の『空海の風景』に詳しい。

『竜馬がゆく』もいいだろうが『空海の風景』は司馬遼太郎の最高傑作である。

八〇四年（延暦二十三年）空海は遣唐使に従い入唐する。正式の遣唐使ではなかったということである。

長安で空海は恵果《けいか》和尚から念願の密教を受法する。わずか二年弱でその奥義を体得した空海は師から皆伝を許される。「もはや教えるべきことはすべて教えた。後は自身の国に帰り、国と父母に尽くせ」

帰国した空海は高野山開創に着手し、東大寺南院に道場を開き、東寺で公的修法を行った。同時に師の恩に報いるために土佐国に恵果和尚の寺と同じ名の「青龍寺《しょうりゅうじ》」を開基した。現在の高知県土佐市である。

唐に渡る際、不動明王が風雨を剣で切って嵐を鎮めたことから本尊には「波切不動明王」が祀《まつ》られた。青龍寺は以来、航海の無事を願う漁師だけではなく世間の荒波を鎮めて所願成就する寺として多くの信仰を集めてきた。

近くにある明徳義塾の相撲部員は練習でこの寺の仁王門から本堂までの石段百七十段を駆け上がって足腰を鍛えてきた。

今から十数年前、その中にモンゴルから来た少年がいた。高校を中退して力士になったこの少年はこの寺の名から四股名《しこな》をつけられた。

四股名は運命的意味を持つ。朝青龍本人は知らないだろうが、その名は神道ではなく仏教、それも真言密教に由来する。その分、気性が激しく、国技の指導層の好む「外柔内剛」とはいかなかった。

そもそも容貌からして朝青龍は青龍寺の本尊「波切不動明王」に似ている。青龍は青龍刀を連想させる。不動明王が風雨を切った「剣」といい「切る」といい「刀」といい、土俵の上ではすべて禁忌の象徴である。力士が裸なのは、「身体が大きくとももはや何の武器も持っていませんし」という強者に対する「恭順」の証なのである。

朝青龍が横綱に昇進したのは貴乃花が引退した直後だった。武蔵丸はまだ横綱の地位にいたが朝青龍と交代するように同じ年に引退していった。日本人横綱が現れそうもない中で朝青龍は一人で横綱を張ってきたのである。横綱不在では困る。外国人であっても横綱は必要である。当初から朝青龍には横綱の「非不在」のための横綱という宿命があったように思う。「自分は強いのだ」という自己暗示がなければ一人横綱が務まるはずがない。その自己暗示が拡大し、根が単純な朝青龍は「ヒール（悪役）」と呼ばれるようになっていく。ヒールは自分が坐っている木の枝を自分の刀で切ってしまう。三十歳以上は務まらない。

朝青龍の前に、「角界のヒール」を公言する力士がいた。小結・剣晃《けんこう》（大阪府守口市出身、高田川部屋）である。剣晃も朝青龍も、殊勲賞と敢闘賞はとっても技能賞はとっていない。技能派であっても技能より勢いが上回る覇気の人なのである。

入門時には顔色が悪く、「健康」を願って「剣晃」を名乗った。師匠は「剣」には「折れる」という不吉の兆候があると難色を示したが剣晃は気にしなかったという。が、九七年、原因不明の高熱と貧血のため名古屋場所から休場し、入院する。「汎血球《はんけっきゅう》減少症」という白血病の一種だった。母親はすぐに医師から「もう助かりません」と告げられる。最期の言葉は「母ちゃん、眠りたい……」。享年三十。

（2010.2.26）

恋人を殺さなかったDV殺人犯の思い

「依存」というのは人を混乱させる概念である。「人は一人で生きていくことはできない」という言葉と「一人になれない人は二人にもなれない」という言葉とではどちらが共感できるだろうか。

基本的に、人は誰かに「依存」して生きている。典型的なのが幼児である。幼児の「依存」を心理学では「愛着」という。「愛着」は、あまりに無力な幼児に「生存」のために必要な「庇護《ひご》」を得るスキルとして賦与《ふよ》されたものである。

子どもの頃に「愛着」が形成されていないと、大人になってから「自立」ができない。人が「自立」するためには「依存」が必要である。にもかかわらず、何か特定の人、物、行為、関係に依存した場合、「依存症」と診断されることがある。「依存」はいいが「依存症」は悪い。

これは、「差別化」はいいが「差別」は悪い、というのに似ている。その区別が当事者にはよく分からない。両者の差はその行為の社会的望ましさによって決まる。

中世のヨーロッパでは「猫まつり」の日に広場で網に入れたたくさんの猫に下から火を焚きつ

けた。猫が必死で這《は》いのぼるのを見て人々はやんやと喝采を送ったという。現在では立派な「動物虐待」である。が、当時の人々にはそれは虐待でも何でもなく望ましいことなのだった。「動物虐待」と言われても恐らくキョトンとするだけだろう。

調査捕鯨をする日本の船に衝突するシー・シェパードは、鯨を殺すのは「動物虐待」であると言う。日本人はこれは日本の食文化であると主張する。そもそも鯨を殺しているのではない、捕鯨しているだけだと表現している。価値の文化的相対主義を乗り越えるのは非常に困難である。

宮城県石巻市で起こったDV殺人・拉致《らち》事件は、DV被害者が警察に何度も相談に行きながら起こってしまった。少女は被害届を出すことをせず、結局は少年の元に帰っていく。ちょうど、親に虐待されて児童相談所に保護されながら、隙《すき》あらば家に逃げ帰ってしまう子どものようである。

虐待されながら被害者はなぜ加害者の元に帰るのか。

それは、被害者が加害者に「愛着」しているからである。被害者と「愛着」対象である加害者との関係は磁石のNとSのようなものである。カチッとくっついてしまうと離すことは難しい。「愛着」つまり「恋愛」には狂気のようなものがある。

動機は愛だが行為は望ましくないのは、日本人が鯨を「好きだから殺して食べる」というのと同じである。

児童虐待もDVも「愛着」の結果起こる「依存症」であり、加害者の少年と被害者の少女は

「共依存」である。しかし、アメリカでは、親密な関係の九六％が「共依存」であるという説もある。九六％が過度に親密で、適正な距離を保つことができない。しかし、九六％が「共依存」なら、もはや異常と呼ぶことはできない。日本でも、金婚式を迎えるような夫婦は「共依存」だと指摘する人もいる。半世紀も一緒に暮らすには、いい意味でも悪い意味でも離れられない理由というものがあるはずである。サラリーマンが定年まで会社にいるのも同じである。日本人は会社と過度に親密なため「過労死」するまで働く人も出てくる。もともと日本は「依存型」社会なのである。

被害者の少女は、しかしなぜ少年にそこまで「愛着」をしたのだろうか。すぐに「キレる」男性は頭も「キレる」と指摘する研究者もいる。DV殺人は今後も続発するだろう。

二月十日、宮城県石巻市の民家で十八歳の少年と少女の交際を巡って起きた惨劇を私はDV殺人と呼んでいたが、警察はDV殺人なのかストーカー殺人なのか判断すること自体に苦慮しているという。確かにこの事件では当のDV被害者は殺されておらず、DVを理由に少年と別れることを妹に要求した家族が殺されている。

「女性セブン」によれば、殺害されたEさん（享年二十）は、妹の出産にも結婚にも反対していた。子どもが子どもを産むようなものだから。それでも子どもを産みたいといってきかない妹は家を出て少年と子どもの三人で暮らし始める。そして少年から凄まじい暴力を受けることになる。

少年は生後二カ月の子どもまで蹴《け》飛ばすようになった。

姉の姿を見ると少年は執拗《しつよう》にその後を追ってきた。

「どうしておれのこと避けるんですか」

姉がストーカー被害の届けを提出しようとしたその日に事件は起こった。(「女性セブン」)

ストーカーとは第一義的には恋人(配偶者)か元恋人か自称恋人である。動物が獲物を襲うために背後からこっそりと近づくように計画的に「恋人」を追い詰める。その恐怖に怯《おび》える自分より弱いものの様子を見るのが快感なのである。

ただし、「ストーカー規制法」ではストーカーを、「特定の者に対する恋愛感情その他の好意の感情又はそれが満たされなかったことに対する怨恨の感情を充足する」目的で、その特定の者またはその家族に対して「つきまとい等」をする者をいう。

恋人を殺さず恋人の姉を殺すことはストーカー殺人だが、その場にいた家族でない人まで殺すのはストーカー殺人には該当しない。

恋人や妻は殺さずその家族や家族の知人を殺すことは、恋人の大切な物を壊すDV行為と解釈できないだろうか。自分に「挑戦」する物と者は破壊する。しかしそれを破壊した自分を理解してもらうために妻は殺さない。

「AERA」によると、事件の一週間前、少年が小学生の妹に暴力を振るっていることを母が地元の保護司に相談している。保護司は近隣住民に連絡をし、見回りの強化をお願いしていた。事件前日の九日には、地元の民生委員が少年の妹の通う小学校の担任にも母親からの相談内容を伝えたばかりである。

少年の父親は早くからいなかった。母はスナックなどでホステスをして生計を立てていた。「近所の住人によると、まだ幼稚園児だったころに、何時間も外で一人遊びしているA（少年）の姿を見かけたという」（「AERA」）

事件の直前に暴力を振るわれたという妹は、少年が小学生の時に母親が再婚して生まれた子どもである。母親の友人によれば「二十代だった両親は飲み歩き、『赤ちゃんは少年が世話をしてる』と話してた。その少年は十歳になるかならないかで『裸のお母さんがお義父さんの上で白目をむいていた』としんみり話していた」（「週刊朝日」）。

この妹が三歳になる頃、両親は離婚した。それから少年は荒れ始め、祖母や母にも暴力を振るった。

その人生があまりに暴力に満ちているため、なぜ暴力を振るうのかではなく、なぜ暴力を振るわないかを考える方が早いほどである。

物でも者でもどの対象との絆《きずな》が強い時に暴力は抑制されるのか。少年は幼稚園児の頃に誰かに心の中で聞いたはずだ。

「どうしておれのこと避けるんですか」

(2010.3.5〜3.12)

ロビンソン・クルーソーが体現したもの

二月二十七日、南米チリ沖で起こったマグニチュード八・八の巨大地震で、太平洋に浮かぶ「ロビンソン・クルーソー島」が津波の直撃を受け、死者が出たという。

そもそも「ロビンソン・クルーソー島」という島があることを知らなかったが、小説『ロビンソン・クルーソー』の主人公にはモデルがいた。一七〇四年、船から置き去りにされ、チリ沖にある孤島で五年近くも一人で生活したスコットランドの船乗りアレクサンダー・セルカークである。

島から生還したセルカークが発表した体験談に大いにインスパイアされた人にダニエル・デフォーがいた。当時五十九歳の職業編集者であり、台頭しつつあったブルジョア出身であった。経済的に逼迫《ひっぱく》していたデフォーが手っ取り早くお金を稼ぐことを企《たくら》み、セルカークの他にもあった難破・漂流物語を元にして大人向けに想像力を思いきり飛躍させて書いたのが『ロビンソン・クルーソー』である。キリスト教的教訓主義の影響を受けて説教じみているのは、小説も商品になる時代だからである。

商品ゆえに「ロビンソン・クルーソー」は無人島で二十八年もの時間を過ごさせられている。どこまでがノンフィクションでどこからがフィクションなのか詮索《せんさく》することは無意味である。現実の事件を根っこに置きながら、小説の要素を膨らませてデフォーは書きに書いた。解釈はデフォーのものである。

クルーソーは難破した船に何度も通い、運べそうなものはすべて運んでいたので、生活必需品は船から陸に移動されていた。島は巨大な不沈船である。

意味のないのは船内に残っていた紙幣と硬貨である。それらを全部あわせたよりナイフ一本の方が値打ちがある。

ナイフは船の帆布《はんぷ》と一緒になることによって風雨と日射を遮《さえぎ》るテントに生まれ変わる。そこでクルーソーは足を伸ばして眠ることができる。

ナイフで島に着いた日にちを木の幹に刻み、毎日一つずつ印を付けることで、暦ができあがり、雨季と乾季の周期が分かる。その結果、畑で麦を育てることができた。クルーソーは収穫した麦からパンを作ることに腐心する。ある時期、彼はただ「パンのために働く」のである。

この小説に活力が漲《みなぎ》っているのは、信じられないほど熱心に彼が資本主義の「禁欲」と「勤勉」の精神を体現するからである。

銃と火薬もまた彼には重要であった。野生の山羊を殺し、その肉を食べることができる。

最後の数年こそフライデーと一緒だったが、それまでの長い期間、「人と話をしたい」と思いながらクルーソーは犬一匹と猫二匹、オウム一羽を友に暮らす。犬と猫は難破した船にいたもので、猫は島の中で子猫を産み、さらに繁殖していく。増えすぎた子猫は水に入れて殺される。肉を食べたい時にいつでも食べられるように山羊を牧場で飼い始めると、山羊もまた繁殖していく。

クルーソーがどこまでもたくましいのは、いつか母国に帰れると信じているからである。だから、島での生活が長引くにつれ、自分は犬と猫とオウムを従えた島の王様であり、それだけで幸福だと自らを慰めなければならない。クルーソーには「絶望」の二文字がない。

しかし、お金のために書いたものが世界中の子どもの読む本になったことに一番驚いたのはデフォー自身であるという。デフォーは借金取りから身を隠すために家族から離れ、下宿先で一人亡くなった。ナイフと犬と猫の存在によって幸福にはなれなかったのである。

（2010.4.2）

自分で自分を見張る、この時代

「鶴瓶の家族に乾杯」のロケが高知県安芸《あき》市で行われた。安芸市には土居小学校という児童数の少ない小学校があり、鶴瓶はそこでベテランの女性教師と子どもたちに温かく迎えられた。「この学校の子どもたちはみな素直ですねえ」とスタジオで改めて感心する鶴瓶に小野アナが頷《うなず》いた。番組を見た人も心洗われる思いがしたことだろう。

子どもは先生の言うことを「素直」に聞き、友だちにも「思いやり」があり、学校中がまるで「家族」のようである。地方には「理想の子ども」が残っている。

それなら「生き苦しい」「息苦しい」と訴える都市部の子ども（や大人たち）は「素直」ではないのだろうか。いや都市部の学校を卒業し、都会で働く人たちもとても「素直」である。超「素直」と言ってもいいほどである。

しかし、そういう風に見えないのは彼らは先生の言うことに素直に従い、友だちに思いやりを示す前に必ずしなければならないことがあるからである。それは先生や友だちに対する前に「自分」に意識を向けることである。

自分がしていること、今からしようとしていることが他の人からどう思われるか、その「評価」をチェックしなければならない。

自分の中に自分をみつめるもう一人の「自分」がいて、その「自分」のまなざしに四六時中監視され、「自分」から解放されることはできないのだ。

「自分に向けられた自分の意識」とは「自意識」のことなので、これは自意識の病ということになるが、全員がその病に罹《かか》っているならそれはもはや病ではない。病でない人の方が少数なら、そちらの方が「病人」であって、それがKYである。あるいは自分と周囲への注意が不足している人には他の病名がつけられている可能性もある。

心理学や医学そしてコンピュータや経営学には「モニタリング」という用語がある。行動や活動が計画通りに行われているか不断に監視することをいう。

「モニター」は人で言えば監視者、機械で言えば監視装置で、「モニタリング」は手短に言えば、モニターによる「日常的かつ継続的な点検」である。

人は既に自分自身に対する「モニター」である。監視者は本来外部のものだが、監視者の監視基準が何であるかを読んでしまうと、人は自分の中に監視装置を自ら取り込んでしまう。それが自分に向けられた「自分」のまなざしである。

私たちは何か正体の知れないものが決めた基準によって、今や自分で自分を見張っている。私たちは「セルフ・モニタリング」状態に置かれているのである。

もちろん「セルフ・モニタリング」には個人差があるのだが、その度合いが強い人ほど、つまり自分を強く監視している人ほど自尊感情は低くなる。監視基準は幾何級数的に増大しており、監視すれば必ず逸脱が見つかるからである。

日々の仕事の「成果」に疲れ、「癒《いや》し」のためにサウナに行き、そこでお風呂に入ってもサウナにはサウナという社会での「評価」があり、「自分モニター」が停止するわけではない。

「起きている時間にリラックスなどしたことがない」

「人との距離感を間違えると致命的だ」

他者の「評価」を基準に「競争」させられる者は慢性的な神経消耗に晒《さら》される。

この生き苦しさを増幅させているものを「モニタリング社会」と名づけよう。

地方には学校の価値を素朴に信じ、まだ「自意識」に苦しめられていない小学生がいる。まだ「自分」を監視することを知らない存在がいる。

（2010.4.9）

「ゲゲゲの女房」が教える、結婚の条件

ＮＨＫ連続テレビ小説で「ゲゲゲの女房」が始まって「毎朝、生き甲斐ができました」ととても喜んでいる女性がいる。オタクである。

水木しげるはオタク界の星であるから、その女房は「オタク界の女房の星」なのである。齢八十八にして健康診断でどこにも異常がなく、富と名声を得た夫がいて、父親思いの二人の娘と一人の孫のいる水木しげる夫人の武良布枝《むらぬのえ》さんは「人生は終わりよければすべてよし」と、ドラマの原作『ゲゲゲの女房』の中で語っている。

オタクで女性である人も、このような平凡であると共に非凡な家族を持つことを本当は夢見ているのではないだろうか。そう思いながら見ると、結婚の条件がドラマの中で既にいくつも示唆されていることに感心する。結婚は「初めよければすべてよし」ではないだろうか。

武良布枝さんは島根県安来《やすぎ》市の大塚という町で生まれた。魚屋さん、八百屋さん、豆腐屋さん、雑貨屋さん、床屋さんなど生活に必要な店が小さな箱庭の中にギュッとかたまっていて、その中にいればすべて用が足りる「小宇宙」のような町だったという。同時に安来は神話時代からの歴

史に彩られた、高い民度を誇る町でもある。

お見合いの日、布枝（布美枝）が点《た》てた抹茶の碗《わん》を茂が片腕で持ち上げ、グイと飲み干すシーンがある。この地方には抹茶の文化があり、それを両者が共有して育ったことを意味しているが、これが出雲という「真性保守の国」のお見合いである。

もっとも、水木しげるの出身地は出雲ではなく鳥取の境港である。安来からは晴れた日には中海《なかうみ》の向こう、明るいさざ波の彼方《かなた》に境港がくっきりと見えたと布枝さんは語っている。二人は、古い街並みと落ち着いた暮らし、そして高い文化を持つ町で名望のある家に生まれている。その意味で釣り合っている。

お見合いの席で、布美枝は「自転車に乗れますか？」という水木しげる（村井茂）の意味不明の質問に即答している。

「はい。酒屋の配達でいつも乗っていますから」

ドラマではさりげなく描かれているだけだが、布美枝の家は酒屋の前には呉服屋をしていた。父は「女相手の商売はあわん」と、酒屋に転じたのである。

商売で生きていくことに決して器用ではなかった父を支え、布美枝は家業の手伝いと祖母の介護をする。しかし、祖母が亡くなり、兄嫁が来て家業に人手が足りるようになると、二十九歳の布美枝に「家の仕事」はなくなっていた。

「ひとりで生きていく技術も経験もなく、誰かに頼って生きていくしかない私にとって、家を出る唯一の方法が、結婚でした」（『ゲゲゲの女房』）

お見合いの前日、母と兄嫁は懸命に掃除して、家をぴかぴかに磨き上げてくれたという。

一方、水木しげるの方は、上京してきた父親に「お前も、もう三十八だ。嫁をもらえ」と命令され、急いで帰ってきたのである。

座敷の石油ストーブに火が点《つ》かなくて困っていると、茂は「オラがやってみましょうか」と突然立ち上がり、あっという間に火を点けたのである。

布美枝は見合い相手のこの優しさを、父は「食べっぷり」を気に入り、「この縁談、決めていいか」と娘に尋ねる。食べることは生きること、どんな不況でもこの男には「生き抜く力」があると確信したのである。

「生存」のために親の薦《すす》めに従い、同郷で同階層の人と結婚をする。昭和三十六年の「普通の結婚」である。

（*2010.5.7-14*）

外見を女性から評価される「嵐」の面々

ＮＨＫの「祝女」の放送が終わってつまらない思いをしていたが、「ひみつの嵐ちゃん！」で「マネキンファイブ」というコーナーは続いている。「祝女」と「マネキンファイブ」とは一見何の関係もないようだが、「マネキンファイブ」が行き着いたところが「祝女」の世界なのだと思う。

「マネキンファイブ」というのは、現在人気が沸騰している「嵐」の五人のメンバーが自分の服をスタイリングし、五つのマネキンとなって立ち、「女性」のお客様に順番に購入されるというコーナーである。「嵐」の五人の他にもマネキンが加わることもあるが、原則的にはマネキンは五個。

仕事の衣装に関してはすべてスタイリストのついている「嵐」の私服を見てみたいのは、私的なことまですべて知りたいという女性ファンの欲望である。

お客様が自分の好みのマネキンに「購入」シールを貼ると、買われたマネキンはホッとして一個ずつ退場していく。最後に一個残ったマネキンは「売れ残りマネキン」と呼ばれる。

「チュートリアル」の徳井が「売れ残りマネキン」になったことがあるが、マヌカン役の「オセロ」の松嶋尚美が徳井マネキンに「顔がいいだけでは通用せ～へんねんなあ」と声をかけると、徳井マネキンは「嗤《わら》え！　嗤えばいいさ！」と絶叫した。

「マネキンファイブ」では「嵐」は視覚的対象になって女性に選ばれるだけではなく、マネキンなので動かず喋《しゃべ》らない「静物」にならなければならない。お客様の批判にも表情を変えてはいけない。

女性が男性から外見で評価されている状況を「嵐」は逆転させ、代行してくれる。

誰にも購入されない場合には気の利いた言葉を発して笑いを取らなければならない。「嵐」は批評されることにいつもつらい思いをしていると語っているが、現実の世界と違って最後に「救い」も準備しなければならない。

四月末に放送された「マネキンファイブ特別篇」で、「嵐」は御殿場プレミアム・アウトレットに初のロケに行った。

「彼女とデートに行く服装」を要求されて、もともと服は試着せずに買う大野智は店のマネキンの服を丸ごと購入した。

松本潤から「それは許されないと思いますよ」とたしなめられたが、スタジオで大野マネキンはＲＩＫＡＣＯに批判される。

「下のジーンズが中途半端にスソが長い。内面が出てるよ」

服装（クロージング）は心理学では「人体になされるあらゆる装飾と身体への補足」と定義されている。服や靴だけではなく、化粧もパーマもエクササイズもタトゥーも歯の矯正《きょうせい》もみなクロージングである。自己の身体境界を覆《おお》ったり加工したりすることは人間だけの特徴で、クロージングは大きな社会的影響力を持つため、それに先立って人には美的基準が育つ。

問題は個人の美的基準と他人の美的基準がずれることである。

二宮マネキンはＲＩＫＡＣＯからは「ベルトの色もストールの色も合ってる」と褒《ほ》められたが、西川史子には酷評された。

「一番嫌いだわ。ストールがゴシゴシタオルみたい」

櫻井マネキンは「陽だまりの老人」（西川史子）。

蝶ネクタイをしていった松本マネキンは散々である。

「昼間待ち合わせて蝶ネクタイでは……」（ＲＩＫＡＣＯ）

「私は失笑ですね。軽部さんみたい」（西川史子）

松本潤は売れ残り、

「ちょっと俺ずれてんだなあって」

（2010.5.28）

「妄想」が生み出したＡＫＢの世界

「俳優の筒井道隆は作家の筒井康隆の息子である」とずっと思いこんでいた知人がいる。

私には「自分の祖父は大塩平八郎の友人である」と思いこんでいた時期がある。

祖父は大塩平八郎のことを「大塩はん」と呼び、いつも「大塩の乱」の話をしていたという。子どもだった私は、祖父は大塩平八郎の友だちだったと思っていたのである。

考えてみれば、祖父は明治に生まれ、大塩平八郎は天保に死んでいるのだから、二人に接点のあろうはずがない。

しかし、大塩平八郎を友人のように愛していたのは祖父の「心的現実」である。人間にとって重要なのは「現実」ではなく「心的現実」の方なのである。「現実」ではなくとも、それを見てきたことのように思う心が祖父の人生を動かしていたのだ。

筒井道隆を筒井康隆の子どもだと思っていた人は筒井道隆を美しいと思い、筒井康隆の知性と結びつけて殊更に好きだったのだろう。

ある行政主催の「少子化シンポ」で、こう発言した人がいた。

「日本人は富士山麓の保護区に集められて住むようになり、やがて日本の人口は一人になるだろう」

日本人が一人になることに恐怖を感じるのはその人（発言者）の「心的現実」である。どのようなことも、その人にとってリアリティがなければ問題化はされない。

人間は年をとると人格も高齢化する。要は昔に戻るということである。たった一人になるという老人の恐怖と、国から子どもがいなくなる恐怖が重なりあうのだろう。少子化とは高齢者の「現実」である。

しかし、「心的現実」を離れた「現実」というものがあり得るのだろうか。

たとえば、「心的現実」を離れて「時間」というものがあるとは思えない。「時間」は存在しないと私は思っている。

「お金」も同じである。この紙が「お金」であると皆が思っているから「お金」は「お金」なのである。

ひょっとするとそれは偽札であるのかもしれない。しかし偽札であると思わなければ「お金」は「お金」として機能する。こういう思いこみが「妄想」ではないと誰に言えるだろうか。

かつてそれは「幻想」と呼ばれていた。「妄想」という言葉には病理的な響きがあったし、「妄想」は「幻想」とは違って共同化できないものとされてきたからである。

しかし、時代は「幻想」から確実に「妄想」に移行している。

薬で飛ぶのが「幻想」の世界、薬なしで入るのが「妄想」の世界である。生きていくために必要なのは「妄想」の現《うつ》し身になってくれる人である。「脳内彼女」と「脳内彼氏」がいればいい。二次元でもいいが、三次元ならもっといい。

二〇〇五年、AKB48が誕生した。ジャニーズと宝塚のシステムを真似て作られており、結婚する（=現実に帰る）といられなくなる。銀座のクラブに通っていても、ずっとそこが「恋愛ゲーム」をするところだと知らなかった」という大きな子ども・秋元康が作った。

人は今や「理想と現実」ではなく「妄想と現実」から成り立っている。「妄想」が「理想」とは違って「現実」には打ち負かされないのは、幼児期にある人間の根源的反応だからである。

幼稚園児は例外なく若くてきれいな女の先生が好きだが、それは性的恋愛感情とは違う。大人になる前の短い時間にあるはかない美しさ——幽玄——への共感である。桜とポニーテールと制服の世界への感情である。

（2010.7.9）

漫才の相方に見る「受容」という才能

「爆笑問題」の太田光の夫人で事務所「タイタン」の社長でもある太田光代さんが、ある番組で面白いことを言っていた。

まだ芸能人として食べられなくて太田光と田中裕二がコンビニでアルバイトを始めた時のことである。

「太田には接客などできない。足し算と引き算もできない。コンビニのアルバイトなどできるわけがない」

太田は自分のことが分からずに「普通」の仕事をしようとしている。そんなバイトは店と太田の双方にとって何のメリットもなく、むしろ太田の才能の妨げになる。光代夫人は太田にバイトをすぐに辞めさせた。

田中の方はコンビニ店員として適応し、長くバイトを続けたらしい。

「爆笑問題」では田中がツッコミで太田がボケだが、田中は太田の非社会性と衝動性（攻撃性）をたしなめる役割を果たしているので、田中のツッコミとは「受容」のことなのである。

立川談志が以前、太田に諭《さと》したことがある。

「こいつ（田中）だけは切るな。こう出来た奴もなかなかいないもんだ」

しかし、田中ほど「出来た奴」は他にもいる。

もう一人の菅こと「ロザン」の菅広文の苗字は「かん」ではなく「すが」と読む。一昨年『京大芸人』を出版してベストセラーになり、続編の『京大少年』を昨年出版した。

京大芸人・京大少年とは京大法学部を卒業した相方の宇治原史規《うじはらふみのり》のことだが、宇治原を京大に進学させ、それを売りにコンビで芸人になる計画を立てたのは、高校の同級生である菅である。

菅自身も大阪府立大学に進学しているが最初から卒業する意思はなく、迷わず大学を一年で中退している。

進学校で勉強のできる友人を見てきたので、「普通」に就職しても勝ち残れないと判断したからである。

高校時代の二人の出会いと宇治原の独特の受験勉強法、宇治原の変人ぶりを菅は書いている。

宇治原という人には「勉強」はできても「コミュニケーション能力」がなく、つまりは「感情」のない「高性能勉強づけロボ」なのである。他人の「感情」と話の「文脈」が理解できない宇治原の言動は特異なものになってしまう。宇治原はそのことに平然としていたが、その「感情」を宇治原より先に菅が見抜き、常にサポートしてやってきた。二人はバスケット部に所属していたが、菅が他の仲間とも話をするのに対し、宇治原は菅としかしゃべらなかった。

菅が浪人している間、現役で京大に進学して猶予期間ができた宇治原はＴＡＮというイベントサークルでバーベキューに行ったり花見に行ったりしていた。

そのことを菅は電話で聞かされた。

「驚愕の事実が判明した。宇治原は大学生になり、チャラチャラしたサークルに所属していた。そのサークルの活動を見たことはないが、話を聞く限り、しょうもない集まりに違いなかった」「とりあえず一刻も早く大学生になって、宇治原をＴＡＮという集まりから抜けださせなければならない」（『京大芸人』）

仕事の選択を間違えた太田光に対する光代夫人の反応に似ていないだろうか。

「ちちんぷいぷい」（毎日放送）の中の道案内のコーナーで外国人観光客にしゃべりかけるのは菅であって宇治原ではない。菅は無茶苦茶な英語でも臆さず、積極的に話しに行く。宇治原は菅の横を無言で歩いている。

それでも菅は書いている。

「宇治原は芸人になり、本当に賢いことは勉強ができることではないことを理解していた。知識ではなく、知恵が大事であることも理解していた」（『京大少年』）

（2010.8.13）

結婚の歴史は、お米の歴史である

九月で放送が終了する「ゲゲゲの女房」の脚本家山本むつみさんは最終回の脚本を「泣きながら書いた」という。脚本家が泣きながら書く脚本とはいかなるものかという好奇心もさることながら、山本さんは放送が終わってしまうのが残念で、必要とあらばいくらでも書き続けられるのだろうと思った。実際に「九月で終わらせずに一年中放送していてほしい」という投書を目にしたこともある。

水木家の次女がまだ幼稚園児だった頃（つい先月のこと）、ブランコに乗りたくて保育時間中に勝手に園庭に出ていったことで母親が次女を叱《しか》るシーンがあった。

父親は娘をかばうのだが、その時に向井理は娘の髪の毛を引っ張って糸のように立てて遊びながら話すのだった。向井理のアドリブなのだろう。向井理は役柄と渾然《こんぜん》と一体化し、もはや融通無碍《むげ》の境地にいる。他のドラマに出演した時には決して上手い役者であるとは言えない向井理だが、水木しげる役の時には水を得た魚のようであり、それは「Ｍｏｔｈｅｒ」の継美役と芦田愛菜ちゃんの関係と同じである。いわば俳優（と脚本家）が「ゾーン」に入ったのである。

演じているのがお見合いで結婚した夫婦であることと関係があるのだろう。向井理は「週刊文春」で行われた松下奈緒との対談の中でお見合いも面白いと思ったと発言している。さらに別の対談では、お見合い結婚がいい理由をこう語っている。

「僕は、恋愛期間がないのが、いいのかなって思いましたね。全部を見てから結婚するわけじゃなくて、知っていく過程のなかに結婚があるっていう。恋愛結婚だと、もう相手を全部知ってから大丈夫と思って結婚するんだけど、お見合いは相手がどういう人か分からないから近づいていこうとしたり、いい所を見つけようとしたり……。そういう能動的な恋愛が、結婚生活の中に組み込まれているのは面白いことだなと思います」(「TVぴあ」九月八日号)

結婚の歴史は、お米の歴史である。かつてお米は「配給制」だった。配給の単位は「家」にあり、一家に一通「米穀《べいこく》通帳」があって、戦後でも戦中のようにお米は国家によって管理されていた。そこに米作農家の努力と工夫に応じて、消費者との自己契約を認める「自主流通米」が解禁された。

しかし、そのうちすべてが「自主米」になると、人々はお米を食べなくなった。食べることは食べるのだが、おいしいお米しか食べようとはしなくなった。しかも需要がないのに農家は相変わらずお米を作り続けるので、米粉で作ったパンを食べるよう、時の総理が推奨したりするのである。

結婚もかつては「配給制」だった。「家」が管理していて、生活のためにいやいや結婚していった人もいた。しかし、結婚の「配給制」が廃止されると、子どもたちは結婚をしなくなった。自分を自由市場に出すことはするのだが、おいしい結婚しかしようとはしなくなった。自分を自由市場に出すための競争にも疲れている。

そして「ゲゲゲの女房」を見ては、「結婚は恋愛ではなく、お見合いの方が新鮮ですね」と感じるようになったのである。所与のものとしての結婚、生活のための結婚とは糖度の低いお米のようなもので、食べ続けていても糖尿病にはならない。

恋愛結婚をした夫婦が玄米や五穀米を土鍋で炊いている時代には、それは新鮮だろう。

ただし、恋愛結婚は戦前にも戦後にも欧米から宗教と政治によって導入された。お見合いは、結婚の脱グローバル化なのである。

(2010.9.17)

「母の不在」を子どもが受け入れる時

働いているお母さんが増えたため、幼稚園では放課後も園児を預かる「長時間保育」を実施しているところが増えている。数年前、私はそこで働いていた。働くといっても保育をしていたのではなく、担当の教諭が勤務時間を終えて帰ったあと、残っている子どもと共に親のお迎えを待ち、最後の一人が帰ると教室の施錠をする施設管理の仕事である。

「長時間保育」のクラスはメンバーがほぼ固定化し、五〜七人の幼稚園児は年長か年中クラスで昼間は違う学級に在籍していても、梅雨が過ぎるまでには兄弟のように親密になっている。園児のお母さんが全員勤務医だったことがある。

小児外科、内科、眼科、耳鼻科、麻酔科、精神科、歯科と、お母さんの専門がバラバラなので、私は園児をお母さんの専門によって識別していた。

今のように秋の気配のする頃には、「今日、ママは緊急手術の日なの」と、クーピーペンシルで絵を描きながらママが歯科医の女児が言うと、「じゃあ、遅くなるかもね」と、ミニプラポンをしている、ママが小児外科医の男児が顔を上げずに答えるようになっていた。

幼稚園が夏休みの時期には朝からお弁当を持って登園し、同じ教室で終日過ごすのである。園庭に幼児用のプールが設置されると、両腕をプールの縁に置いて輪になって水に浸かっている。

「温泉みたいに寛ぐよね」

「スイミングと違って泳がなくてもいいからね」

「試験もないしね」

この世からスイミング・クラブがなくなればいいのにと思っている子どもは意外に多いのかもしれない。

お母さんが専業主婦でなくても、子どもたちは平均七種類の習い事をしていた。母親の帰宅が遅くなる場合、習い事をすることで子どもたちは時間を埋めている。送り迎えをするのは主として母方の祖母である。

塾やスイミングでは他の子どもたちと話をすることはできない。しかし、放課後に「長時間保育」のクラスで一緒にいる友だちはお互いにライバルではない。

一度、のどが痛い時があって、軽いノリでママが耳鼻科医の女児に言ったことがあった。

「〇〇ちゃんのお母さんに診てもらいに行こうかな」

と、その子が叫んだのである。

「ダメッー　ママはいつも疲れて帰ってくるの。患者さんは増えてほしくないの。これ以上、病院に来ないでっ！」

聞くと、ママは午後十時頃に帰ってくる。そして夕食をとりながら溜息《ためいき》をつくのである。

「僕のママもそうだよ」

「うちもそう」

「ママはパパとも私とも話をする時間がないの」

「一日に手術を六回するんだよ」

「朝はすごく早く出かけていく」

同業の母親を持った子どもたちは母の言うことを細大漏らさず聞き、母の行動を実は注視し、みな同じ心配を抱えている。

「ママは患者さんのために必死に働いている。ママをこれ以上忙しくさせないでやってほしい」

だが、一旦勤務医になると仕事に没頭する以外の生活は許されない。ワーク・ライフ・バランスなどあり得ないだろうと思った。だからこそ、なのだろう。母は母であることに専念できないことを子どもに済まないことだと思っている。

「長時間保育」の子どもたちが、仕事に没頭する母の不在を受け入れているのは、母の仕事には「意味」があるという感覚である。

そこに「意味」があるから、五歳でも人は待つことに耐えられるのだろう。


（2010.10.1）

「育児の社会化」は本当に正しいのか

数十年前に子どもを保育所に預けてフルタイムで働いていた女性がいるとする。数十年前にフルタイムの仕事に就いていたのだから、職業エリートということになるだろう。そういう女性たちは「自分のお給料は保育料に全部消えた」という経験をしてきている。

いつの頃からか「保育料＝母親の給与」という図式が消え、保育料はそのほとんどが税金で賄《まかな》われるようになった。親が支払う額は、所得に応じているが、昔よりはるかに安くなったのである。同時に、保育時間も昔よりも長期化するようになった。

かつては午後四時になれば保育所は閉まることもあり、午後四時近くになると母親の頭にはアンテナが二本立ち、保育所にダッシュする態勢になったものである。母親だけではない。男手一つで娘を育てた作家の藤沢周平さんは自宅で原稿を書いていても、夕方になると娘のために息を切らせて保育所への道を急いだ。そして娘と一緒に自宅で必ず夕飯を摂ったのである。

保育所は児童福祉施設であり、「（家庭での）保育に欠ける」子どもが預けられ、「保母」という母代わりの女性が子どもの世話をしてきた。それでも昔は日の暮れる前に子どもは本当の母

（父）に確かに手渡されて、「自分の家庭」に帰って行ったものである。

「育児の社会化」についてしばしば考えさせられるのは、「社会化」が介護でも当たり前の「権利」になったからである。施設に預けられている老人は、できれば自分の家で死ぬまで過ごしたいのではないだろうか。家族に迷惑をかけたくないからやむなく施設に入る。それでも家にいる時に気持ちは一番落ち着く。病院に入院している人も自宅に帰る日を心待ちにしているのではないか。

高齢者も病人も本当なら自宅で生活がしたいのだ。それは幼児も同じではないだろうか。そうでなければ、朝、保育所に連れられて来た時に親と別れたくなくて火のついたように泣きはしないだろう。

「社会化」が正しいと主張する人の声によって掻《か》き消されてしまったのは弱者の声である。乳幼児は弱者の中の弱者である。福祉の最大の目的は、福祉が必要なくなることなのである。

反論を承知の上で、こういうことを想像してみよう。

ペットを飼う人は、「ペットをホテルに預けよう」と思って飼うのではないはずだ。ペットと一分でも一緒にいたいからペットを飼うのだと思う。どうして人間の子どもの時にだけ、産む前から「子どもを預ける保育所が足りない」と言うのだろう。「もっと長い時間子どもを預かれ」と言うのだろう。子どもといることを最優先したいから子どもを産むのではないということなのだろうか。それならなぜ子どもを作るのだろうか。

「教育の基本は家庭にある」とずっと主張してきた安倍晋三元総理が最近「病児・病後児保育所を増設する」と言いだした。面妖なことである。人間が最も不安になるのは病気になった時である。それでも、病気の子どもを保育所で看てもらい、自分はいつも通りに仕事に行きたいという親のニーズがある。子どもを恋人に置き換えてみればいい。

「病気の恋人のために仕事を休みたくはない。いちいち連絡してくれるな。そちらで看てくれ」と思った時、その恋は既に終わっている。

「社会化」という時、人は「社会」という何か抽象的な人格が保育や介護をしてくれるという錯覚の中にいる。実際にその仕事をしているのは、家族がしたくないことを代わりにしている、具体的なもう一人の弱者だということが想像できないのである。

(2010.10.8)

日常とは国家の別名なのである

三月十一日、めまいがすると思って横になっていると、電灯の紐《ひも》が揺れているのに気がついたのと同時に電話が鳴った。

「すごい地震だった。揺れた瞬間『来た！』と思った」

東京には今まで何度も地震があったが、それでもあの地震とは違った。阪神大震災を経験した者からすると、あれと同じような地震かどうかは揺れ始めてすぐに分かるのである。

あの地震から暫《しばら》くの間は、仕事にならなかった。私は当時大阪で教師をしていたけれども、会議の場でもみな地震の日の恐怖を話し続けて会議にならなかった。学生も覚醒しすぎていて、授業に集中できなかった。

図書館で古い「震災史」の本を読んでいると、明治以来一番大きな地震は「濃尾地震」であるようだった。明治天皇は二回も現地を訪れている。家の外に逃げた人たちは地割れに落ちないよう、畑で一列に手を繋《つな》いで立ち続けていたという。同僚に「書庫にいると危ない」と注意された通り、立ったまま本を読んでいる間にも大きな地震があった。私は安全な土地を探していたが、地震の少ないのは豊後と周防の国らしいことが分かった。しかし、今回の地震には津波と放射能の恐怖が伴っている。

三月十三日、「朝日新聞」は一面で「福島原発、炉心溶融」と報道した。

広島と長崎と、二度あることは三度あるかもしれないということをかつて書いたことがあるけれども、一度戦争に負けるとその後六十年以上も負け続けなければならない。

が、今は国の問題は措《お》いておき、自分で自分を防衛しなければならない。そのためにはとにかく遠くに逃げるしかない。私は関東にいる知人に西日本に避難するように勧めた。が、すぐに避難を実行したのは少数だった（ただ、それは私の知り合いの範囲の話であり、実際には大勢の人が避難していたことを後に知ることになる）。

関西に避難してきた人は、とりあえず親戚の家に身を寄せるか、ホテルに泊まるかする。言いかえれば、関西に受け入れ先がなく、お金もなければ、避難することもできない。戦争中の疎開と同じである。

避難してきた人は時間が経つと一旦帰宅することを余儀なくされる。家はそのままにしてきているし、重要なもので持ってくるのを忘れたものがあるし、やり残したことを片づけなくてはならない。それに、親戚の家やホテルでの生活では気が休まることがない。そのこともまた、疎開した人々と同じである。

しかし、何より大きいのは、日常生活への回帰願望そのものである。たとえ不安の土地であっても、そこへの回帰の思いが湧き起こってくることを抑えることはできない。

東京に置いてきた日常が、携帯電話を通して追いかけてくる。仕事の打ち合わせや契約の更新や同業者との親睦会の花見が。

避難しないという選択の理由は、受け入れ先やお金の問題では実はなかったのである。人は日常生活への愛着を容易に捨てることはできない。日常生活を構成しているのは自宅であり家族であり、仕事であり友だちである。

家族を置いて自分だけ避難することはできない。仕事を辞めて移住することはできない。仲間が被災地に行っているのに自分だけ安全な所に退避するわけにはいかない。

避難することはそうして逃げることと同じになり、責任を放棄することと同じになっていく。

家族や仕事や責任を失うと、人は根なし草になってしまう。

日常とは国家の別名なのである。


（2011.4.29）

「分配」の意味を知っていた田中角栄

田中角栄が生きていれば、今年（二〇一一年）九十三歳になる。大正七年五月四日生まれの田中角栄は平成五年、七十五歳で静かにこの世を去っている。

今から思えば早すぎる死である。しかも、脳梗塞《のうこうそく》を患って九年近くも言語を失ったままの無念の死であった。

昭和四十九年の田中退陣から三十年以上の歳月が過ぎた今、田中角栄が出した「退陣声明」の一節を思い出す。

「わが国の前途に思いをめぐらすとき、私は一夜、沛然《はいぜん》として大地を打つ豪雨に、心耳《しんじ》を澄ます」

「沛然」は雨が激しく降る様子を指す。田中角栄は雨の音を聴くのが好きだったという。

この時、角栄五十六歳。

五十四歳で当時戦後最年少の総理になったが、「文藝春秋」に掲載された二つの金脈批判記事がきっかけとなって、激しい田中弾劾《だんがい》の世論が巻き起こった。角栄はニュージーランド、オーストラリア、ビルマを歴訪する。

毎日新聞の田中番記者であった馬弓《まゆみ》良彦氏は「田中政権の命脈は尽きた。帰国後に決断するだろう」と、若手記者に退陣決定のニュアンスを伝えている。

「心耳を澄ます」の中の「心」は、金権批判と国政混乱の責任をとって辞任を決めた田中を「惜しい人物だ……」と語った安岡正篤氏が添削して入れている。

「心耳を澄ます」とは平常心が存すること。つまり辞任に当たっても心にゆとりがあることを示したものである。

総理には心にゆとりがあってほしいと願うのは、「人間性に問題がある」と言われる総理を目下戴《いただ》いているからではない。総理であろうと社長であろうと野球の監督であろうと、人は心にゆとりがない上司を尊敬できない仕組みになっているからである。

馬弓氏は『戦場の田中角栄』（毎日ワンズ）の中で田中角栄の子ども時代を紹介している。

新潟師範学校を出て西山町の二田尋常小学校に赴任し、四年の田中角栄を受け持った金井先生はお寺に下宿していた。西山町付近はマツタケを産する。ある日、金井先生が昼休みの雑談で「マツタケを実家に送ってやりたいなぁ」と呟いた。

「昼休みが終わって授業がはじまろうとしたとき、角栄級長が教員室にやってきた。なんとミカン箱二つに溢《あふ》れそうになっているマツタケの山を級友とともに持ちこんできたのである。

角栄級長は昼休みにクラス全員を集めて、

『先生は親孝行だ。マツタケを実家に送りたいと言っているのでみんなで手分けして集めようではないか』

と提案したという。

たちまち五十人の生徒が裏山へ分け入ってマツタケの山が築かれたというわけだ。

ビックリした金井先生が、

『いや、集めてくれたのはありがたいが、なんとしても多すぎる。どうやって家に送ったらいいかわからないよ』

と言うと、角栄級長は憤然とした。

『何を言うんだ先生、どうしても全部送ってください。家で使えなければ近所、隣りに分けるだろうに』

一本とられた金井先生は、角栄少年の言う通りにマツタケを全部送った。その後、休暇で実家に帰った金井先生は驚いた。確かにマツタケは家ではとても食べ切れなかったのだが、角栄が予想した通りに『隣り近所や知人におすそ分けをして大喜びされた』と先生の両親が言ったのである。

『負うた子に教えられた心境でしたね』」

角栄は小学四年で「分配」の意味を知っていた。

その心にはゆとりと情と実があり、「委員」の名を分配することとはまったく異なるものである。


(2011.6.24)

角栄と小沢一郎、という相似形

「イッちゃんが総理になることは、もうたぶんないのではないかと私は思っている。もちろん先のことはわからないけれど、ちょっとしんどいなという感じがする」

三十三年間田中角栄の秘書を務め、「越山会《えつざんかい》の女王」とも呼ばれた佐藤昭子さんが亡くなったのは昨年（二〇一〇年）の三月十一日のことである。

心不全で八十一歳の生涯を閉じた佐藤昭子さんは死の直前、イッちゃんこと小沢一郎について語っている。

「この二十年間、〝ぶっ壊し屋〟で壊しては作り壊しては作りで、ずいぶん手間を食ってしまった」（『田中角栄』と『小沢一郎』／「新潮45別冊『小沢一郎』研究」所収）

「当選したのでよろしくお願いいします」

砂防会館の田中事務所に挨拶に来た時、小沢一郎は二十七歳だった。

田中角栄が初めて立候補したのも二十七歳の時である。

小沢も田中も四十七歳で政権与党の幹事長になり、剛腕を揮《ふる》って選挙で大勝利を収めた。「党の最高実力者」と呼ばれるようになるのも、検察のターゲットになって全面対決するところも二人はそっくりである。小沢一郎は田中角栄と同じレールの上を走っていると佐藤さんは感じていた。

田中角栄がロッキード事件で逮捕された直後、佐藤さんは一カ月間も食事が喉《のど》を通らなかった。なのに、田中角栄は恬淡《てんたん》として雑誌を読んだりしていた。どれほどひどく書かれても田中は弁解もしなかった。

小沢一郎の政治資金問題についても、当時を思い出して、佐藤さんは随分心配をしたという。

小沢一郎と田中角栄はどちらも短気である。が、その先が違うのだという。

「イッちゃんの場合は、自分の悪口を言われるとカーッとするところがあって、『あいつはダメだ、もう会わない』などと感情がもろに出てしまう。イッちゃんに望みたいのは、何より感情を表に出さず、どんなに苦しいことがあっても我慢して腹におさめること」

「田中は地べたをはいずる苦労を人生で経験してきた。世間の裏も暗さも辛さも全部知っていて、ある種の人間としての諦観を持っていた」

「その点、イッちゃんは弁護士のお坊ちゃんで、人生の本当の厳しさを味わっていない」

小沢一郎が手間を食ってきたことの佐藤さん流の解釈である。

しかし、小沢一郎はそのようには考えていない。

ロッキード事件での逮捕から九年近く経つと状況は変わっていった。田中派が政権から遠ざかっていることに耐えきれず、竹下登を擁立するグループ（創政会）が旗揚げされたのである。小沢もそれに加わった。田中は激しい衝撃を受けて、朝からウイスキーを飲み続ける日々を送り、僅《わず》か二十日後に脳梗塞で倒れる。

小沢一郎は語っている。

「おやじはやはり敏感だったね。権力というものは相続人を決めた瞬間に、その人間に移るということを見抜いていた。ところが、派閥というものは相続人を決めていなけりゃ維持できない。（略）数も増えないし、将来、若い人も来ない」

「田中のおやじは、確かに苦労人かもしれない。苦労人というのは最終的には他人を信用しなかったと思う。（略）うちの死んだおやじも同じです。苦労し過ぎているからそうなってしまう」

（『90年代の証言／小沢一郎――政権奪取論』五百旗頭真ほか編）

どちらの解釈も真実なのであろう。それでも佐藤昭子さんは言い遺している。

「私は田中角栄にしても小沢一郎にしても、実力ある政治家を潰すことが国民にどれだけのマイナスなのかと考えてしまう。もっと国民のために生かして使ったら良いのにと」

（*2011. 7. 1*）

出身地と親の職業で分かること

夏休みが近づいて、子どもたちがプール遊びをする声がすると、子どもの頃に見た幼稚園のプールに水を入れる仕事を思い出す。

私の家は幼稚園の中にあったので、母が腰手拭いをしてプールの掃除をした後で、布を巻きつけた杭《くい》を父が排水口に打ちこみ、水道の栓を開けるのを見るのが毎夕の習慣だった。幼稚園の先生が出勤してくる時刻から水を入れ始めても間に合わないからである。

朝になって窓を開けると、無事に水が湛《たた》えられていることが水の匂いで分かる。

なぜか小学校にはプールがなかったので、水泳を正式に学ぶことがないままに大人になったこともあって、プールといえば自分にとって泳ぐものではない。杭の打ち方が弱くて水が漏れているのではないか、水道の栓をひねりすぎて水が多すぎはしないかと、夜の間にも家族が点検に行かねばならない手のかかるものなのである。

子どもが無事にプールに入ることができて当たり前で、そうでないと大変なことになる。プールだけではない、イモ掘りもドングリ拾いも、運動会も音楽会も、事前に周到に準備しておかなければならない。それをこなすだけで幼稚園の園長とその家族の一年はあっという間に過ぎてしまう。

大学に入った時、実家が幼稚園をしているという学生に初めて出会ったのだが、「同業の誼《よし》み」ならぬ「同業の家族の誼み」を感じたものである。しかも同い年で大阪出身の人である。

慶應義塾大学に通う彼女は、私に信じられない話をしてくれた。

「私、早稲田の学生でもあるの。学生証、見る?」と、慶應の経済と早稲田の政経の二枚の学生証を笑いながら見せてくれたのである。

高校の学校推薦で慶應への進学が決まった。が、それでは今まで受験勉強をしてきた意味がない。力試しに早稲田の政経を受けてみると合格した。

「父が言ったのよ、面白いから両方行ってみたら?って」

それで両方に入学金と授業料を払って入学し、時間割をうまく調整して二つの学部に通っている。

「行ったら行けるものよ」

私は彼女の実家がお寺でも病院でもなくまさしく私立幼稚園だったという事実に改めて感心した。

教育を受けるためなら二重にお金を払ってみようという発想は、教育を提供するために投資を怠らない私学経営者の発想である。

しかし夏休み前に再び会うと、彼女は苦笑いをしている。

「慶應を除籍になっちゃった。早稲田は鷹揚《おうよう》だわ」

出身地と親の職業を聞けばその人が分かると言ったのはガートルード・スタインである。

彼女の出身地が大阪だったことも関係しているのかもしれない。日本で初めて近代都市になった大阪は、社会福祉と私学教育の最先端都市でもあった。篤志家が社会事業に私財を寄付し、新しい技術を取り入れて事業を発展させる文化が大阪にはもともとあるのだ。

大阪の人は新しいものが好きである。技術が日本全国津々浦々に広がった頃には、大阪はそういう技術を時代遅れと見なしてとっくに捨て、さらに新しいものを見つけている。そしてそれが真に正しければ、逆に伝統技術として守り続ける。

視覚・聴覚障害児の教育でも、技術を持っている教師は今や大阪と京都にわずかに残るだけと言われている。特別支援教育の制度が需要に応えられない状況下で、真の特別支援教育の技術は事業化もされないで、絶滅しようとしている。

言葉自体「社会福祉」から「社会事業」に戻した方がよくはないだろうか。


（2011.7.29）

ブッダは家を捨てよ、と教えた

津波に遭って住む家を失い避難している人はもちろんだが、液状化の被害に遭った家に住んでいるたとえば浦安の人の苦労にも想像を絶するものがあるだろう。ビー玉を床に置くとコロコロと転がっていく家を、果たして家と呼ぶことができるだろうか。傾斜している家に人は住み続けることはできない。

家として機能していない家であっても、流されて無くなった家であっても、所有者は依然としてそれを所有していることにされる。日本の住宅ローン制度はその執拗さにおいてアメリカのローン制度とは比べ物にならない。

もはや存在しない家であるのに存在すると仮定される「家というもの」には、単なる家屋以上の意味があるのだろう。

ブッダは家を捨てよと教えた。この場合の家とは家族への愛着のことである。家族への愛着を通して現実への執着が生み出されるからである。

地位も名誉も財産も、家族がなければ必要のないものである。はるか昔、家族の誰かがそれを持つことを喜びだと子どもに教えた瞬間がある。その時、その人の瞳に映った自分自身を再現するために、人は生涯それを追い求めなくてはならなくなる。

「地位も名誉も金もない人間だから権力にしがみつく」と新聞に書かれた菅総理にも、権力を持つことを喜びだと教えた誰かが存在するのである。

ブッダは、何ものにも執着しない心を持ちなさいと説いているが、そのためには人は人に執着してはならない。つまり人に恋してはならない。少なくとも深く恋をしてはならないと教えている。

屋外に置かれていた稲わらを食べていた牛の肉からセシウムが検出されたと聞いて最初に連想したのは、このブッダの教えである。セシウムのことではない、稲わらのことである。

昔の人は稲わらを束ねてその端を縛って持ち運んだ。昔の人といっても家族を捨てて無一文になった人や僧侶である。

そういう人は夜になると稲わらの束をパラリと開いて円錐《えんすい》状の空間を作り、そこに入って眠った。朝になると稲わらの束を脇に抱えて歩きだすのだ。

稲わらは「家」である。夜には「家」が出現するが、朝には「家」は消えてなくなる。物質として存在するのは稲わらだけである。

「家」は突如現れては消え、また現れるという繰り返しの中にのみ存在する。

「家はあると思えばあるが、ないと思えばない」

現実の物質的存在の真相は、なんら執着すべきもののない空しい存在である。しかし、空しいことにおいてそのまま現実の存在は肯定され、価値づけられるものである。

「色即是空《しきそくぜくう》　空即是色《くうそくぜしき》」

稲わらは現在、青いビニールシートや段ボールにとって代わられている。

ブッダの教えを実践しているホームレスの人は行政に追い立てられると「家」を解体して別の場所に移動し、また「家」を作る。

「ホームレスに住宅を」というのは「色即是空　空即是色」を理解しない人の考える親切である。

「避難している人に一日も早く仮設住宅を」というのも、人によっては勘違いの親切である可能性がある。

「仮設」と「住宅」の結合はそれ自体、語義矛盾している。仮設住宅は空しい住まいであることにおいてそのまま肯定される性質のものではない。「早く自立して仮設ではない住宅を」という文脈の中に初めから置かれているからである。

「家」に執着すれば人は孤独になるというのはブッダのいう通りだろうか。

（2011.8.5）

「なでしこジャパン」と忘我体験

「女優は男だ」とはよく言われることだが、女優というのは女装した女子のことなのであろう。普通の女子は男装するが、それは単にその方が活動的だからである。

プロのビーチバレー選手である女子がビキニを着るのは、スポーツをする時にも女装を忘れないという女優ルールを適用されているからである。彼女らは競技をしながら観賞もされなければならない。

純然たるアスリートでもなく女優でもない中途半端な有り様は、女子アナにも当てはまるだろう。女子アナは日本ではまだアナウンサーという仕事の喜びだけに生きることができない。元女子アナで結婚してから自殺する人が少なくないのは、この女子としての苦しみを引きずったままでいることと無関係ではないと思う。

そういう時に「なでしこジャパン」は出てきた。サッカーをするのにスーパーで働き、仕事を終えてから自費で練習に行く。

人が金銭や地位といった世俗的な報酬を一切生まない活動に没頭するのは、その活動をしたいという動機が自分の中にあるためである。誰かに命じられたり支配されたりしてやっているわけではない。

「なでしこジャパン」にとって、サッカーをすることは自己目的的活動である。この活動は次のような報酬をもたらす。

「サッカーをすることの楽しさ」

「サッカー活動が生み出す世界」

「個人的技能の発達」

「友情・交友」

「競争」

報酬の中にある「個人的技能の発達」は、サッカーに限らず作曲でもダンスでも囲碁でもそうなのだが、伝統的な女性役割によって依然として広い世界で技能を習得する機会の少ない女性がエキスパートになって経験するものである。

その技能は「競争」という枠組みの中で試されると、より多くの楽しさを生み出すのである。人から言われて生活のために選ぶ仕事で人は純粋に楽しみを見つけることは難しい。元々仕事は世俗的報酬のためなので、人は仕事そのものよりも世俗的な報酬によって周囲から評価されるようになるからである。

当初は外科手術の仕事に没頭していた医師が、病院内で出世するうちに手術という仕事から純粋な喜びを見いだすのが難しくなる。自分が周囲からどう思われるかを気にしないといけない地位にあるので、意識は仕事という行為から分離していく。意識と行為が融合する忘我体験（フロー体験）は自分を意識しないでいられる時にしか訪れない。世界の外側にいる子どもと女子と高齢者に多く見られる理由である。

澤穂希《さわほまれ》選手が「負ける気がしなかった」のは、自分を外から眺めなくていい状態にいたからである。ゲームに集中して、外の世界は意識から締め出されていた。まさに「フロー体験」にあったということになる。

世俗的報酬によって動く成人男性は、「フロー体験」から疎外されている。だから女子に世俗的報酬が要らないということではない。

「社会における女性としての役割の準備は非常に早くから始まる。従って、それが何歳の時であろうと、女性がゲームをし、それが好きだとわかっても、女性の役割を果たすのに必要なことを強く教えこまれているので、真に強いプレイヤーになるのに必要な時間をさくことはとてもできない。例えば、ボビー・フィッシャーは全生涯を自分のゲームの完成に捧げた。同じことを試みる女性は、すべて精神病院に入れられるだろう」（『楽しみの社会学』M・チクセントミハイ著）

（2011.8.12）

「社会」は専業主婦を助けていない

読売新聞大阪版の朝刊に「言わせて！」という名の投書欄がある。

そこで先日、「子育ての支援」というテーマで意見を募集したところ、「専業主婦で子育てをしている人は、置き去りにされている感じがあります」という内容の投書があった。

子育て支援と言うと、働く女性に対する支援として保育所の問題などが取り上げられ、子育てをしている専業主婦は最初から無視されている現状への不満が語られていた。

この投書にはたくさんの反響があったという。

「二十四時間、三百六十五日、子供と一緒。それは、日々成長する子供を見る喜びとともに、大変疲れることでもあります」（大阪府　主婦）

「（専業主婦は）経済的に楽ではないし、このご時世なので先のことも不安です」（滋賀県　主婦）

「子育て」を「介護」に置き換えても、家庭の中で黙ってそれに従事している専業主婦の悩みは同じである。

「他人に頼めないし、誰かがしなければならないことだから自分がしている」

「でもとても疲れるし、不安だ」

かつての自民党には「家庭教育」や「在宅介護」の価値を説く議員が目立ったのに対し、民主党には介護や育児の「社会化」を説く人が多いように思われるが、家庭の無償労働を社会化するのは、当事者である専業主婦を救済するのが本来の目的だったはずである。

ところがその目的と手段を逆転させ、専業主婦という身分そのものをなくそうとしているとしか思われないのが、小宮山洋子厚生労働大臣である。

民主党の子ども政策の代表である小宮山氏は「配偶者控除は廃止し、子ども手当の財源にするはずだった」と言う。

夫婦のうち一方が外で働き、もう一方が家にいるという取り決めをするのは二人の自由である。そういう個人間の契約に国家が介入するのは如何なものか。

小宮山氏には、女性が「自立」していることが理想なのだろうが、「自立」することは「安定」を失うリスクを負うことなのである。

会社を辞めて自由になりたい人は、何度も何度も考える。

「自由のために安定を失っていいのか？」

「安定のために自由を捨てられるのか？」

「会社」を「結婚」に置き換えていただきたい。

世の中には「安定した不自由」と「不安定な自由」しかないのである。

配偶者控除という税制自体、国家の介入なのではあるのだが、そういう優遇でもなければ妻は簡単に家を出ていってしまうだろう。妻が出ていくのは構わないが、母が出ていくと現実問題として小さな子どもが困るのである。

結婚制度というのは、子どもが小さい時に安定した家族を提供してやるために、母の「自立」願望をある程度遅延させ抑制させるものである、としか私には思われないのである。

「自立」を先延ばしにして「安定」を選ばせるために「給料」というものがある。

それが配偶者控除であり、即ち「辛抱料」である。辛抱しているうちに無事定年を迎えましたという人もいるのだ。それをなくして、小宮山大臣は主婦を世間の荒波に放り出すつもりなのだろうか。男女は平等だからといって離婚の慰謝料を廃止したノルウェーのような人である。理念は分かるが、現実と乖離《かいり》している。あるいは、主婦の実在を意識から置き去りにしている。

結婚制度は必要なのである。経済的に夫に依存しなければ困る人がいる以上、必要悪であっても必要なのである。たばこと同じということだ。

「子どもは社会が育てる」というスローガンは、子ども・子育て施策の費用は、あらゆる世代が公平に分かち合うという意図から出ている。公平な税とは消費税である。

待機児童対策として保育所を整備したり、保育料を無償化したりするためには、消費税が最も相応しいということなのである。

「子育て支援」とは何かということを、改めて考えてみなければならない。
実は、子育て支援とは何かという問いに対して、何が真の子育て支援であるか、答えを出した者は誰もいない。

なし崩し的に「子育て支援」とは「待機児童対策」であり「長時間保育」であるとされてきた経緯がある。

しかし、子どもを長時間預けて母親が働けるために保育所を作るのなら、それは親の子育てを支援しているのではなく、子育ての代替をしているのである。

子育ては誰のものかという根本的な問題がそこでは不問にされている。

家庭で子育てをしている専業主婦は、子育てを「社会」に代替してもらわず、自力でしているという意味において、真に「自立」した存在であるということになる。

自力で子育てをしている親は、子育て費用ももちろん自分の家庭内で賄《まかな》っている。これに対し、仕事を持って「自立」している母親は、子育て費用を公費によって賄われるというパラドクスが生じている。

専業主婦の人たちが家庭の中で経済的不安と閉塞感と疲労感を抱えて子どもと対峙《たいじ》しているのは、やがて三歳になれば子どもは幼稚園に行くという希望があるからである。

幼稚園はすべての親に平等に開かれているが、保育所は働く親にのみ入園させる権利があり、自力で子育てしている人には門を閉ざしている。しかも、昼食代も保育料に含まれている。

食事を「社会」が出すのは、昔でいう「欠食児童」に対する救貧施策である。保育所は今でも児童福祉施設であって、働く母親の子どもだけを対象にしている。

果たして現在、働いている母親は福祉の対象たる存在と言っていいのだろうか。

専門職として夫婦共働きの母親や、あるいは上場企業の正社員であって所得が高い母親であっても子どもは福祉の対象となり、専業主婦であれば厳しい家計をやりくりしていても福祉の対象にはならない。「社会」は専業主婦を助けてはくれないのだ。

こんな割にあわないことがあるだろうか？

専業主婦の人たちはそういう疑問を投げかけている。

専業主婦とフルタイムで働く母親とでは、どちらが負け組なのだろうか。

その地位はすでに逆転していることもあるのではないだろうか？

しかし、子育てに関する施策は何も変わらず、行政官も政治家も「働く母親」を支援しなければならないと声高にいう。

「子育て支援」の実態は「就労支援」であり、母親は働きにいかなければ、何の恩恵も受けられない。

「働く母」を優位に置く政策は、「家庭教育」を教育の基本とする政策を大きく変えてきている。

子どもが小さい時から働き続けてきて専業主婦ではなかった母親が政策担当者になると、必ず自分の子育てを肯定しようとする。小宮山大臣も女性の高級官僚も、子どもを持ってもずっと働き続けてきているのだ。

　専業主婦の人は感じはじめている。

「とにかく働け、働けという圧力を感じます。子どもが小さいうちは傍にいてやりたいのに、家にいる母親は罪悪感を持つようにされて居心地が悪いのです」


（2011.9.23〜9.30）

幼保一体化は可能なのか

子どもを保育所に入れるのに、上の子と下の子が違う保育所になってとても不便だと言う人がいる。尤《もっと》もな訴えだと思うが、なぜそういう非効率が生じているのかと言えば、「平等」の原則ゆえである。

福祉の恩恵に与《あずか》る権利は、あくまで「平等」でなければならず、特定の人だけが自分の希望する保育所に入れる「不平等」があってはならない。そういう理屈だそうである。

保育所・保育園を運営するのは市町村であり、市民に対して保育所に入れる恩恵を公平に分配するのは市町村の公務員である。

公務員の価値である「平等」を追求すると、当然市民の「自由」が損なわれる。

上の子と同じところに下の子を入れたいと思ってもその自由が制限される社会主義国家のようなことは、そもそも保護者と園が直接契約をする私立幼稚園ではあり得ないことである。

多くの人にとっては、幼稚園と保育所は同じようなものなのだから一体化すればいいじゃないか、という程度の認識だろう。

だが、市場原理が働くために保護者の選択の「自由」が保障される幼稚園と、市場原理を悪とするために「平等」が支配する保育所と、対照的な二つの世界観を一体化しようとするのが「幼保一体化」政策である。幼児教育において自由主義と社会主義とを一体化させようというのだから、これは壮大な冒険なのだ。

民主党の「子ども手当」政策は「ばらまき」と言われてはいるが、そもそも「子ども手当」が、「自由」のためなのか「平等」のためなのかも判然としない。

確かに「子ども手当」には保育所的「悪平等」を撤廃する狙いも隠されている。保護者に直接、現金給付をすることは「バウチャー制」と似ていて、保育所に競争を要求する。現金給付は現物給付と違って、保護者に選択の「自由」を拡大させるので、結果的に保育所に市場原理を導入する。

民主党の小宮山厚生労働大臣が「市場原理＝規制緩和」を進めてきた当の本人である。しかも、小宮山大臣は「子ども手当」だけではなく、「幼保一体化」の推進論者でもある。

「幼保一体化」を働く母親が求める理由として、「母親の就労の形態によって子どもの保育に差が生まれてはならない」というものがある。この理由は、幼保の格差を追認している。

今年の五月二十三日、「社会保障改革集中検討会議」において菅首相（当時）は、社会保障改革の柱として国民の安心確保のために優先的に取り組むべき「安心三本柱」を指示した。

一．子育て支援のうち現物サービスに重点を置く。働きたい女性は全員働けるだけの子育て基

盤の増強や「幼保一体化」の実現
二．非正規労働者への社会保険の適用拡大
三．保育料などの社会保障制度の自己負担額に世帯単位で上限を決める
小宮山大臣（当時副大臣）は「幼保一体化ワーキングチーム」の席で述べている。「安心三本柱に子どもを一番に入れられたのは皆さんの力。実際の財源を確保するのは、これからのこと。私たちも頑張るが、皆さんも応援してもらいたい」
しかし、現物給付に重点を置く「安心三本柱」は、小宮山大臣の現金給付策とは対立している。それに、働きたい女性が全員働ける政策は、母親の「就労支援」である。それは母親にとっての「子育て支援」なのかもしれないが、子どもにとっての「子育ち支援」ではない。就労する母親と専業主婦も対立しているが、親の利害と子どもの利害もしばしば対立している。

小宮山厚生労働大臣は「幼保一体化」と「幼保一元化」という言葉を厳密に区別しているという。

「幼保一元化」という表現には、幼保は別のものという前提があるのに対し、「幼保一体化」は、そもそも幼保の差異をなくしてしまおうとする表現である。

世間には「幼稚園の保母さん」という呼び方をする人が今でもいるが、幼稚園は教諭、保育所は保育士（旧名・保母）である。が、小宮山大臣にとっては「幼稚園の保母さん」は間違いでは

ないことになる。

母親の就労の形態によって子どもが受ける教育に差がついてはいけないから「幼保一体化」が必要なのだとしたら、それは保育所の保育内容を幼稚園化せよということなのだろう。同時に、幼稚園ももっと長時間子どもを預かれということなのだろう。

そこから出てきたのが認定こども園制度である。しかし、認定こども園は政府の計画通りには増えないのである。

なぜなら、幼稚園のように設定保育の幼児教育をして、同時に保育所のように長時間預かるとなると、保育者の負担が増えるだけだからである。これが逆さまなら、職場として理想的である。つまり、幼稚園のように保育時間が短くて、保育所のように自由保育と昼寝をする園である。

昔から幼稚園と保育所は異文化なのである。

ただし、そういうことを地方にいる人はあまり知らない。地方には幼稚園のないところがあり、たとえあっても保育所のような幼稚園だからである。従って、地方の保育所は比較的容易に認定こども園に切り替えていく。

戦後の保育所の基本ミッションは、親の労働と子どもの育ちの同時保障である。

親の労働が農業である場合には、子どもの育ちを保障することはそれほど難しいことではない。

しかし、残業と通勤時間があって同居する祖父母がいない都市部の労働者の場合、親の労働の保障はとにかく子どもを長時間預かることである。

保育士はそういう新しい形の「保育に欠けた」子どもに対しても、単なる託児ではない福祉的実践をしようとする。保育所と幼稚園の最大の違いは昼寝の有無ではなく、実は家庭に対する介入である。福祉的実践とは子どもの健康と母親の育児機能の監視であるから、保育者は家庭への介入は当然のことだと思っている。

保育者よりも保護者の方が民度が高くても、何も変わらないのである。

しかし、保育所は基本的に教育的指導というものをしない。あくまで「遊びを中心とした総合的指導」「子ども中心主義」をするところである。

砂場で砂が目に入った子どもにも「手で目をこすっちゃいけません」と言ってはいけない。何かを禁止したり叱ったりするとそれは教育的指導になる、という笑えない笑い話がある。

保育所では「○○ができる」ではなく、「○○に興味を持つようになる」が保育の目標である。短期間に達成されることなど考えられない、評価する方法もない目標である。

汐見稔幸《しおみとしゆき》白梅学園大学学長は日本の学級崩壊の原因は何も教えない保育所にあると述べている。保育所の自主性を尊びすぎる指導のせいで、幼児教育は欧米に何十年も遅れをとっている。

都市部では保育所と保護者の意識のミスマッチに行政は気づいている。待機児の八割は○～二歳児である。「幼保一体化」は可能だと小宮山大臣は本気で考えているのだろうか。

イギリスはかつて「幼保一体化」をしたが、今では両者は別々である。

(2011.10.7～10.14)

孫の育て方における「母と娘」問題

小さな子どもの育て方についての論争というものは世の中にいくらでもある。

が、最も直接的な論争相手、つまり現に子どもを育てている母親に対してダイレクトに反論をぶつける人に、母親の実の母がいる。

「まだ子どもが小さいうちは母親が家にいてやればいいじゃない」という反論は、実家の母が必ずしも専業主婦として生きてきたから出る意見とは限らない。

女性は中高年になると、専業主婦として生きてきた人は、家事と子育てだけに人生を使ってしまったと後悔する。

仕事を続けてきた人は、子どもが一番自分を必要としている時に十分な時間と愛情を与えられなかったことを後悔する。

そして両方を必死でこなしてきた人は、両方をこなしてきたためにどちらも中途半端だったと後悔するのである。

どのような生き方をしても、女性は簡単には自分を肯定できない仕組みになっているのである。

孫ができた時に、祖母の中でそのスイッチが入るのである。自分の人生を肯定したい気持ちと、自分の娘には母親としての後悔を再現させたくはないという気持ちが祖母の中で交錯するからである。

孫の育て方において「母と娘」問題が浮上してくるのは先進国に共通であって、何も日本に固有のものではない。母は娘の就労に反対するか、娘の専業主婦化に反対するか、あるいは娘の選択を尊重して百％の献身をするかして、孫の真の母になろうとする。

夕方の公園で孫とベンチに坐って娘の帰宅を待つ祖母の姿はドイツでよく見かけたが、考えてみればドイツでは女性は働くといっても日本ほど働くわけではないので、子どもも祖母も日が暮れるまでには家に戻ることができる。

長時間の保育を受けている日本の乳幼児は、公園のベンチで祖母とおやつを食べることはない。保育所と幼稚園の預かり保育は母親の代わりというよりは、祖母の代わりなのである。

それでも、今の季節のように外が真っ暗になるまで乳幼児が保育所にいて親を待っているというのは、ヨーロッパではあまり見られない光景である。

保育所に何歳から子どもを預けられるかは各市町村が決めていて、満一歳からでないと預からないところもあれば、半年からというところも、また産休明け（生後五十七日目）からＯＫというところもあって、全国統一基準というものはない。

実の母の娘に対する反論は、特にこの生後間もなく娘が孫を預けて仕事をすることに関わって出てくるのである。

子ども自身にとってどうなのかという問題こそ発達心理学者が研究せねばならないのだが、当の研究者は自身が子どもを保育所に預けて仕事を続けてきた人が多いために「育児の社会化」の研究に中立の立場をとることができない。

祖母が口にする疑問の方がよほど真実を衝《つ》いている可能性がある。

乳幼児が十一時間保育所にいる一方、労働基準法によって守られている保育士は八時間経つと帰っていくので、乳幼児は母や祖母に対するようには特定の保育者に「愛着」を持つことができない。イスラエルのキブツは、子どもが自分の母親が誰かを分かるようになるまでは預からない。

イギリスでヴィクトリア時代に富裕階層が乳母（ナース）に乳児を託すのを止め、母親が育児に専従するようになったのは感染症のせいである。感染症を媒介するのが、人口の多いジメジメした下町からやって来る「ウェット・ナース」だと分かったためである。


（2011.10.21）

父・猿之助に会いに行った香川照之

九月二十七日、俳優の香川照之が歌舞伎の市川中車《ちゅうしゃ》を襲名し、七歳の長男に市川團子《だんこ》を襲名させることが発表された。

既に香川照之は〇三年に脳梗塞を発症した父・猿之助と同居しているという。

この会見には市川猿之助・段四郎兄弟と、それぞれの長男である香川照之、市川亀治郎が出席し、亀治郎が四代目市川猿之助を襲名することも発表された。亀治郎は段四郎に先立って襲名する名跡とされており、猿之助を襲名することは予想されていなかった。

当代の市川猿之助は昭和三十八年、二十三歳で猿之助を襲名した年に、祖父・初代猿翁《えんおう》と父・三代目段四郎の両方を亡くしている。弟の当代・段四郎はその時、わずか十七歳で、「とても心細かった」と述懐している。

来年（二〇一二年）は祖父と父の五十回忌にあたり、六月には新橋演舞場で追善興行が行われる。親の追善興行をすることは、歌舞伎界では最高の名誉なのである。

香川の長男は来年八歳になるので、ぎりぎりのところであろう。

市川猿之助は襲名した時からずっと孤独な人だった。

「一体に芝居者は、色町で誕生する子同様、親子の関係が薄いのである」（折口信夫『役者の一生』）

香川自身は若くして父を亡くしたわけではないが、父と母が離婚した後、父親と会うことは絶対的なタブーとされる雰囲気があったという。

「テレビがない時代にはテレビのよさがわからないように、父親という存在が最初からない家庭にあっては、父親が何か想像もつかないし、ましてや彼に会いたいなんてぼく自身思いもしなかったのである」（「父・猿之助に会いに行った」／「婦人公論」所収）

それでも、二十四年ぶりに香川は父親に会いに行ったのである。目的は「この世に授けてくれてありがとう」を言うためだという。

公演先の楽屋に、別れた息子がいきなり花束を抱えて面会を要求する。断ると、楽屋前で叫んだりする。

「父親」なら普通どうするだろう。誰でも喜んで会うことはしないと思うが、猿之助は会っている。

「あなたとは一度話そうと思っていました」

「ぼくはあなたのおかあさんと別れた時から、自らの分野と価値を確立していく確固たる生き方を具現させせました。すなわち私が家庭と訣別《けつべつ》した瞬間から、私は蘇生したのです。だから、今のぼくとあなたとは何の関わりもない。あなたは息子ではありません。したがって、ぼくはあなたの父でもない」

「何ものにも頼らず、少しでも自分自身で精進して、一人前の人間になっていきなさい」

ただただ泣き続ける息子は言った。

「親父、愛してる、この世に授けてくれてありがとう」

「ぼくは、世間的には猛優と崇められ、血族的には『父』という上位のポジションにいる彼が、ぼくの訪問から一度は逃避し、やっとのことで会えたところで、ぼくを引き取らなかった言い訳理由とかを話し始めたのを聞いて、正直に言って『この人も人間なんだなぁ』と思ってしまった」（「父・猿之助に会いに行った」）

だが、九月の会見でその香川は語っている。

「（長男が生まれた時）父も祖父も曾祖父も頭に付けていた『政』という字を頭に付けました」

「こういう日を迎えるためというのが、頭にありました」

親に縁が薄い者は子にも縁が薄い。猿之助はそういう芝居者である。が、そこから外れる晩節となった。

息子の方が役者として一枚も二枚も上手なのだろう。


（2011.11.18）

尾崎翠は北杜夫が好きだった

北杜夫さんの訃報を聞いてから、ずっと尾崎翠《みどり》のことを考えていた。

北杜夫さんが亡くなったすぐ後に、私は近所の老人ホームに出かけて、幼稚園の園児と地元の老人ホームのお年寄りの「交流会」の打ち合わせをした。園児を引率して「交流会」に行くからである。

園児たちの演技披露は奥の一段高くなった和室でしてもらいますとホームの担当の方が言われたので、幼稚園の担任の先生は、靴を脱いで畳に上がる前にここの廊下で並びます、その前にトイレに行かせますからと、トイレの個室を見せてもらっていた。

時間は午後三時過ぎで、大きなテレビの前にお年寄りが一人、テーブルの周りには七、八名のお年寄りが坐っていた。

何気なく右側の壁を見上げると、そこに「お誕生日おめでとう！　大正五年○月○日生まれ、○○△ノ助さん」というお誕生表が貼ってあって、私はビックリした。お誕生表があるのは幼稚園や保育園だけではなかったのである。年齢が九十歳違うだけで、お祝いをしてもらうことは同じである。改めて他の壁を見てみると、廊下にはお年寄りの描いた絵画や書が名前と共に掲示されていた。幼稚園の先生を退職した人の中には、もともと持っていた幼稚園教諭や小学校教諭の免許や保育士の資格の他に、子育てを終えてから介護福祉士の資格も取ったという人が少なくはない。

「任せて下さい。小さな子どもからお年寄りまで相手にする自信があります」

しかし、五歳の時には楽しかった手遊びや童謡を九十五歳になっても楽しいと思えるかどうかには個人差があるだろう。素直に童心に帰って、幼稚園の時に先生がしてくれたのと同じことを楽しいと思えるような人間に私はなりたい。

尾崎翠は三十五歳で心身に異常を来《きた》し、兄によって郷里の鳥取に連れ帰られ、以後ずっと郷里で過ごした。

そもそも尾崎翠を知らない人にはどうでもいい話であるけれども、尾崎翠が誰であるかを説明するだけの紙幅がないのでそこは飛ばすことにする。

北杜夫さんの訃報《ふほう》を聞いて、私が尾崎翠のことを思ったのは、尾崎翠は晩年北杜夫が好きだったからである。親友の松下文子さんに北杜夫の本を随分と送ってもらっていた。

北杜夫と尾崎翠に共通点があるとすれば、その大きなものは「男性性と女性性の統合」と「無《む》垢《く》」であるだろう。

その頃、つまり亡くなる少し前、尾崎翠は老人ホームにいたので、松下さんは老人ホーム宛てにせっせと本を送ったことになる。

尾崎翠は老人ホームに入る前から白内障だったらしく、目が見えにくくなっていた。尾崎翠は松下文子さんにどうしても自分を東京に連れて行けと言ったのだが、松下さんは息子夫婦と暮らしていたためにそうしなかった。

老人ホームに入ったのはそこに入ることを親族が望んでおり、松下さんもそこが松林の中の湖を望むいい場所にあることを理由に入るように尾崎翠に薦めたからである。

老人ホームは夜には早く消灯になるので、廊下で北杜夫の本を読んだという。

結局、老人ホームを退寮して間もなく急性肺炎で亡くなる。

入院した尾崎翠は「このまま死ぬのならむごいものだねえ」と言ったというが、恐らく事実だろう。

享年七十四。

「東京に連れて帰ってくればよかった。本当に」と松下さんは回想している。

北杜夫と老人ホームが結合したために私は尾崎翠を連想していたのだろう。


(2011.11.25)

死の「当事者」になった佐野さん

「平等」について考えていくと最終的には必ず「死」というものに辿《たど》り着く。「死」が万人に与えられていて誰もそれを免れることができないというのはなんと「平等」なことだろう。

思うに、人は「死」を恐れているのではなく、「死の直前の苦しみ」を恐れているのではないだろうか。しかし、「死苦」は「死」ではなく「生」に属する苦しみである。だからこそそれらは「不平等」なのである。

短歌というものは「生の喜び」を表現するためにあるのだという。「生の喜び」とは、「生」そのものの喜びではなく「存命の喜び」のことである。

人が「生」そのものに喜びを感じることができるなら、幼児は常に「生の喜び」を感じているはずだが、とてもそれを不断に意識しているようには見えない。

「存命の喜び」を感じるのは「死」を意識した中高年者の特徴である。

佐野洋子さんは癌《がん》が転移したことが分かった時から、あることを心に決めていた。

麻雀をしている最中に誰かが——自分に死が訪れることなど全く意識していない誰かが——人

に用事を頼んだりすると、佐野さんは雀卓に突っ伏して怒った。

「私は一所懸命に生きたいのよ！」

その頃の佐野さんは「死苦」ではなく「死」の当事者であった。

当事者にとって、当事者でない人の発言はすべて「鈍感」である。いや、存在そのものが「鈍感」である。「存命の喜び」も「生者の責任」も意識せずに平然と生きている。

佐野さんはやり残した義務のことを考えていた。鈍感な人には「一所懸命に生きたい」佐野さんの思いが分からない。そのことが時として許せないのだ。

しかし、当事者である佐野さんは誰かに看護や介護される権利があるとはまったく考えてはいなかった。

「うちの父さんは黙って寝ていて、そのまま死んでいったのよ」

自分も父のように死んでいかなくてはならない。

病気の痛みを薬で抑える治療には車を運転して一人で行くものなのだ。

「当事者主権」……。

上野千鶴子さんは介護の受け手となる「要介護者」を「問題を抱えた個人」ではなく「（ケアの）ニーズの主人公」と定義している。

さらに「そのニーズが満たされることに社会的責任があると考える権利の主体」を「当事者」と呼んだ。「ニーズの当事者」である障害者は「自分が受けるケア・サービスの過剰・過少、適切・不適切を判定する主権」を持つ。それが上野さんの言う「当事者主権」である。

この場合、「要介護当事者」とは要介護のニーズを顕在化し、それが社会的に満たされることを要求した権利の主体を指す。

上野さんはケアを提供する介護従事者に「そんなケアは嫌だ」とはっきり言おうと提唱している。

だが、さすがに中西正司氏と共著で出した『当事者主権』を上野さんの講義の受講生の東大生に読ませたところ、「障害者ばかりがこんなに天井知らずのわがままをいってどうする」という反発も目立ったらしい。(『上野千鶴子に挑む』千田有紀編)

上野さんの定義によれば、同じ心身の状態であっても、ある人は当事者であり、ある人は当事者ではない。自ら当事者になることを選んだ人が「当事者になる」のである。この定義でいけば、佐野さんは当事者ではない。

社会に何とかしてもらおうとは思いもしなかった。それでも、通常の意味において佐野さんは「当事者」であった。

自分がいなくなった後、息子はどうやって生きていくのだろう。そのことばかりオロオロと心配していた。

(2012.1.6-13)

高等女学校が育てた「日本の母」

クリスマスの前に、不景気風の吹く大阪で友だちと二人、忘年会をした。私の友だちなので中年である。

中年の子が一日働き蜂のように働き、疲労感を携えて帰ると、そこのお母さんはいつも食事を準備して待っている。そして一皿一皿温かい料理を出してくれる。いつの間にか家族は二人だけになった。お母さんはその子が働き手であるからそうするのではない。

「私はお父ちゃんと○○（長男）とあんた（長女）に料理ばかり作ってきたような気がする」

だから、子は月に一度は母と外食をするようにしている。

だが、お鮨屋に行ってカウンター席に坐ると、中年の子が「今日は何がおいしい？」と、お刺身をゆっくり選ぶ横でお母さんはすぐに注文を決める。

「にぎりの梅、お願いします」

鰻屋《うなぎや》に連れて行っても、お母さんは必ず松竹梅の梅を注文する。

「お母ちゃん、何でも好きなもの選び」

「私には好きなものが選ばれへんねん」

子はビールから日本酒に移っていくが、お母さんは隣でお茶を啜《すす》っておとなしく待っている。お母さんは八十歳で、女学校では優等生だった。

平成二十三年のNHKのドラマは、朝の「カーネーション」の小林薫といい、関西人の熱い要望で再放送されたという「神様の女房」の津川雅彦といい、父親がとても魅力的なのだった。「ゲゲゲの女房」でもそうだったが、娘のことを細やかに心配する父親の存在が娘の人生に大きな勇気を与えていることがよく分かる（「坂の上の雲」は例外である）。

娘の仕事や結婚の首尾に一喜一憂する戦前の父親はとても人間的である。

一方、夫の蔭《かげ》に隠れて見えにくくされている母親だが、やはり共通点がある。「カーネーション」の麻生祐未が典型だが、自我をほとんど出すことがなく、姑の正司照枝と諍《いさか》いを起こすところを見たことがない。

この母親たちはみな旧制の高等女学校を出ているのであろう。

明治十五年に開設された高等女学校は、高等小学校二年修了（十二歳）を入学資格とした女学校で、修業年限は四年。現在の中学と高校一年までに該当するが、義務教育ではない。

第二次大戦後の昭和二十三年に新制高等学校ができるまで、旧制高等女学校は帝国の女子教育を一身に担ってきた。名前には「高等」がつくが、男子の中学に匹敵することから、「高等」教育ではない。

現在八十歳より上で、義務教育以上の教育を受けた女性はみな高等女学校の教育を受けてきたのである。

高等女学校は「家庭の主婦としての高等普通教育を施す」ことを目的として設立された。その教科は「貞淑温和な婦徳の涵養《かんよう》」を中心内容としている。

佐藤愛子さんや田辺聖子さんの小説やエッセイを、高等女学校の教育を抜きに語ることはできない。

麻生祐未は「婦徳」を体現した「ノスタルジーとしての母」をよく演じている。自分の身分に何の不満も持っていないように見えるからである。

娘の糸子は母のようなおとなしい人生を選ばない不羈《ふき》な娘だが、洋服が人間を自由にすることを身体で知った時から洋服を決して手放さない。高等女学校では「和裁」が必修なのである。

現在、高等女学校出身の女性はほとんどが大正生まれと昭和の一ケタ生まれで占められている。思春期の教育に従い「良妻」で「賢母」であることを目指して真面目に生きてきた母たちである。


（2012.1.20）

「近代的」な新解釈に異議あり

ＮＨＫの大河ドラマ「平清盛」の第一回放送を見て、井戸敏三兵庫県知事が「薄汚い画面」と批判したという。これには多くの反論が寄せられたが、制作側も「演出の変更はしない」という。平安末期のリアルな様相を描く「新解釈」に自信があるらしいのだ。

しかし井戸知事の肩を持つなら、平清盛という人物に色鮮やかなイメージがあることは否めないことだと思う。「平家物語」の現代語訳を行った作家・吉村昭は「平家物語」の印象をこう記している。

「この作品に感じられるのは、多彩な色である。武具、衣装、建築物、山、川、人間の容姿など、豊かな色彩が鮮明に文章から浮かび出ている。それらの具体物だけではなく、物語全体がきらびやかな朱の色にみち、華麗な絵巻物を眼にしている思いである」（『吉村昭の平家物語』講談社文庫）

具体物として今日に残る朱塗りの厳島《いつくしま》神社の印象も影響しているだろう。

ドラマは平清盛を白河法皇の子としている。周囲の人々の「天皇のご落胤《らくいん》」への特別視を考えれば、いかに当時差別されていた武士階級に養子に出されたにせよ、清盛が餓鬼《がき》のような姿で町を闊歩《かつぽ》するのは史実として正しいのだろうか。あれでは鹿ケ谷《ししがたに》事件で流罪になった俊寛であり、違和感があって当然であろう（もっとも、鬼界ヶ島に流されたあとの俊寛の衣装を見たものはいない）。

ＮＨＫは、そのうち清盛もいきなり華美に変身するからと説明しているが、井戸知事のいう「薄汚れた」という批判は、若い清盛の中に「貴族性」のかけらもうかがえないことを指しているのではないのか（ＮＨＫが「そのうち」とか「いきなり」とか言うのが信用できないのは、「カーネーション」の小原糸子が戦争が終わって三年経ってもまだ着物を着ていることからも明らかである）。

「ふたりの父」というサブタイトルの放送回であったように、清盛が自分の父が誰か分からずにアイデンティティを確立できないで悩むというのはあくまで「近代的」な解釈に過ぎない。

本当に清盛が「俺は一体誰なんだ」と咆哮《ほうこう》していたと想像することができないのは、平氏も桓武天皇が実子である親王の子に与えた皇族賜姓《しせい》であり、清盛は桓武天皇から数えて十二代目の平氏の嫡子であるからである。ぐれる必然性があるだろうか。

当時の武家が貴族にコンプレックスを持っていたとはいえ、平氏の棟梁《とうりよう》家の豊かさはそれとは独立して存在した。無彩色な画面だけではない、清盛が鱸《すずき》丸《まる》と乗っている船がまるで北朝鮮の工作船のような粗末な船なのである。

ナレーションをしているのが源頼朝（岡田将生）であるのは、頼朝が将軍になった時、改めて清盛の凄さが分かったからであるという。

源氏も平氏もどちらも武家であって、富を独占する一%の貴族に支配される九九%の庶民だった。ただし、伊豆に流されても皇族賜姓の源氏の子として崇拝されていた。ただ、京の「貴族性」は派手な女性関係として現れ、真面目な地方武士の娘である政子とは諍いが絶えなかった。清盛もまた貴族だった筈である。

桓武天皇は平氏と同じ字のつく「平安京」を造ったが、それは鮮やかな朱の都市である。清盛が福原（神戸市兵庫区）に遷都したのは皇族の先祖を意識したからであるのだろう。

源平は院宣《いんぜん》を旗印に互いに戦争をさせられ、どちらの家もすぐに滅亡した。

旗の色は、平氏は赤、源氏は白である。

今も「紅白歌合戦」や運動会にその名残がある。

（2012.2.3）

村上ショージの魔力

村上ショージが気になる。

東京には村上ショージを知らない人がいるかもしれないが、大阪には村上ショージを知らない人はいない。

やしきたかじんは、一番面白くない芸人に村上ショージを挙げている。やしきたかじんが、そこまではっきり嫌いと言うのは、村上ショージが気になって仕方がないからである。

村上ショージの笑いはやしきたかじんにはないものであり、二人がお笑いの質では対極にいるのだと考えれば、村上ショージを知ることでやしきたかじんを理解することができる。

それから、村上ショージ自身が言っていたことで気になったのは、「宮根が一分おきぐらいに電話をしてくる」という話である。「ミヤネ屋」の宮根誠司である。

村上ショージがゴルフをしていると、ティーショットを打つ前に宮根から携帯電話が入り、打って二、三歩行くと宮根から携帯が入る。グリーンに移るまでに合計何回電話が入るか分からないという。中身は別にこれといって何もない。

「なんでかけてくるのか分かりませんねん」

宮根が「村上ショージ依存症」であることが今も続いているのかどうかは分からないが、やしきたかじんが嫌っているものと宮根が求めているものは多分同じものである。

それを一番よく知っている人が明石家さんまだと思う。

さんまがショージにつっこむ風をみせずに話したことに、ショージは「しょうゆうこと」と言って、しょうゆ差しを持ち上げる。

省エネの笑いのようだが、ナンセンスなギャグを間を外さずに言う芸は侮れない。

「明石家電視台」は、「明石家テレビ」と読むが、さんまはショージをレギュラーにしているのである。

普段から、さんまとショージは「お神酒徳利《みきどくり》」のような関係で、「爆笑問題」の太田と田中よりも互いに互いを必要としている。田中が太田にとって仕事の上でなくてはならない存在なのに対し、ショージはさんまの私生活の中に組み込まれている。

ハワイでさんまが別荘を探すという番組で、ショージがさんまを「若」と呼んでいるのには少し驚いたが、さんまがどんな別荘を購入してもその中にショージの部屋は設けられるのである。

常にさんまの話し相手をするのを務めとしているショージがそばにいる限り、さんまには再婚する必要がないのではないだろうか。

そもそも、さんまという人はとても人を大切にする人で、先輩である間寛平も「明石家電視台」に出演させている。
しかし大抵の場合、寛平のとっさのギャグはウケないのである。

さんまも渋面になるのだが、「そんなに三回も言うたらあきまへんがな」と、お笑い界のダルのように損得抜きで教えてやる。

ただ、説明されても寛平には理解できない時がしばしばあり、そういう時、細かい法則は自分たちには分かっているという顔をする中川家礼二や宮迫博之とは違い、ショージは自分にも法則はさっぱり分からないという顔さえするのである。

ビートたけしがそのまんま東を批判しても、さんまがショージを批判することはない。さんまは身内を批判することはしない人だが、ショージには苛立ったことすらない。ショージが他の人を攻撃しないからである。ショージは自分自身しか笑い物にしない。

「行列のできる法律相談所」にさんまが出ると、紳助の芸が攻撃的のみならず、陰湿な笑いだったことに改めて気づかされる。

さんまは紳助ほど孤独ではない。ショージはすべてを濾過《ろか》しているのである。

(2012.2.10)

漫画家の中には虫がいる

最近よく人間の寿命について考える。

人は職業によって寿命に大きな差があるのではないだろうか。

芸能人には「五十二歳の壁」がある。美空ひばりは依存症だったが、依存症の人が五十二歳を超えて生きることは難しいとされている。

そして漫画家である。週刊誌の連載によって漫画家の生物としての寿命は急激に短くなった。

宝塚市にある手塚治虫記念館で「〝萬画〟〜石ノ森章太郎の世界〜」という企画が二月二十日まで展示されている。

「漫画の神様」手塚治虫と「漫画の王様」石ノ森章太郎は年が十歳離れている。宮城県登米《とめ》郡石森町の小野寺章太郎少年が「テツダイタノム　スグキテホシイ　テヅカ」という電報のような手紙を貰って十六歳で上京した話は、漫画好きの人の間では有名なエピソードである。翌年、郷里にちなんだ石森章太郎の名でデビューしている。

手塚治虫は石森章太郎を東京に呼びよせる二年前に二十四歳で宝塚市から東京に転居したばか

りだが、斯界《しかい》では既に神様的存在であった。

記念館には手塚治虫の大阪府立北野中学校三年の時の「体格検査表」と「成績表」が展示されている。

身長149・3センチ、体重35・2キロ。

一・二・三年を通して「優」だったのは「国語」「歴史」「博物」で、「図画」は秀・優・秀である。

上京してからの石森章太郎の手塚への私淑ぶりは他の漫画家にも共通のものであるが、両者に亀裂が入ったのは、手塚三十九歳、石森三十歳の時である。

石森は新しい表現形式を求めて「ジュン」という作品を、手塚の出す雑誌「COM」で連載し始める。

しかし、石森のもとに読者から手紙が届いたのだ。

「テヅカ先生からあなたの『ジュン』なんかマンガじゃない、という悪口を書いた手紙がきました。ボクはあなたのファンでもあるので頭にきました。手紙が嘘じゃない証拠に同封しますが、ちょっとひどいと思います」

衝撃を受けた石森は編集部に電話をする。「連載を止めさせてもらいますから」「あんなふうに思われていたんじゃこれ以上は描けない！」

憔悴《しょうすい》する石森の部屋を真夜中にテヅカが訪れる。テヅカはうなだれながら石森に謝るのである。

「申し訳ないことをした……。なぜなのか自分でもわからない……。自分でもイヤになる」

「いいんですよ、もう。本当に、もういいんです…!!『ジュン』は続けさせていただきます」

同年（一九六八年）、石森章太郎は「ジュン」と「佐武と市捕物控」で第十三回「小学館漫画賞」を受賞する。

それから約二十年、手塚が亡くなった年に石ノ森はこのことを「ビッグコミックスピリッツ」に発表した。作品を「風のように……背を走り過ぎた虫」という。

手塚治虫が後に「嫉妬深いところがある」と言われる所以《ゆえん》である。

「自分でもイヤになる」という手塚の行為と言葉を胸に二十年留めていた石ノ森もその九年後、手塚と同じ六十歳で亡くなる。

漫画家に六十歳前後で危機が来るのは、週刊誌の連載だけが原因ではない。

漫画家の中には虫がいて、虫が表現者を食いちぎってしまうのである。

寺田ヒロオ61。滝田ゆう58。藤本弘62。園山俊二57。梶原一騎50。上村一夫45。青柳裕介56。

谷岡ヤスジ56。戦後活躍した漫画家や漫画原作者の没年である。

温かそうな黒いコートを着た関西学院初等部の児童が手塚治虫記念館の前を賑やかに下校していく。


（2012.2.17）

娘を持った父は両性具有者となる

松本人志と明石家さんまは同類だが、北野武や笑福亭鶴瓶とは違う。

大鵬も同類だが、北の湖や白鵬とは違う。

女の子しか持たない父親と、男の子もいる父親とでは性格が違うのである。

結婚するまではただの男性であるだけだった。が、娘ができることで徐々に人格に変容が生じていく。

そのことを今の松本人志は明白に示している。

明石家さんまですら、娘の結婚相手が現れることを考えると冷静ではいられないと言う。

「どんな奴が出てきても絶対認めることはできない」

松本人志は娘を思う親心で映画まで作ってしまった。

娘を可愛いと思う父はすべて、自分の中に娘の形をした未知の自分を発見する。

娘が世の中を見る視点に同一化していくと、世の中は当然今までとは違うものに見えてくる。

「昔から女性を美しいと思っていた」というような男性でも、娘を持つと女性の美しさがまた違って見えるのである。

自分の娘が男性から女性として見られることを知った後に父の感じる女性の美しさは、悲しみに彩られた美しさである。

悲しみに母親よりも父親の方が深く到達できるのは、女性は自分の置かれた位置を否認していることが多いからである。

当事者である女性は悲しみを純粋なものとして感じ続けることが難しい。当事者である以上、悲しいとか美しいとか言っているどころの話ではないからである。

この世が究極には楽なところであり、まずまず楽しいところであると思わなければ、女性は正気を保って生きていくことはできない。

現実を否認し、現実から逃避し、現実を意図的に作り変えなければ生きていくことはできない。そのことは木嶋佳苗被告を見ていれば分かることである。彼女が真犯人であればの話だが。

女性には「お笑い」のネタを考えている余裕などないのである。日常そのものが劇場なのに、なぜ本物の劇場で人を笑わせる必要があるのだろう。

しかし、人は悲しみが分かるから美しさが分かるのである。いや、美しいと感じる心は悲しみを感じる心そのものなのである。

従ってそういう心を持つためには条件が必要となる。

自分が当事者でありながら当事者性から距離を置くことである。もう一つは、当事者性を持ちながら当事者そのものではないことである。つまりは境界線上にいることである。

当事者には説得力をもって人に自分の欲求を訴える自由など存在しない。そもそも危険な境界線上にいて、選択の余地など与えられてはいないからだ。境界線上にいる人の多くは現実の「境界性人格障害」になる外に道はない。

本物の当事者が当事者性を共有しているつもりのエリートを必ず裏切るのは、そういう理由である。

娘という「女性の分身」を持った男性は、自分は女性ではないにも拘わらず、女性の置かれた位置や女性性の持つ美質に敏感になることができる。しかも小さな娘は父を裏切らない。父はそうして精神的な男女両性具有者となる。

男性は娘を契機に「裡《うち》なる女性」に目覚めていくが、それは元々あったものである。娘が生まれる前から自分の中に「女性の分身」がいた手塚治虫はそれを表現するためにひたすら仕事に嗜《し》癖《へき》していった。

娘という無垢な生き物が男性社会を生きていくことの不安を男性であるがゆえに戦慄と共に知ってしまった松本人志に、従来のシニカルなお笑いが維持できるものだろうか。幸福な人は表現を必要としないし。

(2012.2.24)

子どもとおカネは同じもの

勤倹貯蓄という言葉がある。一生懸命に稼ぐとともに無駄使いをしないよう努力することをいう。

六十代後半以上の高齢者たちが日本の富の七割を持っていることはよく知られているが、それはそういう人たちが勤倹貯蓄をモットーに生きてきたことの結果である。

勤倹貯蓄と謹厳実直という熟語は似ている。人生の指針が決まるとその人の性格も自ずと定まるのだろう。

高齢者に向かって国はお金を使え使えというが、二宮尊徳の銅像のある小学校で学んだ人たちが、身につけてきた性格や価値観を景気をよくするために変えられるはずがない。

次世代に恃《たの》むとしても、お金持ちの高齢者の富を相続する子どもの平均年齢自体が六十七歳なのだという。

八十~九十代から六十代に富が移譲されても、六十代が今から家でも買うわけはもちろんない。むしろ家を処分しなければならないだろうから、売れそうもない家を抱えて六十代はますます倹約精神を強めていくだろう。
そもそも六十代に倹約精神を教えたのは八十〜九十代の親なのである。子は親の背中を見て育ったので、わざわざアフリカの人に教えてもらわなくとも「もったいない」精神を理解している。

ということは、六十代の人の子どもの世代もまた自然と勤倹貯蓄を理解していることになるのだろう。

朝日新聞の投書欄に、昔駅弁の食べ方について論じた興味を惹く投書があった。〈車内で駅弁を食べている人を見ると、先ず弁当の蓋《ふた》についたご飯粒から食べはじめている。こういう質素倹約の精神は消費行動を抑制させるものである。ご飯粒のついた蓋など無視してすぐに駅弁を食べた方が、日本の経済成長に繋《つな》がる〉

そういう内容の投書だった。経済成長のために日本人のメンタリティを変えさせようとする、その経済至上主義の発想が是非は別として新鮮だったのである。その結果かどうかは知らないが、間もなく高度成長が始まった。

お米の一粒も粗末にしてはならないのは、お米を作る農家の人の苦労を思うからである。しかし実際は、農家では都会よりもお米や野菜の食べ方ははるかにおおらかなのである。

初等教育と家庭教育が子どもに与える力の大きなことを思い知らされる。

人間のおカネやお米に対する意識はどの時代に生まれたかによってまず決められ、次にどの土地に生まれたかによって決められている。そこを教育が地ならしをし、最後にメディアが仕上げをする。

都会に出て家族を養い、郊外に家を構えて勤倹貯蓄に生きた高齢者世代とその子の代がこの世から消えて行くのと時を同じくして、日本に本格的な少子社会が出現する。子どもが今の半分以下になるのである。

子どもとおカネは実は同じものなのである。

かつて子どもは親の消費財ではなかった。親が一生懸命努力をしておカネを貯え、そのおカネを使って育て上げるものだったのだ。

社会が子どもを育ててくれるわけではない、親が自分の責任で子どもを育てるのである。当然親には忍耐力が要るが、だからといって社会に向かって、子育ての支援をしろとは親は誰も言わなかった。

その頃の方が人は子どもを産んだのである。

ヨーロッパで財政破綻をしている国と少子化の国は、同じ国である。財政破綻の原因は行きすぎた社会保障である。

社会保障（＝福祉）が当然となると人はしんどいことから降りていく。働くことと親になることである。

（2012.3.2）

「生活」と「夢」の狭間で

大学と旧制高等学校が春入学になったのは大正十年のことである。それ以前には大学と旧制高等学校は欧米流の秋入学の制度をとっていた。三月に旧制中学を卒業してから、学籍のないまま、炎熱の七月入試を迎える。高等学校に入学するまでの間、受験生は全員が前倒しの浪人のようなものである。もし受験に失敗すれば浪人のまま社会に出ていくか、もう一年受験浪人になるしかない。

無論、旧制高等学校ばかりが学校ではなく、高等工業学校に進学するという道もあった。高等工業学校に進学すれば三年後の就職が確実に保証されていたので、高等学校以上に入試の倍率が高くなることもあった。

大正期は今よりも強固な格差社会である。成績が優秀でも家にゆとりがなければ、子どもは高等工業を出て技師として大きな会社に入る道を選んだ。

高等学校に行かなくとも会社の中で専門職として責任を担う生き方もある。日本の近代化は恐らくこの学校制度によって順調に進展してきたのである。

ここにある兄弟がいたとする。高等学校を受けていれば合格できる成績優秀な長男は、学資のことと将来を考えて高等工業の電気科に進学する。

三男は小学校を出てすぐに就職をさせられる。

次男は兄に倣《なら》って高等工業の電気科を目指しはするが、その先の堅実な人生を肯定することができない。

弟のように商人になることを受け入れることもできない。

『夏目漱石全集』を愛読し、漱石のことならどんな質問にも答えられる次男は、高等学校に行きたいが、そのことを親に言いだせないままでいる。

父親は財閥系の会社に勤めてはいるが、会社に対する不満や自分への怒りのために酒色に溺《おぼ》れて家庭を顧みない。家には三人兄弟の他にも姉や妹、年の離れた弟たち、それに父が外で産ませた二人の子どももいた。母は働きながらその子たちを引き取って育ててきたのである。

次男は果たして高等工業の入試に失敗する。結果は予想はしていたが、不合格になった次男は母に高等学校に行かせてくれと初めて訴える。

高等工業に行かせた長男に気兼ねする母は、それでも息子の気持ちを叶《かな》えてやろうと父を説得してくれる。

次男は試験の日まで家から一歩も出ないで勉強することを誓い、「ルビコンは渡らねばならぬ」と四月下旬から懸命の勉強をして七月の試験に合格する。

所属場所のなくなった次男にとって高等学校が秋入学であることは幸いだった。

母は元々可愛がっていた次男に自分の夢を託したのである。長男であれば許されなかったことであろう。

入学式は九月である。

二年後、次男が第三高等学校在学中に学制が変革され、新学期が九月から四月になった。一・二学期が終わっただけの三月で学年は終了した。春入学に転換したのは、中学校や師範学校の学事暦に合わせるためである。

学資は当然豊かではない。工面してそれを作ってくれているのは大阪の母である。あそこの店は何銭安いからといって遠くの店までものを買いに行く母は、次男が本を買うからと言うとお金をくれるのだった。

「自分の快楽は母の労苦と弟妹の犠牲の上に成り立っている」

そう思うと罪悪感から憂鬱《ゆううつ》になり、授業に出ることができない。この意志の弱さを克服することができないまま次男は生涯を終える。

回避していたのは「生活」である。

梶井基次郎、三十一歳で没。


（2012.3.9）

吉本隆明を生んだ「排除」の経験

「最高のお父さんでした」

吉本隆明が亡くなった日、次女で作家のよしもとばなな氏が出したコメントである。

吉本隆明は九八年、若い人に向けて『父の像』という作品を上梓している（後に「ちくま文庫」から再版）。その中で氏は、十代の半ば過ぎ、父と小さな言い合いのあげく、思わず「生んでくれと頼んだわけでもあるまいし」という言葉を発した時のことを書いている。

「父の貌《かお》になんとも言いようもない侘《わび》しさのような表情があらわれて消えた。しまったとおもったがもうおそかった。父はすぐに『おまえなど生もうと思ったわけでもあるまいし』と言い返せたであろう」（『父の像』ちくま文庫）

父は天草から上京した船造りの職人である。いつも夜半に仕事から帰り、子どもを起こさないように妻とひそひそと話すような人である。

「父親はあんなにあくせく働いていて、遊んだり休息したりする安堵《あんど》の顔をあまり見せたことがなかった」

息子は父の報われなさがいつまでも続きそうなのが口惜《くや》しくて、蒲団を被って泣くこともあった。

その息子に「生んでくれと頼んだわけでもあるまいし」と言われても、父は「おまえなど生もうと思ったわけでもあるまいし」とは言い返さなかったのである。

「子ども心に抱いた貧困の感じは、食べものが粗末だとか、着るものが少ないとか、家がせまく勉強する机も場所もないということではなかった。そんな言葉を使うとすれば、関係の貧しさということにつきる」

氏が関係の貧しさと言うのは、子ども時代に田舎に遊びに行ったとか親戚の家に行ったとかいう身内の繋《つな》がりに根ざした経験がなかったことを指している。父は子どもたちを連れて郷里に帰ることは一度もなく、父母と子どもたち（と祖父）の世帯はいわば国内移民のような孤立の中で生活していた。

ただその状況を「関係の貧しさ」と名づけることに私は意外を感じる。すべてが貧しさに、貧しさだけに由来するのなら評論家吉本隆明は誕生しなかったと思うからである。それよりずっと大きな「排除」の経験が吉本氏に存在したに違いないのである。

吉本氏の言う「ふところに豊かな関係がしまいこまれている」人もやはり「排除」にさらされていないわけではない。

この典型が先ごろ『昭《あき》』（講談社）を上梓した佐藤あつ子さんではないかと思う。

佐藤あつ子さんは「田中角栄の金庫番」佐藤昭さんと田中角栄の娘である。佐藤さんは「なぜ母は、私を産まなければならなかったのか」を疑い続けてきた。母が父との関係を確実にするために謀《はか》りに謀って作った子どもが自分だと思うと（実際そう教えた人がいるのである）、娘は「生んでくれと頼んだわけではない」とうっかり母に言うこともできない。

自分の存在の基盤を確信することのできない娘は「数学」に逃避したりもするが、その人生は凄惨極まりないものなのである。著者は「パーソナリティ障害」を自認しているが、確かにこれは母の育て方による障害であると思う。

母（佐藤昭さん）は子どもの頃、家族全員（姉、兄、父、母）を病魔で失い、天涯孤独の身で上京した。母もまた結核患者「排除」の被害者なのである。

親子の問題は一代限りのものではない。そのきつい母に育てられた娘の荒れた無意識を父・角栄は解放しようとする。どんなに疲れていても外遊先から娘を気遣って葉書を書くことを怠らない。

家族を維持するのは国を治めるほど難しい。

（2012.4.6）

永遠に永遠を表現し続ける、草間彌生

大阪の朝日新聞に四月初め「国立国際美術館」の風変わりな広告が掲載された。

「無限の宇宙を探しても、こんな芸術家はほかにいない。永遠の永遠の永遠」

別にここまでは風変わりではない。

「週末の午後は大変混雑していますので、平日の午前中をおすすめします」

逆宣伝ではなく本当に週末の午後には来ないようにしてほしいのである。

「国立国際美術館」では四月八日（日）まで草間彌生《くさまやよい》展が開催されていた。

最終日の週末の混雑は予想がつくのは、三月中に草間彌生展に行った時に既に満員だったからである。

地下鉄の「淀屋橋」駅から土佐堀川を眺めながら肥後橋方向に歩くと、朝日新聞の社屋前辺りから「国立国際美術館」から出てきた人と間断なく擦《す》れ違う。みな、草間彌生グッズを入れた袋を持っていて、例外なく笑いながら会話している。ほとんどが女性だが、外国人の多さも目につく。

そのまま人の流れを遡上《そじょう》していけばいいものを何がどうなったのか道に迷い、ビルの中にいる警備員のおじさんに道を尋ねた。

「こくさい美術館？　あ〜、あれや。ここから行きはったら近道ですわ」

先に立ってズンズン歩いて案内してくれる。

「立ったままの仕事をしてるさかい、たまには歩かんと身体に悪いからね」

辿り着いた「国立国際美術館」では、チケット売り場に長蛇の列ができていた。

展示が大阪から始まったために東京から観に来ている人も大勢いると聞いた。

草間彌生は二〇〇九年から「わが永遠の魂」シリーズに取りかかっている。

「『愛はとこしえ』によって開拓された表現の世界に、さらに色彩が加わることで、画面はいっそう多様性を帯び、具象とも抽象とも異なる未見の造形へと到達した。展示されているのはこのうちの四十七点である」（国立国際美術館「草間彌生　永遠の永遠の永遠」プログラム）

愛の永遠の希求だけではなく、自分の命が消滅したあとに永遠に回帰することに草間彌生の意識は拡大している。

その動機である死の恐怖を詩で表現する際の感情の正直さもまた草間彌生の魅力である。自我を防衛する障壁がなく、直截《ちょくせつ》にその魂の温度に触れられるために、草間彌生の世界は常に温かい。

「アウトサイダー・アート」は、自分に嘘のつけない人の作りだした芸術のことである。

会場に「魂の灯」というタイトルの作品があった。四角い箱の中に七、八人が入るとドアが閉じられる。中には何があるのだろうかと楽しみにして人は行儀よく順番を待っている。

箱の中に天井から吊るされた電飾が壁の鏡に反射して、永遠の奥行きの中を灯っている。

「きれい～」

かつては失恋の痛みから愛の永遠を表現せずにはいられなかった人は、今では失命の恐怖から身を守るために永遠を表現せずにはいられない。

この人は永遠に永遠を表現し続けている。

あっと言う間に扉が開いて外に出されてしまうと、扉の横の掲示が眼に入る。

『水の使用は中止しています』

「草間彌生に言うてあげんといかん。ホンマは水を使うはずが、大阪では勝手に水、中止されてるよ」

「どこに水、使ったのかな。もっときれいやったのかなあ～」

「サービス精神を忘れないだけでも天才やわ」

グッズ売り場は戦場である。お客は草間彌生グッズを思い切り買っている。

「私は金持ち」と草間彌生は昔から書いている。


(2012.4.20)

二十二歳の輪島に会った日

大相撲の花籠《はなかご》部屋が閉鎖されることになったという。

つい先日、田子ノ浦部屋が閉鎖したばかりというのに、角界で栄華を極めた花籠部屋までもが閉鎖を余儀なくされたことは、同じことが今後も他の部屋に起こりうることを示唆していて不吉である。相撲部屋は予想以上のスピードで淘汰《とうた》されていくのかもしれない。

昭和四十五年四月の暖かな日、大学生になって上京したばかりの私は中央線で阿佐ケ谷に向かった。東京に行ったら阿佐ケ谷にある花籠部屋に行きたいと高校時代から思っていたのである。輪島が日大相撲部から鳴り物入りで入門した花籠部屋は阿佐ケ谷駅で人に尋ねれば場所がすぐに分かるはずである。しかし花籠部屋には誰に尋ねるまでもなく自然に辿り着いていた。

花籠部屋と隣の日大相撲部の合宿所には、その日、全く人影がなかった。

どうするべきか迷いながら一度声をかけてみると、二階からゆっくり階段を下りてきた人がいる。ジャージを着てパンチパーマをかけた輪島その人である。

「誰？」

「前からここに来たかったんです」

「誰もいないよ。部屋を見にきたの？」

「はい」

「それなら見せてあげよう」

二階について上がると、輪島は部屋を一つずつ案内してくれた。

「ここは龍虎《りゅうこ》関の部屋なんだ」

「ここは俺の部屋」

「今からちゃんこを食べるから一緒に食べよう」

階段を下りると輪島は桟敷《さじき》に腰をおろして鍋に火をつけると、積み上げられたホウレンソウを手でバリバリちぎって鍋に放り込んだ。

「お昼までだでしょ？」

「はい。どうして誰もいないんですか？」

「みんな巡業に行って、俺は留守番なんだ」

輪島は自分から話題を振りながら鍋に具を入れてくれた。申し訳ないと思いつつ、私は生まれて初めてのちゃんこを食べた。

「この間、ヤンタン聴きましたよ」

毎日放送のラジオ番組「ヤングタウン」に輪島が出て、ボウリングの話をしたのを聴いたばかりである。「ヤンタン」に出た時もそうだったが、輪島という人は恬淡《てんたん》とした人である。ラジオで自分の失敗を語っても卑屈でも何でもなく、笑いに超然としている。

そこに外から人が帰ってきた。いがぐり頭の新弟子さんである。

「あ、新吉。ナメタケ買ってきてくれ」

輪島はお尻のポケットから一万円札を取りだすと、新吉という人に向けてヒラヒラと放り投げた。「はい」。新吉という漢字は瞬間に浮かんだ当て字だが、その人はお札を拾うとすぐに明るい外に走り出した。

当時、輪島は二十二歳である。やがて横綱輪島の黄金時代がやって来た。

輪島が損をしてきたとすれば、何の苦もなく頂上に登って行ったように見えるせいである。

次に輪島の姿を直接見たのは、石川の和倉温泉で開かれた「温泉女将フォーラム」のイベント会場である。

輪島はやはり温かい空気を発する人であった。

「秋霜烈日《しゅうそうれつじつ》」という言葉の似合う人が部屋の親方に適しているなら、輪島は親方を務めるような人では無論ない。が、「春風駘蕩《しゅんぷうたいとう》」という言葉でも捉えきれない何かが輪島にはあった。

すべての横綱がその最盛期にトーナメント戦をしたとすれば、優勝したのは輪島ではなかっただろうか、と今も思うことがある。


（2012.4.27）

思いやりのアーティチョーク

春の食材にアーティチョークという野菜がある。チョウセンアザミともいう。

花は紫色でとても美しいが、花が咲く前の肉厚の蕾《つぼみ》を茹《ゆ》でて、あるいは炒《いた》めて食べるらしい。

一六〇四年四月二十四日の深夜である。

アーティチョークを食べるのを楽しみに、その日まで一週間ほど家に籠《こ》もりきりで仕事をしていた男がいた。

集中して仕事をしたので当然神経は疲労している。

男は食堂でアーティチョークを八皿注文した。友だち二人と一緒なので一人で全部食べるわけではない。

料理を運んできた給仕に「これはバターで炒めたものか？　それともオリーブオイルで炒めたものか？」と男が尋ねると、「匂いを嗅《か》げば分かるだろ」と給仕は素っ気なく答えた。

激昂《げきこう》した男は給仕の顔に皿を投げつけて怪我をさせ、逮捕収監された。

今から一年半前、私はこの連載を休ませてもらって旅行をしたことがある。その途中でミラノを訪れた。

その時に泊まったホテルで、女主人が鍵を渡してくれた後にミラノの市街図を開いて大声で言ったのだ。

「ここには絶対に行かなくてはいけない。絶対に行くべきよ」

そう言いながら強い筆圧で地図上にボールペンでグルグルと赤い丸をつけたのである。

それで急いで地図を持って赤丸の場所に行ってみた。

ミラノには観光地がいっぱいあるのになぜそこに行かなくてはいけないかは聞いていない。ひょっとして女主人はその理由も言ったのかもしれないが、イタリア語がよく理解できなかったのである。

そこは小さな美術館だった。入ってみると人が一人もいない。

美術館の部屋から部屋を移動していると、どこからか執事のような服を着た背の高い高齢の男性が二人現れ、私を付かず離れずの距離で監視している。

自分はそんなに怪しく見えるのかと気になっていたが、やがて厳重な監視の理由が分かった。

カラヴァッジョの「果物籠」があったのである。

「世界最高の静物画」を貸し切り状態で私は見ていた。

最初にカラヴァッジョを私に教えてくれたのは幼馴染みの友だちだった。

「人を殺して逃げながら描いた絵が、時代より数世紀も早いものだった」

宮崎にある頂上に矛《ほこ》の刺さった山に登って副噴火口を見ながらお弁当を食べている時にも友だちはカラヴァッジョの話をした。

それからお互いの親の話をした。友だちのお父さんは「賢い子になるな。思いやりのある子になりなさい」と教えたという。

この美術館にその友だちが来ていたら、自分よりももっと喜んだろう。

カラヴァッジョは三十八年の人生の中で、人を殺す前からいろいろ犯罪を起こしている。元々短気でしかも面前で人を罵倒する癖があったのは、感情が抑えられないせいである。人によく物を投げつける人だが、子どもがそのまま大人になったような人である。

アーティチョークのことで事件を起こしたのは三十二歳の時である。

その晩、カラヴァッジョが友だち二人と一緒だったことは大きいと思う。

アーティチョークがバターで炒められたのか、オリーブオイルで炒められたのかは、友だちを連れてきたカラヴァッジョにとって重要な問題だったのだ。

カラヴァッジョには友だちに思いやりがあったのである。思いやりが空回りしたことに傷ついた時、悲しみが暴力に変わることはあり得ることである。


(2012.5.4-11)

子どもは母親のものではいけないのか?

七月十六日、「はじめてのおつかい・2012年夏の大冒険スペシャル」(日本テレビ系列)が放送された。

「はじめてのおつかい」は九一年に最初に放送されて以来、今や日本全土で視られているドキュメンタリーの「国民番組」である。

人はいずれ親と離れて一人で生きていかなくてはならない。親は全員、やがて自分から立ち去っていく存在を育てていることになる。

有限の存在である親と幼い子の一体感は無常のものであるとみなす感覚がなければ、このような番組は作れない。

多くは幼稚園や保育園に通っている幼児が、ある日親から「お守り袋」(実はマイク)をぶら下げさせられて、生まれてはじめてのおつかいに出かけ、重い荷物を持って家路を辿る。

その行程のすべてを撮影されているにもかかわらず、五歳三カ月までの子どもは自分に向けられたカメラの意味が分からないため、他人を疑うことを知らず、自分で自分を意識することも知らない。

ある女の子はお母さんと一緒にではなく一人で出かけたことを「寂しい～」と呟《つぶや》いている声を「お守り袋」に収録されている。その女の子だけではない、全編に漂うのは子どもが孤独な状況に置かれていてもその場その場で自分の判断によって生き抜こうとする姿のせつなさである。「養育」というものが子どもの「自立」を目的として行われる以上、「養育」のいくつもの瞬間に親は子どもとの「分離」を経験しなければならない。その時、親、特に母親は子どもの「はじめてのおつかい」からの帰還を誇らしく思う気持ちと同じだけの「寂しさ」を噛《か》みしめるのである。

親と子が身体によって結びついた情愛関係にあるから、親が子どもと「アイデンティティの分離」をすることはつらいことなのである。しかし、子育てに失敗すれば世間から「親の責任」を問われるのである。

「はじめてのおつかい」は親、特に母親と子どもとの深い情愛関係が日本文化の基礎にあることを前提として作られている。だから「国民番組」なのである。

一方で日本の社会保障政策はここのところ母親によらない「保育」を前面に打ち出してきている。

幼稚園や小学校や中学校の先生になるために「教職課程」があるように、保育所の保育士になるために「保育士養成課程」というものがある。

これが平成二十三年度から改定された。母子の愛着形成を重視した「発達心理学」と従来の

「教育心理学」が廃止され、集団の子どもを複数の大人が保育することを目的とした「保育の心理学」が新設されたのである。

「保育の心理学」における「保育」とは親が子どもを育てることではなく、他人が他人の子どもを育てること、子どもを集団で預かること、保育者が設定した環境の中で長時間生活する営みのことである。

そこでは親子というタテの関係よりも、子ども同士というヨコの関係の方がよほど重要とされている。

子どもは社会が育てるというスローガンは「集団主義保育」を示唆したものと理解しなければならない。

子どもは母親のものではないとは昔から言われてきたことだが、平成二十五年には、字義通りに「子どもは母親のものではない」と教えられた保育士たちが「保育士養成課程」を修了して社会に輩出される。

「保育士養成課程」は男性の元保育士たちが「母親による養育」を否定するために作ったのだろうか。

「母と子の愛着」を否定することで、日本文化の固有性まで破壊してしまわねばよいのだが。

(2012.8.3)

静かなフェミニスト・竹村和子さん

昨年（二〇一一年）の十二月十三日、お茶の水女子大学教授の竹村和子さんが逝去した。

そのことを知らされた人たちは急の訃報《ふほう》に深い衝撃を受けたという。

私が竹村さんの訃報に接したのは、年が明けて数カ月経った頃である。

それまで「竹村さんは今頃どんな仕事をしているだろう」と思うことはあっても、まさかこの世に既にいないとは考えもしなかった。

ひょっとして私が何も知らないのではないかと訝《いぶか》って尋ねてくれた人がいた。

「竹村さんが亡くなられたのを、知ってます？」

親切な人のお陰で、急いで竹村さんの追悼記事を遡《さかのぼ》って読んだのである。

享年五十七は早過ぎる。

竹村さんは、英米文学、批評理論、フェミニズム思想の研究者であり、ジュディス・バトラーの翻訳者としても知られていた。

生前の竹村さんに私は二度お目にかかったことがある。一度目は、南山大学の英米文学会に竹村さんと大橋洋一さんが参加するというので、当時名古屋に住んでいた私はその話を聞きに行った。

シンポジウムが終わると聴衆の質問が大橋洋一さんに向けられた。質問者は高齢の英米文学の大学教授である。

「こういう研究は遊びですか？　本職ですか？」

「いつまでやっているつもりなの？」

こういう研究とはジェンダー・スタディーズのことである。学会の中に歴然たる温度差があることに場内は静まり返り、大橋さんは汗を拭《ぬぐ》いながら「私の本職です」と答えた。

竹村さんは靄《もや》のようなバリアに包まれて温厚さと沈着さを失わずに他の質問に対応していた。

二度目は、〇四年、お茶の水女子大学で開かれた「読売・お茶大　女性アカデミア21」というシンポである。

基調講演をすることは確か竹村さんに依頼されたと思う。お茶大のジェンダー研究者として竹村さんの他に日本近代文学の菅聡子《かんさとこ》さんも参加していた。

道に迷いながらお茶大に到着すると、会議室で大勢の大学の理事に紹介され、一緒に昼食を摂った。ぎこちない沈黙の食事を終えると、竹村さんは私を講堂の脇の中庭に連れ出した。

「煙草を吸いませんか？」

私が会議室の雰囲気に居心地の悪さを覚えていると気遣ってのことだろうが、竹村さん自身が緊張を放出しなければならなかったのだろう。石段に腰をかけて指を小刻みに震わせながら竹村さんは暗い表情で何本も煙草を吸った。

竹村さんは卒業後、母校の県立高校に英語教諭として勤めていたことがあった。しかし「物足りない。学び足りない」と、教職を辞めて大学院に戻り、研究者の道を目指した。香川大学、成蹊《せいけい》大学、筑波大学、お茶の水女子大学に勤務し、美しい文章で次々に新しい翻訳をものしてきたのである。

竹村さんの病気は複雑な病気で完治が難しい状態であったらしい。それでも竹村さんは手術を何回も受けることに同意し、もっと生きたいと願ったという。

生きている間からずっと竹村さんは苦しかったろう。その苦しさを要領よく解消する方法を持っていたとも思われない。

仕事に精励し、人には気を遣い、自我を主張しない忍耐強い人だった。

自分が寝ている時にも「竹村さんは起きて戦ってくれている」と、私はどこかで思っていた。だから安心して眠れたのである。

昨年の五月には、菅聡子さんも四十八歳で肺がんのために亡くなっている。

二人の俊秀を奪われ、フェミニズムの一つの時代は終わりを告げたのだ。

(2012.8.10)

『剣客商売』が描く、究極の年の差婚

何事もその道の初心者というものにはその道について語る資格はない。

というのも、私は池波正太郎の「剣客商売」の初心者なのである。小説ではなくケーブルテレビの方の「剣客商売」である。

日曜日に朝食を摂っている時に後ろでケーブルテレビの「剣客商売」が流れており、夕食を摂っている時にも後ろで「剣客商売」が流れている。

世間でどんなびっくりするようなニュースがあろうと、うちのテレビでは「剣客商売」（か「鬼平犯科帳」）しか見ることができず、新しいことを知りたければ二階に行かなければならない。

時々、時代劇専門チャンネルで「剣客商売」ではなく「暴れん坊将軍」などをやっていると、幸いにしてすぐにチャンネルが切り替えられ、ニュースなどを見ることができる。

「剣客商売」の主人公は秋山小兵衛《こへえ》という名前の老剣客で、演じているのは藤田まことなのであるが、一昨年その藤田まことが亡くなったので、「剣客商売」の今後を心配する話題がしきりである。

「藤田まこと以上の適役はいないな」

「新作はもう見られないんだろうか？」

「何回も同じものを見ることになるのかな？」

「もう全部覚えているし」

「でも同じものを何回見ても全然構わないよ」

こういう建設的でない議論を高齢の家族がして慰め合っているのである。

畏《おそ》るべし、藤田まこと。

「秋山小兵衛は今、何歳という設定？」

「七十五歳ぐらいだろう」

しかし、長男の母親（正妻）は、いつどうしていなくなったのだろう。

後妻の「おはる」（小林綾子）はどうやって小兵衛の後妻になったのだろう。

調べてみると『剣客商売読本』（新潮文庫）では、小兵衛がおはるとわりない仲になったのは五十七歳の時である。おはるは十七歳で小兵衛の家に下女として雇われ、小兵衛の手がついた。四十歳の年の差もさることながら、今なら淫行罪である。

小兵衛の正妻はお貞といい、長男が七歳の時に病没している。小兵衛は四十二歳である。

成人になった長男もまた優秀な剣客である。出来すぎた息子で、おはるを「母上」と呼んだりする。

しかも長男の岳父は時の最高権力者田沼意次なのだという。

秋山小兵衛の栄華は田沼意次が失脚するまでという制限がついている。

秋山小兵衛が隠遁《いんとん》生活を送っているのは、「大川・荒川・綾瀬川が合流する」鐘ヶ淵という場所であり、ベニスに比すこともできる水郷である。ここに松林を背景にして三間ばかりの小屋を建てて住んでいた。

こういう場所で、おはるという賢婦でも貞婦でもない、むしろ生命力そのもののような粗野で未熟な後添いと二人きりで暮らす秋山小兵衛の境涯こそ池波正太郎の理想だったのであろう。

おはるは小兵衛が橋場に出るために川を渡る小船を漕《こ》ぐ役割を果たしている。

さて、七十五歳ぐらいと想像されていた小兵衛は劇中では六十代だったのである。

「秋山小兵衛は九十三歳まで生きる」と池波正太郎は決めていたという。

その場合、おはるは先に死ぬことになっていたというから、生命力で周囲を圧倒するのは秋山小兵衛の側だったのである。

しかし、『剣客商売』は小兵衛が六十七歳になった時点で終わった。作者の池波正太郎が急逝したからである。

奇しくも、作者と小兵衛はおない年で生涯を閉じたことになる。

が、田沼意次とおはるのいない秋山小兵衛の老境を見て楽しいだろうか。

（2012.8.17-24）

生活でなく、自由を選んだ歌人

「たのしみは　朝おきいでて　昨日まで　無かりし花の　咲ける見る時」

平成六年、クリントン元大統領は訪米した天皇、皇后両陛下の歓迎式典で、日米友好の進展を期待するスピーチの中に幕末の歌人、橘曙覧《たちばなのあけみ》の一首を引いた。

昨日まで無かった友好の花が開くまでには日米両国が地道に積み上げてきた努力がある。花が咲いたのを見る楽しみは日本の歌人が既に教えてくれていると。

攘夷《じょうい》派であった橘曙覧が生きていればさぞかし驚いたことであろう。

橘曙覧（正玄五三郎茂時）は越前の国福井の人である。現福井市に生を享《う》け、福井市内で没した。生家は紙筆墨商を営む商家である。

子ども時代に生家を離れ、府中（現越前市）で過ごしている。二歳の時に母鶴子が亡くなり、預けられた母の実家（山本家）があったからである。そこから二里ほど南にある日蓮宗妙泰寺で仏典・漢籍・和歌を修学している。

「母なしは　我のみなりと　巣だちする　鶯《うぐいす》見ても　うらやまるらむ」

七歳の時、生家で異母弟、宣が生まれた。

十五歳の時、父五郎右衛門が亡くなる。曙覧は生家に戻って家業の見習いをさせられる。が、商売が性分に合わない。あるいは生家が合わない。それで出家しようとするが、親族に反対されて叶わず、逆に結婚して子どもまでなしてしまう。

結局、二十八歳で家督を異母弟に譲って学問と作歌に専念する自由な道を選ぶ。自由とはいっても、現実には収入がほとんどなく、寺子屋の月謝と弟からの仕送りと潤筆料で辛うじて生活する。そうして辿りついたのが人が当たり前に立脚する誠の道である。

こういうところは富永仲基《なかもと》ととてもよく似ている。違うのは、橘曙覧は百年ほど後に生まれていることと、国学に傾倒したこと、そしてはるかに生活が苦しかったことである。

「米《よね》の泉《ぜに》　なほたらずけり　歌をよみ　文を作りて　売りありけども」

四十三歳の時に大病を患い、本姓である橘姓を名乗っていたが橘の赤い実から曙覧と改名した。橘《たちばなの》諸兄《もろえ》三十九世の子孫である。

五十三歳の時、「たのしみは」で始まる五十二首を詠み、『独楽吟《どくらくぎん》』とした。妻子、友人、恩師など人への思いと、日常生活の何気ない喜びを技巧を加えずに素朴に歌っている。これは正岡子規に大きな影響を与えた。

「たのしみは　まれに魚烹《に》て　児等皆が　うましうましと　いひて食ふ時」

「たのしみは　わらは墨する　かたはらに　筆の運びを　思ひをる時」

曙覧には妻直子との間に三人の男の子がいた。しかし、その前には三人の女の子がいた。長女と次女は生まれて間もなく亡くなったが、三女の健子は四歳まで生き、天然痘で急逝した。

「きのふまで　吾が衣手に　とりすがり　父よ父よと　いひてしものを」

女の子を幼くして亡くす経験は富永仲基もしている。子どもの頃に母を亡くしたことと、子煩悩であったことは与謝蕪村も同じである。

「ほしかるは　語りあはるる　友一人　見るべき山水　ただ一ところ」

私には橘曙覧と富永仲基と与謝蕪村と良寛とは全く同じ人のように思える。

『独楽吟』を読んで訪ねてきたこともある藩主松平春嶽《しゅんがく》が出仕を求めてきたが、曙覧はこれを固辞している。

やがて病を得、医師の友が薬を勧めてくれるのも断り、五十七歳で定命を悟って泰然として死去。

「死ぬべしと　思ひさだめし　吾がやまひ　医師《くすし》くるしめ　何にかはせん」

十日後、明治と改元さる。

今年（二〇一二年）は橘曙覧の生誕二百年に当たるのだという。

（2012.8.31）

森鷗外の妻は「悪妻」だろうか？

森鷗外は「二つの家」を持った人である。

最初の妻である旧姓赤松登志子は一子於菟《おと》を挙げたが、鷗外に離縁されている。

於菟は祖母（鷗外の母）の峰子に育てられたが、祖母から父母の不和の理由をこう聞かされている。

「（登志子は）何しろ鼻が低くて笑うと歯ぐきがまる見えだから」「他のことは我慢できても、奥さんのきらいなのは我慢できないものだよ」「美しいというのは大切なことだ」

祖母は長男の新しい嫁を探すために相当の良家の教養のある令嬢の中で美しい人を懸命に尋ねだした。そして選ばれたのが荒木志げである。

新橋の芸者がすばらしい美人がいるのであとをつけたら芝明舟町《しばあけふねちょう》の荒木さんへ入ったという昔話が志げにはあるくらいで、鷗外は「芸術品のような」妻をもらったと、照れたような手紙を友人にしたためている。

姑《しゅうとめ》は亡くなるまで嫁に家計を任せなかった。

志げは四子を儲けたが、不律は早逝し、茉莉《まり》、杏奴《あんぬ》、類《るい》の三人が成人した。鷗外の家は、「姑と於菟の家」と、「嫁と茉莉と杏奴と類の家」と二つの家に分かれていったのである。

鷗外の友人たちは華族出身の母を失った長男の於菟に同情的で、鷗外の「欲望の妻」には冷淡であった。例外は佐藤春夫だけである。

漱石の妻と同じく、志げにも悪妻の評判が立てられていく。ヒステリーだとか悋気《りんき》が激しいとかの他に、於菟と疎遠だったことも非難された。しかし、それらを類はいずれも否定している。先妻の子である於菟を可愛く思えなかったのは母だけの罪なのだろうか。父には罪がないのだろうかと。

子どもの頃の母の記憶を類が書いた文章がある。

「風呂に入れてくれるときの母の体を思いだしてみると、小麦色の色白のほうで、全体に引きしまった生娘のような体をしていた。母は丸い海綿にシャボンをつけて、ごしごし洗う。口を堅くむすび、目をすえて、体を清潔にする目的で洗う。なんとなく楽しく話をしながらということはなかった。おわると、体をあたためる目的で湯船に入れられた。そのために、母からは中性に近いものを感じた。僕は無意識のうちに、母から受けることのできない女性を女中から求めようとしているようであった。

風呂場へはいってくる女中は少し持ちあげた着物をきつく膝にはさんで、『ほーら、坊ちゃま、坊主をつくりますよ』と言いながら、銀杏返《いちょうがえ》しを突きだして、ひろげた手ぬぐいを湯船に浮かばせたりした。母でない女性の多くは、ほのぼのと柔らかいものを持っているような気がした」（森類『鷗外の子供たち』）

志げは自分の子どもたちを社会的な地位のある者に育てなければと必死なのであった。鷗外の寵愛《ちょうあい》の正統性を巡って対立していた「二つの家」に、勝負は予《あらかじ》めついていたのである。しかし鷗外は常にあいまいであった。

類は父が死ぬ前から既に自分たちの「身分」が低くなるのを感じとっていた。鷗外が昏睡《こんすい》に陥る死の間際に、「パッパ、死んでは、いやです。死んでは、いやです」と、嘆き悲しむ志げを、鷗外の友人である賀古鶴所《かこつるど》が「お黙りなさい」と大喝《だいかつ》したのは有名な話である。これにも類は母に代わって反論している。

「夫の死後、未亡人として一族のものから慰められるのとちがって、この世に取りのこされて、死ぬまで孤独で暮らさなければならなくなる母にしてみれば、生きていてちょうだい、生きていてちょうだいと、すがるように言ったのであろう。哀れに見えこそすれ、見ぐるしくは見えないはずである」

（2012.10.5）

還暦同窓会の三点セット

昨年（二〇一一年）、還暦を迎えた高校の同窓会に出席した。

幹事さんが全員に「一分スピーチ」をするように言うと、会が終わるまでに「一分スピーチ」が終わらないほどの盛況ぶりだった。

会が盛況なのかスピーチが盛況なのかは分からないが、多分両方である。

スピーチの内容は壮絶なものだった。誰が誰なのか容貌から推測することは不可能で、だから名札をみなつけているが、遠くからは分からないのに、「一分スピーチ」の内容は判で押したように同じなのである。

「親の介護」「子どもの未婚」「自身の定年再雇用」

六十歳の同窓会はこの三点セットで決まりである。

「今年定年を迎えましたが、再雇用でまた会社にお世話になることになりました」

冒頭でこう自己紹介をしてから、自虐というか詠嘆というか諦観というか「三十四歳の長女、三十二歳の長男がいますが、いずれも結婚のケの字もなく、いつまでも親のすねを齧《かじ》って独身を謳歌しております」という内容になる。

「週末は、私と家内は親の介護のために実家にそれぞれ単身赴任しています」

週末は老親のために、平日は老子のために、六十歳の息子は営々と働き続け、その妻の主婦としての仕事には終わりがない。

団塊の世代である「シナチク」（一九四七年から一九四九年生まれ）の数年下に当たる団塊の下（一九五〇年から一九五四年生まれ）は、ある意味で団塊の世代よりもはるかに団塊的である。団塊のすぐ下の世代は、団塊の世代が主張したことを額面通り信じ、愚直に実践してきたのである。

団塊の世代はずるいのではないかと思うのは、たとえば学校の教員で校長や教育委員会と戦って孤立している人は常に団塊の世代ではなく、そのすぐ下の世代なのである。団塊の世代は言うことだけ言って責任を取ることはせず、ましてやその通りに生きることはしなかったような気がする。団塊の世代が大学を卒業するやさっさと大企業に就職していったのに対し、団塊のすぐ下の世代にはそういう就職に罪悪感を抱くようなところがあった。

要は、反体制のイデオロギーを何歳の時に植えつけられたかの違いなのであろう。当時大学生だった「団塊」と高校生だった「団塊の下」とでは、その受け止め方の純度に差があったのだと思う。大学での学生運動と高校での学園闘争では、その経験が将来に及ぼす影響が決定的に違ったのである。

「団塊の下」は政治的というより文化的な変革を夢見る傾向があり、政治的なイデオロギーを私的な世界に引きつけて考えてきたように思える。

「原理主義者」と呼ばれる岡田克也副総理は「団塊下」の世代に当たるが、その高校時代に学園闘争があったことが「原理主義」と無縁とは思われない。

その真面目な「団塊下」の世代が定年を迎えた時に再雇用制度ができたのは偶然なのだろうか。

「団塊下」の子どもたちは、「失われた十年」とその影響をもろに受けている。

「一分スピーチ」で年金に言及した人がいた。

「年金額が月五千円なんです」

しかし、こんなスピーチをする六十歳が一人いた。

「三十歳になる娘が出産のために今、家に帰ってきてるんですが、家内ともども待ち遠しくて。予定日はですね……」

しかし後は聞き取れない。

「おーい、もう一分過ぎてるぞ」

「幸福な話なんか誰も聞きたくない」

「降りろ〜」


（2012.10.19）

母の「母」だった大沢あかね

大沢あかねが三年前に書いた『母ひとり、娘《こ》ひとり』(幻冬舎)という本のタイトルは、当時交際中だった劇団ひとりに絡めてつけられたものである。

交際発覚直後にこの本を出すことになった時、編集者は大沢に「自分の人生の隠したい恥ずかしい部分、悲しい部分を、すべて書いてくれ」と言ったという。

隠したい恥ずかしい部分も悲しい部分もすべて母親に由来するものである。

自分は母親のようになってはいけないと、大沢あかねは心に期して結婚した。

当初大沢は母のことを劇団ひとりに紹介することも恐れていたのである。

大阪市大正区の公団千島団地に育った。両親はあかねが二歳の時に離婚したため、父親の顔は写真でしか知らない。母親は大沢親分こと大沢啓二氏の娘である。が、親に迷惑を掛けて義絶され、両親が離婚し、母親も再婚したために、ダンプの運転手や水商売をやって生きてきた。

子どもの頃から、家では電気や電話はもちろん、ガス、水道まで止められたことは一度や二度ではなかった。明かりがつかなかったり、お湯が沸かせなかったりは日常茶飯事だった。お金がないのではない。母親がルーズなのである。そもそも昼夜逆転の生活をしているから、集金人が来る時には寝ていて気がつかない。

料金はあかねが支払いに行った。

夕方になると、母親は派手な衣装に身を包み、香水の匂いをふりまきながら、タクシーに乗ってミナミに出勤する。三、四歳のあかねはいつも母親に連れられていく。

「母ひとり娘ひとり、生きていくためには手っとり早く水商売。これは世の中の母子家庭の法則かもしれない」

スナックのカウンターにちょこんと坐っているあかねにお客さんは優しくしてくれる。あかねはお客さんたちにリクエストされれば、一晩に何度も坂本冬美の『夜桜お七』を歌った（お客への気配りとバラエティ番組での気配りは同じものだという）。

未明に帰り、ほとんど毎日、母親と昼過ぎに起きた。

部屋はいつも暗かった。カーテンが閉めっぱなしだったからである。

起きると最初に美容院に立ち寄り、あかねもシャンプーしてもらう。近くのレストランで早めの夕食を摂り、出勤する。そんな生活があかねは好きだった。いつも母親と一緒にいられるからである。

四歳で幼稚園に入った。友だちの家に五時に遊びに行く約束をしたので行ってみると、いくらチャイムを鳴らしても誰も出てこない。

怒って家に戻ると母親が化粧を落としながら言った。

「だから言うたやん」

「あのな、あっちゃん、夕方にももいっかい五時がくるんやで」

小学校に入っても、あかねは授業中居眠りばかりしていた。三年の時、担任の先生が家庭訪問に来て、母親に水商売をやめるように忠告した。

「だったら先生、あかねと二人で、どうやって生活しろっていうんですか」

それでも先生の言うことにも一理あると思った母親は朝まで働いてあかねに朝食を食べさせることにした。

「物心ついてから今日まで、友達みたいな親子関係を築くような余裕なんてなかった。ともに楽しむのではなく、ともに生きる関係だったからだ」

結婚して川島姓になったあかねには二年前に娘が生まれた。あかねは、親子でも恋人でも、自分を取り巻くすべての人を最高の状態にすることが幸せであり、それを目標にして生きているという。二歳の時から母の母だったのだ。


（2012.11.23）

安倍晋三と小沢一郎の接点

政治家になるのに相応しい人格があるとして、それを政治的人格と呼ぶとしたら、政治的人格とは次のようなものであるという。

「誇らしい過去の栄光、現在の不遇、教育熱心な母、周囲の強力な支援者、そして有り余る才能」

この条件は北岡伸一政策研究大学院大教授が岸信介の政治家人生を総括した文章の中で披歴している。但し、岸信介にはこのうち「現在の不遇」という点が少し欠けているとも指摘しながら。

安倍晋三自民党総裁は、先日行われた党首討論の席上、「総裁」ではなく「総理」としばしば間違って呼ばれた。

次の選挙で第一党の党首になると予想される安倍氏に政治的人格が備わっていることを求めることは従って唐突なことではない。祖父に少しあって孫にはないものは、果たして「現在の不遇」だけだろうか。「教育熱心な母」という条件は備わっているのか、「周囲の強力な支援者」は本当にいるのか、「有り余る才能」はあるのかなど、考え出せばきりがない。

安倍氏が母方の祖父に対して「なぜあれほど世論は評価しなかったのか？」という疑問（とい

うか反発）を抱いて政治家を志したことはよく知られている。

岸信介総理は日米安保に関してあれほどの業績を上げながら、その条約改定の後、二度と政治の表舞台に復帰できなかった。つまり岸総理は大きな目標を掲げながら、その政治的手法において失敗したのである。その挫折も挫折の理由も、長く国民に理解されることはなかった。むしろ「昭和の妖怪」の暗い側面のみが印象づけられてきた。

このことは今日、小沢一郎にそのままあてはまる「弱点」である。

当時、岸信介にとって、日本の再建のためには、独立回復と経済復興の両方が必要だった。吉田茂は対米協調に偏し、鳩山一郎は独立に偏していた。この二つは両立可能だと考えたのは、岸信介ただ一人だったのである。

北岡伸一氏は述べている。

「マッカーサー大使に対し、早期に根本的な問題（日米平等）を提起したのも、（日米安保の）全面改定を決断したのも、岸だった。日米関係を念頭に置いたアジア・オセアニア外交も、鮮やかだった」（『戦後日本の宰相たち』中央公論社）

後に女婿の安倍晋太郎が得意の経済で勝負するように進言した時、岸信介は「首相というものはそういうものに力を注ぐものではない」と言ったという。

孫である安倍晋三が経済に弱いというのは、祖父から見れば宰相としての欠点にはならないのである。

岸信介の衣鉢《いはつ》を継ぐ小沢一郎と安倍晋三の間には接点は全くないように思われている。が、安倍氏が外交問題について学んだのは小沢一郎からなのである。

安倍晋三は政治家のあるべき姿から安保・防衛、憲法など、様々な問題について、時に小沢の自宅で、時に書簡を通じて小沢の考えを吸収した。安倍晋三は父の晋太郎の幹事長秘書を体験した時から、晋太郎と小沢の関係を逐一見てきた。

小沢が四十代で幹事長になるのを後押ししたのは、安倍晋太郎だったのである。

そして安倍晋太郎と小沢一郎はどちらも究極はハトなのである。

大正十三年生まれの安倍晋太郎は、戦争が少しでも長引けば、特攻で命を落としていた運命に触れ、「平和は尊いんだよ」と口にしていたという。

しかし、現実と理想の乖離《かいり》に直面するため、ハトの子がそのままハトになることは少ない。

安倍晋三と小沢一郎という没交渉に見える二人に今後接点はないのだろうか。

（2012.12.21）

安田姉妹のレールを敷いた母

由紀さおりはピンク・マルティーニとのコラボレーションで脚光を浴びる直前は童謡を歌っていた。

安田姉妹の童謡コンサートは、二～三日に一度はあり、その合間にレコーディングとリハーサルがあるので、休みなどはほとんどない。それでも母は娘たちに言っていた。

「仕事の量にちょうどいいということなんてないのよ。あなたたちがやらなければ明日は誰かがやっているんだから」

母であり事務所の社長でもあった安田ふささんは、十四年前に乳がんと大腸がんのために八十一歳で他界している。コンサートの管理も一人でこなすマネージャーだったふささんが存命であれば、一昨年来の由紀さおりの欧米での活躍を誰よりも喜んだことであろう。

由紀さおりは芸能界において旧世代の最後に属する歌い手である。「この仕事に命をかけなければやれない」と仕込まれて育った。新人であってもしっかり場面を張らなければ生き残れないと教えられた。まだ内弟子制度のある時代だった。

シンガーソングライターではない歌い手は、プロの作詞家と作曲家が書いた借り物の歌をヒットさせなければならない。自分は一体何なのかという、ちあきなおみも持っていた不安に由紀さおりも苦しみ続けていた。

そこに浮上したのが、日本の童謡や唱歌を歌うことだった。歌い手や演じ手はその道のプロであり、歌うことを職業としてきた自分の役割は、誰もが知っている歌を自分の肉体を通して表現することだ。それが歌い手としての存在理由を示すことだ。

この童謡コンサートのために、母は既に結婚して家庭を持ち、自分たちとは少し距離のできていた長女の祥子《さちこ》を起用して姉妹共演をさせようと考えた。

祥子は東京芸大を卒業し、クラシックの世界にいた。クラシックの仲間の中には「日本の歌を歌うのは声がでなくなった人がやるのよね」などと言う人もいたのである。母は祥子に「歌で人を感動させることは、今まであなたが知らなかった方法でもできる」と教えた。同時に、クラシックの一方通行的で高圧的で傲慢《ごうまん》な歌い方をしていては、一生歌い続けることなどできないのだと説得した。

夫を亡くした後、女手一つで家族を養ってきた母に祥子も結婚前はマネージングされていた。母のアドバイスが間違ったことは一度もなかった。

その母の夢は二人を一緒にステージに立たせることだったのである。

姉は「日本語をいちばん美しく、はっきりと歌えるクラシック歌手」であり、妹は「完璧な感情表現ができる歌手」である。ユーモアの要素のなかった姉がボケとツッコミができるようになるまで、コメディも演じられる妹がよく踏みとどまっていたと感心する人もいる（妹は映画「家族ゲーム」で母親役を好演している）。

しかし二人にレールを敷いたのは母である。由紀は母に完全にコントロールされてきたと認めている。母の干渉があるために結婚はうまくいかなかった。しかし、歌を母から教えられた。『わが母が教え給いし歌』（東京書籍）に由紀は書いている。

「私はすごく不器用で、どちらかに決めないとだめなのです。ふたつは得られません。何かを得るには、何かと取り替えをしなくてはなりません」

「私は離婚を決意して、仕事にのめり込んで行きました。だから生半可ではありませんでした」

「私たち歌い手は、前を向いていないと蹴飛ばされます。不祥事があれば抹殺されます。なんの保証もありません。そういう職場なのです」

（2013.1.18）

夫を真正面から見つめる境地

もう三年前（二〇一〇年）のことになるけれども、作家の井上ひさしが亡くなってから、再び井上ひさしに関する本（評伝とか評論）を探しては読むようになった。

私が知りたいことは二つあって、一つはその遅筆の原因であり、もう一つは長女と次女に対する仕打ちの余りに酷な理由である。

結局、どちらについても前妻の西舘好子《にしだてよしこ》さんの『表裏井上ひさし協奏曲』（牧野出版）という本が一番役に立ったと思う。

一人の人間を一番よく理解しているのはその妻であると言いたいわけではない。妻はただ一番身近にいて、夫の観察者になることができただけかもしれず、観察の量と理解の質は自ずと別のものである。ただ、西舘好子さんの本は井上ひさしが生きていた頃に書かれたものとは視点が変わっていて、夫の行為に対する解釈が以前よりずっと寛容になっているのを感じた。

夫が既に亡くなった人であるからということは言えるだろう。

西舘好子さんは二十歳の時に六歳年上の井上ひさしと結婚して三人の子をなし、四十五歳の時に離婚している。

結婚生活を二十五年間送り、離婚して二十四年が経過した時、前夫の死を知った。井上七十五歳、好子六十九歳である。

その翌年になるから、『表裏井上ひさし協奏曲』は、古希での出版である。

七十歳の女性が二十六歳だった井上ひさしとの出会いを書いている。夫妻の長女は執筆当時四十七歳だから、前夫は孫の年齢に近いのである。

四十代の好子さんと七十歳の好子さんは同じ事実を書いても、その受け止め方は異なる。自分自身の行為にも、七十歳は苦笑いしかないような悔恨を表現している。

自分はもうすぐ夫が死んだ年齢を追い越していく。そう思った時、夫は別の人として立ち現れるかのようである。もはや反発はない。

四十代の自分と六十を過ぎてからの自分とでは亡き夫の違う相が浮かび出る、と書いたもう一人の女性に作家の高橋たか子がいる。

たか子の夫・高橋和巳は七一年に大腸がんのために三十九歳で没している。

二十二歳から十七年間結婚生活を送った高橋たか子は四十五歳の時、『高橋和巳の思い出』を出版して江湖《こうこ》に衝撃を与える。信仰の世界に生きる高橋たか子に俗人は近づきがたい印象を抱いていたが、以前にはたか子は悪妻であるという風評を立てられていた。夫の転勤について行かず、一人で渡仏したからである。

九六年、高橋和巳の没後二十五年に六十四歳の高橋たか子は、『高橋和巳という人』を著す。生きていれば、夫は六十五歳になる年である。

高橋たか子は、六十を過ぎて、一生を生き終えたような気分になっていた。

「生というものを百八十度くるりと回転させて見る、いわばイロニーの精神を堅持することが、言うまでもなく小説家としての基本姿勢であったのに反して、今、さらに百八十度を回転させて真正面から見つめる境地に私はいて、前著ではわざと書かなかった相が、そのようにして浮かび出てくるのである」

若い頃は和巳のことをマザー・コンプレックスの一言で片づけていた。今では、和巳が、信頼する母や祖母をとおしてふるさとである終末論的土地・釜ケ崎に根をおろし、そこから滋養を吸いあげて小説家としての自分を形づくっていたことを思う。ふるさと喪失を意識しているたか子にはそのことが羨《うらや》ましい。

「四十年昔のことを、今こうして書きながら、ふと思うこと――文学などをせずに、普通に生きていったのなら、どんなにかよかっただろうに、と」

三月二日に、高橋たか子は八十一歳となる。

(2013.3.15)

チェスの天才はなぜ厭世的だったのか

「世界レベルの技術に達するにはどんな分野でも、一万時間の練習が必要だ」

二〇〇六年、神経学者のダニエル・レヴィティンが「一万時間の法則」を提唱した。
「作曲家、バスケットボール選手、アイススケート選手、コンサートピアニスト、チェスの名人、大犯罪者など、どの調査を見てもいつもこの数字が現れる」

心理学者アンダース・エリクソンの研究によると、アカデミーでヴァイオリンを専攻する学生の中で優れた学生の総練習時間は二十歳で八千時間に達する。

プロのピアニストの場合は二十歳の頃に総練習時間が一万時間に達していた。その後の練習は上達のためである。

一万時間（約十年）はマジック・ナンバーである。

が、例外が一人だけいる。チェスのグランド・マスターになるのにボビー・フィッシャーは十年もかからなかったのである。

史上最強の世界チャンピオンと言われながら、二十年間も姿を消していた奇行の天才フィッシシャーを少年時代から最もよく知る人物が著した評伝『完全なるチェス──天才ボビー・フィッシャーの生涯』（フランク・ブレイディー著／文藝春秋）によると、フィッシャーがチェスに出会ったのは六歳の時であり、アメリカ・チャンピオンになったのは十四歳の時である。六歳のフィッシャーにチェスの手ほどきをしたのは十一歳の姉である。一ドルのチェス・ゲームを買ってきて、ゲームの初歩的ルールを教えてくれたのである。しかし、優等生だった姉は宿題をするのに忙しく、すぐにチェスに興味を失くしてしまう。ボビーは母に相手をしてもらおうとチェスを教えるが（フィッシャー家は三人家族である）、忙しすぎる母は相手になってはくれない。

仕方なくボビーは自分自身を対戦相手にした。

最初の一手を白側で指すと、盤をくるりと百八十度回転させ、黒側になって対局を続けるのである。黒は白が何をするか知っていたし、その逆も同じである。

「このやり方が持っている唯一の意味は、自分が本当に対戦相手であるふりをして、一手指すたびに盤面を新しい目で研究することである。フィッシャーは対戦相手の番になったとき、直前にやろうとしていたことを忘れようとした」（『完全なるチェス』）

「そのうち、対戦相手の自分をチェックメイトするようになったんだ」と、フィッシャーは語ったという。

評伝を読んでいると、「練習時間一万時間」に十年かからずに到達する方法を理解することができる。

少年時代、フィッシャーが家に帰ると誰もいないことが多かった。シングル・マザーの母は看護師資格をとるために看護大学で授業を受け、そのあとは図書館で勉強し、さらにそのあとは夜勤の仕事をしていた。姉は学校で生物クラブの活動をしていたので、ボビーはアパートに帰るといつも一人で過ごした。キッチンの椅子に坐ってチェス盤とチェスの本に何時間も没頭するのである。姉か母が早い夜に帰宅すると、ボビーは明かりもつけずにチェスの研究をしていた。姉とは違ってボビーは学校の勉強に何の関心も示さなかったし、友人もいなかった。ボビーはチェスのできない友人とは話すことが何もないのである。

「孤独」と「非社交性」は鶏と卵の関係にあるが、ボビーは「孤独」でも「孤独感」は知らなかった。フィッシャー家の三人は勉強ばかりしていた。母は医学書、姉は教科書、ボビーはチェス雑誌を読んでいて、室内は図書館のように静かなのだ。

ボビー・フィッシャーが「史上最強のチェス・チャンピオン」と称されるのは、全米ジュニア選手権に史上最年少（十三歳四カ月）で優勝したという記録もさりながら、二十歳の時の全米選手権での驚異的勝ち方（一敗もせず、一引き分けもせず、十一戦十一勝で優勝）が人々の記憶に刻まれているからである。

オランダのグランド・マスター、J・H・ドナーはフィッシャーのチェスのスタイルをこう指摘している。

「フィッシャーは実際的で技巧派だ。ほとんどミスをしない。局面判断で感情に左右されることはなく、厭世的《えんせいてき》ですらある」

フィッシャーは入念に準備をして対局に臨み、効率的で具体的で、しかも理にかなった「完全なるチェス」をした。

その代わり、対局の際には、他のプレイヤーが髪を梳《と》かしスーツにネクタイを締めているのに対して、いつもボサボサの頭にセーターにプレスしていないズボンという格好をしていた。他のプレイヤーにも主催者にも失礼な服装だったが、さらにフィッシャーは対戦相手や主催者に「文句ばかり言う奴」でもあった。対局後に対戦相手が仲間たちと小声でする対局分析のおしゃべりに対して強い苛立《いらだ》ちを覚え、主催者に苦情を申し立てるのである。しかし他の誰もフィッシャーの味方には加わらなかった。みな同じようなことをしていたからである。

「フィッシャーの反応が過敏だったかどうかはともかく、彼が聴覚過敏に悩まされていたことは確かで、ふつうの物音以外に遠くの音にも敏感だった」（『完全なるチェス』）

フィッシャーは負けると必ずトーナメントの条件や他のプレイヤーの行動のせいにする、と言われていた。最終的には対局の金銭的条件が折り合わないために世界チャンピオンの防衛戦を放棄している（フィッシャーは母に似てさすらい人だった。いつも遠くに行きたがるのである）。

J・H・ドナーが指摘した「局面判断で感情に左右されることはなく、厭世的ですらある」という特徴は子ども時代に一人でチェスをして母の帰宅を待っていた頃から既に見られたものである。

フィッシャーは頭の中にチェス盤を置くことができたので、夕方になっても部屋の灯りをつける必要を感じなかった。見たものをそのまま記憶する能力は幼児には見られるが、通常は脳の成長とともに神経細胞は刈り取られ、消失していく。その代わりに「一般知能」が発達していくのである。フィッシャーの場合はこの能力の刈り込みが不十分だった。その結果、空間知覚に過剰機能が出現したのである。

フィッシャーが厭世的なまでに感情に左右されないチェスをするのは、その能力が「一般知能」とは違って感情に影響されることなく働く「自律的」な能力だからである。

母はフィッシャーの将来を心配していた。

「この子はチェスにのめりこみすぎて、周囲の現実に触れることができなくなるのではないか」

しかし相談をした専門家には「人が打ちこむものにはチェスよりはるかに悪いものがある」と言われている。フィッシャー家が図書館のように静かだったのは、母が息子につきっきりでいなくてもいいと判断して、自分は自分の世界に戻っていったからである。

結果的に、息子の将来を危惧した母の予感は正しかったことになる。

晩年のフィッシャーはしつこい求婚を拒絶した相手に宛てて書いている。

「私は人生のゲームでは負け犬だ」

（2013.5.17〜5.24）

人には「好きな季節」がある

誰にでも「好きな季節」というものがある。

が、「好きな季節」は自分の好みで決まるようなものではないらしい。

学生時代に「人が好きな季節は生後一年以内に決定される」と教わったことがある。

人は、自分の記憶にはないが、出生する時に激しい苦痛を経験している。母胎から胎外へと環境が激変することへの適応と出生時に身体にかかる負担とである。

その生理的な苦痛は出生後暫《しばら》く継続していて、それが緩徐《かんじょ》されるのに最低でも生後三カ月はかかるという。

しかしそれが緩徐される瞬間が訪れると、その瞬間にあった室温や触覚といった状態は言葉に尽くせない感覚としてその子どもにインプリンティングされる。言ってみれば、遺伝的な身体条件と自然の生活圏との幸福な出会いの刻印が、その人の「好きな季節」である。

人はある季節が主観的に好きだと思っているが、そうではなく、生まれて初めて快適を知った時期を好きになるのである。

季節も含め、身体と環境とが連関して作りだすその人独自の運動や情動の特性を「体質」という。

その中には、「好きな人」や「好きな匂い」なども含まれていることになる。

私の場合、季節では「晩春」が一番好きであるのも、薔薇《ばら》が好きというわけではなく、生まれて三カ月ほどが経って、生まれることの苦痛から解放された瞬間、世界は「晩春」の暖かいような気だるいような状態だったということなのである。「初夏」になると「晩春」の快適さが失われるせいで、今では数日の変化にも悲しみを感じる。

次に「体質」を基盤として、特に対人的な生活圏が分化していくにつれて形成されるのが「気質」である。

多動―寡動《かどう》、同調―孤立、開放―閉鎖、独立―依存など、人の社会的特性ができ上がる。

多動か寡動かというような「気質」そのものには価値は含まれない。

多動は直さねばならないとか、依存をせずに独立心を持たねばならないとか、「気質」が価値的に序列化された上で個人に内面化されたものを「性格」という。

だから「性格」には「よい性格」と「悪い性格」があり、「異常性格」も「人格（性格）障害」も「サイコパス」もある。

と、こんなことを思い出しているのは、人は年を取ると「性格」が変わっていくことについて考えるからである。

子どもの頃に天然パーマだった人の髪の毛が青年期になるとストレートになり、年を取るとまた縮れていくのに似ている。青年期には髪の毛の生来の特徴が抑えられていたのが再び子ども返りするのは髪の水分や弾力性が失われるからだというが、「性格」にも同じことが言える。長じるにつれ、「気質」が「性格」になって社会性を獲得したとしても、更に長じると「性格」は「気質」に戻っていく。

それは単に加齢のせいだけで説明できるものではない。高齢になると否応なく生活圏が狭くなってしまうせいもあるだろう。

超高齢になると人は反社会的でも非社会的でもなく、没社会的な存在になってしまう。「没社会性」と生後半年未満の「未社会性」はとてもよく似ている。

死んでいく時には人には「性格」は必要がないということなのだろうか。

生まれる苦しみのように死にゆく苦しみにも、それが緩徐される瞬間ができるだけ多く与えられてほしい。

最期に「体質」だけに戻れば、言葉に尽くせない最初の感覚に包まれ、恐怖やだるさからも解放されるからである。

（2013.6.21）

宅間守はなぜ自ら入院したのか？

京都府立洛南病院は単科の精神科病院である。

そこで副院長を務めていた臨床医の岡江晃氏は、都道府県立の精神科病院は重大犯罪を起こした精神障害者あるいは治療困難な患者の治療を率先して行うべきだと考えていた。

宅間守の精神鑑定を依頼されて、岡江氏は、たとえ世間から非難を浴びても自説を主張しようと心に決めてそれを引き受けたという。

重大犯罪を起こした統合失調症や妄想性障害の人たちは刑罰を受けるべきか治療を受けるべきかについて、氏の考えは明確である。

統合失調症なら完全責任能力はない。しかし、大阪拘置所の面会室で宅間守に会って話を聞いてみると、統合失調症との判断はすぐに消えてしまった。

宅間守は統合失調症ではない。これに関しては鑑定人や鑑定助手ら四人の意見は一致した。

最近出版された『宅間守精神鑑定書』（亜紀書房）は、氏が大阪地方裁判所に提出した精神鑑定書をほぼそのまま収載したものである。

岡江氏は宅間守と合計十七回の面接をした結果、恐らくそれまでの人間観と医療観を変えたのである。

岡江氏が宅間守を「情性欠如者」という古典的な名称で鑑定したのは、その名称に人格への非難・批判が内包されているからである。

宅間守は大阪教育大学附属池田小学校での事件の前から、数々の粗暴な犯罪を繰り返している。その中には精神鑑定書を読むまで知らなかったことがいくつもある。

宅間守には奈良少年刑務所出所後に、トラックやダンプの運転手をしていた時期があった。その時期に宅間守が関係し相手が死亡した交通事故が二回あったという。

「一回目は、『二十五、六歳の頃』の『産業廃棄物を十トンダンプで山奥にゴミ』（原文ママ）を捨てる仕事をしていたときに、『前に腹立つ車がおったから、そいつをあおっとった』ところ、自分の車が『下りのカーブでブレーキ踏んだらスピンして』、『対向の十トントラックにボカーンと当たって』、『十トンの奴が何日か後に死んだ』（笑う）。警察には『向こうがセンター割ってきた』と『嘘』をついて、『不起訴になった』。二回目は、平成四年ころ、トラックを運転中に首都高速の付近で、『乗用車とかぶせあい』となり『割り込んでブレーキ』を踏むことを『十回くらい繰り返して』いるうちに、相手の乗用車が側壁にぶつかり運転者が『アホやから』『失敗して』『死んだ』（笑う）。知らん顔して逃げたので事件にはならなかった」

宅間守は事件と事件の間にしばしば精神科を受診している。一回のみの診察を含めると十五人以上の精神科医に診察を受けている。たとえば、強姦をした後に精神科を自ら受診して入院し、学校の用務員だった時にお茶に薬物を混入した事件の後にも警察官と共に精神科病院に来ている。

宅間守を診察した精神科医が各々証人尋問で述べている内容には共通点がある。「注察妄想」（周囲から、あるいは街中などで他人から観察されているという妄想）と「関係妄想」を訴えた。「統合失調症の疑い」（もしくは「統合失調症」）と診断したが、思考の異常は目立たなかった。

宅間守はなぜ自ら精神科に診断を受けに行ったのか。

精神科医の一人は証人尋問で述べている。「その診察の後で医局会を開いております。そのときに数人の医者でもって、宅間君のお茶事件について論議して、そして、なんや、これは彼が二十一歳のときの入院も偽装やで、偽装やでというふうな結論に達したわけで」

医局会で医師たちが「偽装やで」という結論に達したという入院は、宅間守が二十一歳の時、強姦事件の後に自ら精神科病院に入院したことを指している。

宅間守はマンション管理会社に勤務していた頃、家賃を滞納していた女性の部屋に上がり込んで女性の顔面を殴打し、両手で首を絞めるなどの暴行を加えて強姦した。そのことで右翼から二百万円を要求されて九州に逃げたが、罪を逃れるために入院したものである。

「精神病であれば罪は問われないか」と、宅間守は度々医師に尋ねている。

それならば宅間守の妄想的訴えはすべて作り話であるかというと必ずしもそうとも言えないの

である。

『宅間守精神鑑定書』の著者である岡江晃鑑定人は、宅間守は子どもの頃から視線や音に対して過敏で、おそらくヒリヒリするほどの嫌な感覚を抱いていたのではないかと記している。

たとえば、中学校の同級生は次のように述べている。

「中学校三年の二学期頃……突然宅間が、さっき通り過ぎたねえちゃんとサラリーマンのおっさん、どっちが先に通った？　と聞いてきた……適当に答えたところ……怒鳴って怒り出し」「急に切れたり、神経質で周囲が気になり、私が他の友達と話している時、宅間と視線が合うと、『俺の悪口言うとったんちゃうか』と疑り深い性格」（調書）

妄想的で反社会的で衝動的な人格の偏りを強めていった宅間守を、岡江医師はたとえ自分が附属池田小事件の前に診察することがあったとしても、治療関係を深めることはできないまま、結局事件に至ったのではないかという暗澹《あんたん》とした思いは消えないままだという。

なぜ「暗澹とした思い」かというと、附属池田小事件とほぼ同じ時期に「心神喪失等の状態で重大な他害行為を行った者の医療及び観察等に関する法律」（医療観察法）が準備されはじめていたからである（岡江氏はこの法律の運用に積極的だった）。

心神喪失または心神耗弱の状態（刑事責任を問えない状態）で重大な他害行為を行った人に対して適切な医療を提供し、社会復帰を促進するためにはどうすればいいのか。

「医療観察法」に基づいて入院が必要と審判された人は全国に整備されつつある「新しい」入院

病棟に入院し、専門的な治療を受ける。そこでは従来の精神療法の約三倍のスピードで治療に当たっているという。また「医療観察法」に基づいて通院が必要と審判された人は原則三年間、指定された医療機関に通院する。

「医療観察法」は重大犯罪を起こした人の再犯を防ぐという目的を持っている。

しかし、宅間守が附属池田小事件の前に犯した数々の犯罪行為に関して、現在の「医療観察法」でその対象とされたかというと、対象外か、せいぜい通院という程度だろうと岡江氏は考える。

宅間守は「医療観察法」をスルーしてしまう存在なのであった。

「医療観察法」は重大犯罪が精神疾患の結果として起こると考えている。だが今日、重大犯罪は精神疾患よりも人格障害とより多く結びついているのである。

「長崎ストーカー殺人事件*」の被告は事件当時心神耗弱状態ではなかった。もし釈放されれば「次の女をナンパしに行く」と取材者に語ったという。

岡江氏は鑑定人であるから、『宅間守精神鑑定書』は「調書」と「証人尋問」と「面接」しか資料として使用しないのは仕方ないことかもしれない。

ここに「周辺取材」が加わっていたなら、一番重要なことが発見されていたはずである。

(2013.6.28〜7.5)

＊長崎ストーカー殺人事件：虐待が原因で別れた交際相手にストーカー行為を行っていた男が二〇一一年十二月に、女性の長崎の実家に侵入、祖母と母を殺害した事件。一六年七月に死刑判決が確定している。

「本当に優秀なのは女子だね」

中学生の頃、クラブ活動のソフトボールの試合のために顧問の先生に連れられて他の中学に出かけるのがとても楽しみだった。

夏だと、試合の後で「かき氷」などを御馳走してもらえる。

私たちは弱いチームだったので負けても自分たちの実力はこんなものだと、いつも悔しいとも思わなかったし、先生も部員を叱ったりもされなかった。

が、先生はこれではいけないと思われたのだろう。ソフトボールに詳しいハンドボール部の顧問の先生に指導を頼み、ハンドボール部の先生はもっと詳しい人がいるからと他の市の中学の先生に来てもらい、私たちは二人のコーチに指導を受けたが、急に強くなることはできなかった。

それに同じ地区には箕面一中と止々呂美中という強豪校があり、この二つのチームにはまぐれで勝つことは到底不可能だった。特に止々呂美中のチームは厳しい監督の下で猛烈な練習をこなし、俊敏さと粘り強い精神力を身につけていた。

私たちは自分たちなりに練習に精を出していくしか方法がなかったのである。

ある日、顧問の先生がその日の「現代国語」の参観の授業のことをグラウンドに来て興奮して話された。

この子に当てようと決めていた生徒の名前をその日に限って言い間違って、お母さんがいる前でとても失礼なことをしたと大いに反省されたのである。が、その生徒はその日練習を休んでいて、グラウンドにはいなかった。

確かそれと同じ日だったと思う。

先生はノックを終えた後、部長である私にこう告げられたのだ。

去年の三年生に「開学以来の秀才」と言われる女子生徒がいた。

「二度とこんな生徒は現れないというほどの秀才だ」

その先輩の名前は校内に知れわたっていた。

「それが違ったんだよ。開学以来の秀才がまた現れたんだ」

先生は今ノックで走り回っていた一年生の部員の名前を挙げられた。

「そうなんですか」

「全科目で完璧なんだ。集中力だね」

数字の上で彼女を超える人は現れようがない。

「開学以来の秀才はどちらも女子なんだね、うちの学校では」

私は先生と二人で遠くからその後輩を見つめていた。

そして、去年までの「開学以来の秀才」と今年からの「開学以来の秀才」には性格によく似たところがあるなと思った。

二人とも人からそう言われなければ秀才だと分からないほどおとなしいのである。控えめで寡黙である。

先輩は試合の日に部員が足らなくなった時、助っ人を頼んだら試合に出てくれたし、後輩はいつも黙々と練習をしている。

二人とも性格が温順で、何か強く自己主張したところを見たことがない。

人が自己を表現したり主張したりするのは、何かが欠落しているからではないだろうか。

完璧な人は自己を表現したいとか主張したいという欲求を持つ必要がない。集中しさえすれば自分の内部に充足できる世界が広がっているのだから。

あるいは秀才は自分が女性であることに気づいて、女性であることの中にわざと身を隠しているのだろうか。

その後、先輩は結婚して専業主婦に望んでなったと聞いている。そして後輩は京大医学部を卒業して勤務医として働いている。

先生は何度も言われた。

「本当に優秀なのは女子だね。並外れた集中力があって目立とうとしない女子だね」

(2013. 8. 16-23)

血縁ではない「家族」

六月に広島県呉市で起こった高等専修学校二年の女子生徒殺害事件は、十六歳から二十一歳の七人の男女が逮捕された後も五月雨《さみだれ》のように報道が続いている。

この社会には居場所のない少女たちが増えている。少女を殺害した後、彼らは少女の所持金約四万二千円を六千円ずつ分配している。

自首した十六歳の無職少女を含む三人の少女は出会い系サイトなどで客を集める接客業で月百万円ほどを売り上げていた。少女は無職ではなく仕事はしていたのである。「無職少女」は売上金の差配役だった。

月百万円があって、家族と別れて住み、学校に行っていない少女たちがどのような生活をするかといえば、マンションに一緒に住み、そこにそれぞれの彼氏を出入りさせ、外食してお酒を飲み、深夜までカラオケをし、帰宅してからも午前三時頃までしょっちゅう大声で騒いでいたという。

兵庫県尼崎市の連続殺人事件の角田美代子容疑者と奇妙なほど似た生活である。

このような生活は居場所のない女性の夢もしくは当然の帰結なのである。「無職少女」も角田美代子も「家族」を作っていた（少女は自ら「FAMILY」と呼んでいる）。「家族」には掟《おきて》があり、それに従わない仲間や金銭トラブルを起こす仲間がいると、彼氏を使って殺害させる。もちろん金銭も奪う。そこもまた同じである。

「無職少女」とその友人少女の実家には母がいたが、収入源は「生活保護費」もしくは義父であり、少女たちは家族と折り合いが悪くて家を出ていた。

母の代ではまだ血縁の家族（娘）がいたが、娘の代では家族はもはや血縁家族ではない。しかし、血縁でない家族メンバーは些細なトラブルで「家族」から抹殺される。「家族」は常に家長に忠誠を誓っていなければ「家族」として扱ってもらえない。「教室内カースト」と比べてみても「非血縁家族内カースト」による「いじめ」は凄惨である。

昨年（二〇一二年）一月、アメリカで『COMING APART』という本が出版された。社会学者のチャールズ・マレーが著したもので、アメリカの格差社会問題について書かれたベストセラーである。今年二月には『階級「断絶」社会アメリカ』（草思社）という日本語訳が出た。吉崎達彦氏によると次のような内容が書かれている。

「どんな金持ちであっても、どんな貧乏人であっても、バドワイザーを飲んでテレビを見て野球に熱狂するという、そういう文化的な共通点があったわけで、実は格差が広がってもさほど問題がない社会だったのですが、この五十年間のうちに、格差が文化的な違いを生むに至ったということです。New Upper Class がアメリカに誕生している。プロフェッショナルなエリート層が誕生していて、彼らはもうビールなんか飲まない。ワインを飲む。テレビも見ない。夫婦共働きが多い。ちゃんと家事の分担もしながら、子どもの教育には時間とお金をかける。その子どもは当然いい学校に行って、またいいところへ就職する。それから New Lower Class も誕生した。（略）まず結婚は半分くらいしかしていない。半分くらいはシングルマザーである。信仰心も失われている。（略）アメリカの勤勉さとか、正直さとか、信仰心とか、家族の価値といったものは Upper Class では残っているけれども、Lower ではもう失われている」

保守主義者は「家族の価値」を美化しすぎ、社会民主主義者は「家族の多様性」を美化しすぎている。

「階級間闘争などは起こらない。もはや階級内闘争しか起こらない」（与謝野馨《かおる》）

（2013.9.20）

「自己実現の欲求」がない母親

「あまちゃん」の後の連続テレビ小説「ごちそうさん」は、「あまちゃん」とは違った意味で今までとは異質なドラマである。

そもそもヒロインの卯野《うの》め以子を演じる杏が自分の出演するドラマについて非常によく勉強している。ドラマの主役としては普通のことだが、連続テレビ小説では異例のことである。ヒロインの女優さんはドラマについて何も知らず何の解釈もないのが通常だった。杏という人が珍しいのか、今回のドラマが変わっているのか、恐らく両方だろう。

朝からオムレツをアップで見せられるとその濃厚さに辟易《へきえき》して、「朝はもっと淡白な和食にしてほしい」と叫びたくなるが、「梅ちゃん先生」で食卓に並べられる料理が毎回あまりにもまずそうで、「もっとおいしそうな食事にしてほしい」と呟《つぶや》いていたのを思うと、贅沢《ぜいたく》な注文かとも思う（あれは特筆すべきまずさだった）。

「ごちそうさん」のテーマは「食べることは生きること」であるらしい。が、「食」を司《つかさど》る専業主婦の人生がテーマなので、本来なら「生きることは食べること」としたかったのではないかと思う。

人間の生活の基礎は家で食べる三度の食事であり、それを作るのが専業主婦であるというのは日本では大正時代に発明された制度である。め以子がくどいほど「食いしんぼう」であることが描かれるのも、専業主婦が他から強制されて食事を作っているとなると、専業主婦制度の根幹が崩れるからである。

専業主婦の仕事は「家族が生きるための仕事」であり、それは誰かがやらなければならない忍耐力の要る仕事である。

家族機能の崩壊は一言でいえば食卓の崩壊（孤食と外食の進行）に外ならない。誰かが共食の食卓を準備し続けることで家族の機能は維持される。

ホームレスの人はなぜホームレスになったかという聞きとり調査をした学生の論文を読んだことがあるが、ホームレスになるきっかけは、家族の要である母親がいなくなることだった。母親がいなくなると夕食が家庭からなくなる。すると特に男の子は家に帰らなくなる。外をふらつき回るようになることで、進学や就職のレールから外れていく。ホームとは食事のことなのである。

犬にもホームレスドッグという表現はあって、野良犬のことである。誰かが必ず食餌《しょくじ》を与えてくれるという安心感がないと、犬もやさぐれるのである。

調査では、母親がいなくなるというのは、母という実体が病気や事故でこの世からいなくなることを指している。しかし、母親不在や家族の機能不全は母という実体があっても起こり得ることである。

母には「家族が生きるための仕事」よりも「自分が生きるための仕事」が優先されることがある。家族を女手一つで養う仕事なら仕方がないが、「自己実現のための仕事」のために家族の食事を作らないことには子どもからの激しい抵抗がある。子どもにとって一番安心できるのは、母親に「自己実現の欲求」のないことなのである。

め以子には「何かになりたい」という想いがない。しかも、おいしいものを作らないではいられない性分である。専業主婦になるために生まれてきたような人である。

「何かをなし遂げなくてはいけない」「自己実現しなくてはならない」というのは一種の強迫であると感じる女性が増加している。

職業がなくてもいいのではないか。成功よりも居心地のよさを追求する方がいいのではないか。め以子とベニシアさんは、まあ、そう言っているわけである。

(2013.11.1)

キムタクの壮大な実験

「木村拓哉は生身の人間がいちばん手を出しちゃいけないところに手を出しているような気がする」

木村拓哉について書くことはどんなことでも憚《はばか》られる雰囲気がある中で、こう書いたのはマツコ・デラックスである（『続・世迷いごと』双葉社／二〇一二年）。

マツコ・デラックスは木村拓哉と高校の同級生。二人は誕生日も一カ月違いで、マツコは四十一歳、木村は四十歳である。

マツコは同級生を眺める視線で木村拓哉を見ていることを忘れてはいけない。

自分と同じ数だけ齢《よわい》を重ねていく木村拓哉に対して、「いちばん手を出しちゃいけないところ」は、永遠の若さと永遠のアイドル性の領域だと言えるのである。

しかし、キムタクにしてみれば、四十歳を超したからといっていきなり渋い中年になるわけにはいかない。

マツコに言わせれば、田村正和は四十歳を過ぎてから、今の「演出された田村正和」を形成した。田村正和の時代にはそれが許されていたのである。

しかし、木村拓哉の場合、「演出された木村拓哉」を形成したのは二十代前半である。「キムタクって、全然自然体じゃないのに、自然体のフリをしているでしょ。あれこそがまさに、受け取る側のファンタジーを最も崩さないやり方」(『続・世迷いごと』)

この間もキムタクは料理を食べて「うめ～」と叫んでいた。「おいしいですね」とは言わないのである。いや、言えないのである。

二十代前半にキムタクはいかにも二十代前半らしいカッコつけない自然体という「自己演出」をスタートさせた。この演出をキムタク自身が考えたのかどうかは知らない。

皮肉なことに、二十代前半に出演したドラマ「あすなろ白書」(一九九三年)の取手君の役は「自然体」とは反対の(クールではない)キャラクターだった。取手君の魅力は今も語りつがれるほどであるが、キムタクが二十一歳という若さの真っ最中であったことの他に、「自己演出」路線から逸脱する消極的で女性的という役柄であったことも大きい。

キムタクは「SMAP」というアイドル集団の演出によって庶民的な「自己演出」を叩きこまれていて、それを二十年間ずっと続けているのかもしれない。

キムタクの中には、キムタクではない人格が眠っているのに、そういう人格は「SMAP」のコンサートでは出すことは許されない。

田村正和は八十歳になっても四十歳でいればよいが、木村拓哉は八十歳になっても二十代でいなければならない。

「でも、年をとっていることは周りのみんなは気がついているから、違和感もある」

このことは、ジャニーズ事務所の他のアイドルにも共通することである。

どんな役をやっても、いつもジャニーズのアイドルという自己しか出てこない。もともと演劇のレッスンを受けてきたわけでもない。

スポーツ選手なら引退して後進を育てるという花道があるが、それもない。

ジャニーズ系アイドルは、女性が行く道を辿《たど》らされる孤独な男性なのである。

同級生マツコはキムタクのこれからを心配している。

「永遠の若さと永遠のアイドル性。この呪縛に耐えられるのかしら」

「これ、どう決着をつけるんだろう。一人の人間がこんな呪縛に耐えられて、健やかな『死』を迎えられるのかしら。これからの木村拓哉というのは、ある種、壮大な実験をしているようなものね。人間、ずっと二十代でいられるかって実験。それを乗り越えられたら、すごいよ。神よ」


(2013.11.8)

(『続・世迷いごと』)

桂文枝のルーツ探し

ギャラクシー賞の十月月間賞に、ＮＨＫの「ファミリーヒストリー」が選ばれた。十月放送分三篇が対象であるが、十一月十五日放送の「ファミリーヒストリー」は出色の作品だった。六代桂文枝のルーツ探しである。

「桂文枝～記憶なき父・衝撃の出会い～」を号泣しながら見た人は多いという。桂文枝（前・桂三枝）は母子家庭で育ち、一度も父親の顔を見たことがない。番組は、謎に包まれていた父の生い立ちを明らかにする。

十月に放送された三篇のうち今田耕司篇と藤原紀香篇の二篇において、家族は太平洋戦争によって運命が分かれていく。

「ファミリーヒストリー」は日本の個々の家族の運命に戦争が落とした翳《かげ》の大きさを浮き彫りにしている。

桂文枝（本名・河村静也）の父・清三は河村静衛の子として生を享《う》けた。河村静衛は日露戦争で金鵄《きんし》勲章を受ける功績をあげ、年金百円の支給を受けている。それを元手に大阪で薬種業として一旗揚げようと上阪し、息子の清三を大阪大倉商業学校に進学させる。清三は算盤《そろばん》はトップクラスで常に成績優秀者であった。卒業すると、当時そこに勤めると羨望《せんぼう》のまなざしで見られたという野村銀行天六支店に就職する。仕立てのいいコートに身を包み、フェルトの帽子を被るお洒《しゃ》落《れ》な人だった。銀行員として中小企業向けの貸し付けを担当していたが、落語や漫才が大好きで、職場でも家庭でもいつも笑いを振りまいていた（このシーンで文枝は驚いた表情になる）。

昭和十六年、二十五歳の清三は二十歳の八木治子と結婚。治子は清三の両親にも献身的に尽くすできた嫁として家族にも愛されていた。清三は徴兵検査を受けるが、視力が〇・〇七のために徴集は免除された。

昭和十八年七月十六日、男子誕生。祖父の名にちなみ静也と命名された。この頃、家族三人が暮らしていた長屋は空襲を免れ、築八十年で今も残っている。

静也誕生の半年後、肺浸潤に罹《かか》って療養していた清三のもとに召集令状が届く。

昭和十九年三月出征。大阪歩兵第九十二連隊に入隊。真田山で訓練を受ける（大阪の真田山という地名に再び文枝は驚きを見せる）。

清三は訓練一カ月目に重い結核に倒れて大阪陸軍病院（現・大手前病院）に入院。昭和十九年六月五日、享年二十七で死去。

清三の母きのが、二十二歳の嫁の治子に「あなたには別の人生がある。静也は河村家で育てます」と告げた翌日、治子は静也を抱いて家を出た。

治子は大正区の材木工場の社員寮の賄《まかな》いをして生活していたが、工場が火事で焼失して職を失う。そこで小学生の静也を兄に預かってもらって、住み込みの仲居として働く。孤独な静也が友だちを失いたくないために人を笑わせることを考え始めたきっかけである。

治子は躾《しつけ》に厳しかった。

「天皇陛下にいつかお会いするかもしれないから、失礼のないように静也を育てる」と言うと、親戚の者は怪訝《けげん》な顔をしていたという。

舅《しゅうと》の静衛の葬儀の日に治子は住所を記さず香典を届けている。

昭和五十五年、治子は河村家の菩提寺《ぼだいじ》、岐阜県本巣《もとす》市の善永寺を訪ねる。「大阪から来た河村です。息子が一人前になりました。先祖の墓に報告したい」「清三の墓を建てて下さい。先祖より大きいものを建てないで下さい」

ＮＨＫは真田山にある陸軍墓地の納骨堂の調査を行い、五千百墓の遺骨の中から清三の遺骨を発見する。

「故　陸軍一等兵　河村清三霊」と書かれた遺骨に、文枝は「ご苦労様でした」と頭を下げて泣いた。七十年ぶりの邂逅《かいこう》である。

（2013.12.20）

専業主婦は「職業」だった

現在、三人に一人の独身女性が「専業主婦」になりたいと思っているのに対し、結婚相手に「専業主婦」になってほしいと思う独身男性は五人に一人しかいない。「専業主婦」になりたい女性がそれを許してくれる男性と巡りあうことは難しく、「専業主婦」は狭き門なのである。

「専業主婦」という言葉は、考えてみれば不思議な言葉である。主婦に専業がつく。主婦はもともと兼業のものだったのである。

かつて主婦は家に仕える男性や女性たちを束ねて家庭の管理をするものであった。古代ギリシャでも、主婦は「家庭管理のプロ」として羊の世話をする奴隷に目を光らせていたものであった。しかし、大正時代に日本では「専業主婦」は「ごちそうさん」のめ以子のように、奴隷や女中なしに一人で家事をする存在として誕生した。

め以子は自分自身が「女中」を管理する側ではなく「女中」そのものなのだが、当時は嫁《か》して

も一年ぐらいは籍を入れてもらえないのは普通のことであった。

主婦になるには「試用期間」があったわけだが、婚家を会社だと思えばそれなりに合理的な制

度だったかもしれない。

「嫁」が「女中」から「主婦」に「正式採用」されるには、性格や能力を認められるまで努力して、子どもを産まなければならない。どちらか一つでは難しいのである。どんな「家」にも和枝はいて、そのお眼鏡に適わねばならない。専業主婦は「職業」だったのである。

大正時代には「卒業顔」という言葉もあって、女学校を中退せずに卒業するまで在籍している女性は縁談の声がかからない程度の「顔」であるという意味である。女学生にとって卒業前に片付いていくのが女性の「自己実現」だったのである。

顔で選ばれ、家事で評価され、子どもを産んで、はじめて「専業主婦」の座に就けるのだから、「専業主婦」になるのは「職業婦人」になるよりも厳しい道だったのである。だからこそ成功した「専業主婦」に憧れない女学生がいない筈がない。明治生まれの女性は生来の要素と不断の努力によって、自分の生きる場所を手に入れた存在だったのである。自分の生き方に誇りを持つのも当然である。

出版社に勤める編集者の女性が私に言ったことがある。

「会社は私には『家』のようなもの。その中にいる限り守ってもらえますし、そこにいないと私は食べていけないのですから、会社に忠節を尽くすのは当然です」

現在、専業主婦は「職業」ではない。「家」制度が一番色濃く残っている沖縄県でも結婚が破綻したからといって女性が家長に庇護《ひご》されて食べていくことはできない。

結婚制度の最大の変化はもちろん結婚が「愛」と結合したことである。「試用期間」もなく、家事能力の「認定」も要らず、家の中に和枝がいるわけでもない。適当な相手さえいれば明日からでも「専業主婦」になることができる。

現在、三割以上の女性が「専業主婦」になりたいと思うのは、外で働く「労働」よりも、家事や子育てのような「愛情の仕事」の方が女性には重要だし、自分には向いていると考えるからである。外での「労働義務」からの解放と言ってもよい。

料理や子育てを、「趣味」を昇華させたものとして楽しみたい。

め以子の専業主婦像は平成の専業主婦志向に通じるものがある。

「労働」と「主婦」の二重役割の強制に女性は疲れてきているのである。

あとがき

「週刊朝日」のコラムをまとめたものが出版されることになり、改めて読み直して驚いたのは、コラムがどんどん長くなっていることである。これではコラムとは言わない。しかも内容が人物論に傾いている。

しかし、冒頭の中島梓論でも、私は氏の著書を読んで感心し、氏の個人的な生活歴に興味を持ち、現在と過去の関係を考えるうちに一回で終了することができなくなったのである。

佐野洋子氏の場合は、佐野さん自身が思っている人格形成の因果関係について距離を持って書いているうちにやはり何週にも亘《わた》ってしまった。

私は、母娘関係にとりわけ興味を持っているが、中島梓氏も佐野洋子氏も、母親との間に大きな葛藤を抱えていた。母娘関係は「ぼじょうかんけい」と読むが、私は当時からこの問題に深い関心を抱いている。

娘が語る母像に対して、中島梓氏のお母さんと佐野洋子氏のお母さんは、表現の場があれば一体娘の「告発」に何を語るだろうかとも、いつも思っていた。

母親が娘に拒否的になるにはそれなりの原因がある。統合失調症になるには三代かかると言われてきたが、母親が娘に恨まれるのにも三代はかかるはずである。一代で起こるとは考えられない。

ある日、弟が私に「これ、面白いよ」と、一冊の新書を手渡してくれた。『疾走する女性歌人』。その中に歌人の栗木京子さんが取り上げられていた。栗木さんは医師の妻であり、専業主婦の優雅で明るい虚無感を苦しみぬいた人である。

三代かかる系譜のまさに中間の二代目のキーワードは、「専業主婦」である。私はそう思った。中島梓氏のお母さんの優雅な専業主婦生活は、虚無感を抑圧するために隙間なく予定をいれなければならない。その隠蔽された苦しみは娘に仮託され、中島梓氏は苦しみぬいた。

中島梓氏のお母さんは、本来どうすればよかったのだろう。栗木京子さんは、専業主婦として長く思考の自閉の中に追い込まれながら、こんな歌も作っている。

「草むらにハイヒール脱ぎ捨てられて雨水《うすい》の碧《あを》き宇宙たまれり」

「草むらに、なぜかハイヒールが片方落ちている。（中略）草むらにハイヒールがあれば、それは女が自ら脱ぎ捨てたものに決まっている。女は草むらをどんどん駈《か》けていって、どこかへ行ってしまったのだ」（松村由利子『語りだすオブジェ』）

母娘関係に先行するのは「専業主婦制度」である。ハイヒールを脱ぎ捨てて、どこかへ行ってしまわなかった母親たちの娘が、作家となり、母のことを書く。

編集者の首藤さんは、「小倉さんは天才は母娘関係に苦しめられたから天才になったと思ってるんですね?」と私に訊《き》く。そんなことはない。しかし、そうかもしれない。人物論を書くとき、私はすべての人物の背後にいるその母親について考える。

二〇一九年十二月　　小倉千加子

小倉千加子●おぐら・ちかこ

1952年、大阪生まれ。早稲田大学大学院文学研究科心理学専攻博士課程修了。大阪成蹊女子短期大学、愛知淑徳大学文化創造学部教授をへて、執筆・講演活動に入る。本業のジェンダー・セクシュアリティ論からテレビドラマ、日本の晩婚化・少子化現象まで、幅広く分析を続けている。現在は認定こども園を運営し、幼稚園と保育所の連携についても関心を深めている。
主な著書に『醤油と薔薇の日々』『シュレーディンガーの猫』（いそっぷ社)、『増補版・松田聖子論』『結婚の条件』（朝日文庫）など。

本書は「週刊朝日」の2008年7月18日号から2014年2月28日号まで連載された「お代は見てのお帰りに」の中から117回分を収録し、再構成しました。

草むらにハイヒール
――内から外への欲求

二〇二〇年二月十日　第一刷発行

著者　小倉千加子
装幀　長坂勇司
発行者　首藤知哉
発行所　株式会社いそっぷ社
〒一四六―〇〇八五
東京都大田区久が原五―五―九
電話　〇三（三七五四）八一一九
組版　有限会社マーリンクレイン
印刷・製本　シナノ印刷株式会社

ISBN978-4-900963-88-7　C0095
定価はカバーに表示してあります。